CORAZÓN CONGELADO

SEVEN UP

JANET EVANOVICH
CORAZÓN
CONGELADO

SEVEN UP

Traducción de Manu Berástegui

ALFAGUARA

Título original: Seven Up
© *Seven Up,* St. Martin's Press
© 2001, Evanovich Inc.
© De la traducción: Manu Berástegui
© De esta edición:
    2003, Santillana Ediciones Generales, S. L.
    Torrelaguna, 60. 28043 Madrid
    Teléfono 91 744 90 60
    Telefax 91 744 92 24
    www.alfaguara.com

ISBN: 84-204-6661-1
Depósito legal: M. 17.347-2003
Impreso en España - Printed in Spain

© Cubierta:
    TAU Diseño

*Gracias a Amy Lehmkuhl y a Vicky Picha
por sugerir el título de este libro*

Prólogo

Durante la mayor parte de mi infancia mis aspiraciones profesionales fueron sencillas: quería ser una princesa intergaláctica. No me interesaba demasiado dirigir hordas de gentes del espacio. Lo que más deseaba era ir vestida con capa y botas sexys y llevar un arma que molara.

Como resultó que el rollo de la princesa no me salió bien, acabé yendo a la universidad, y cuando me licencié me puse a trabajar de compradora de ropa interior para una cadena de tiendas. Aquello tampoco me salió muy bien, así que tuve que chantajear a mi primo el avalista de fianzas para que me diera trabajo como cazarrecompensas. Tiene gracia cómo son las cosas del destino. Nunca conseguí vestirme con capa y botas sexys, pero al final *tengo* una especie de arma molona. Vale, de acuerdo, es una pequeña 38 y la guardo en la lata de las galletas, pero no deja de ser un arma, ¿verdad?

En aquellos tiempos en los que me preparaba para ser princesa solía tener frecuentes encontronazos con el chico más malo del vecindario. Tenía dos años más que yo. Se llamaba Joe Morelli. Y era todo un peligro.

Sigo teniendo encontronazos con Joe Morelli. Y sigue siendo un peligro..., pero ahora es de esa clase de peligros que le gustan a una mujer.

Es policía, tiene una pistola más grande que la mía y no la guarda en una caja de galletas.

Me propuso matrimonio hace un par de semanas, durante un ataque de libido. Me desabrochó los vaqueros, enganchó la cinturilla con un dedo y me atrajo hacia él.

—Hablando de esa proposición, Bizcochito... —me dijo.

—¿De qué proposición estamos hablando?

—De la de matrimonio.

—¿Lo dices en serio?

—Estoy desesperado.

Eso era evidente.

La verdad es que yo también estaba desesperada. Estaba empezando a pensar en mi cepillo de dientes eléctrico en plan romántico. El problema era que no sabía si estaba preparada para el matrimonio. El matrimonio es un rollo espeluznante. Tienes que compartir el cuarto de baño. ¿Qué te parece? ¿Y qué pasa con las fantasías? ¿Y si la princesa intergaláctica reaparece y tengo que salir a cumplir una misión?

Morelli sacudió la cabeza.

—Ya estás pensando otra vez.

—Hay que tener en cuenta muchas cosas.

—Permíteme que te recuerde algunas cosas buenas: tarta de bodas, sexo oral, y, además, puedes usar mi tarjeta de crédito.

—Me gusta lo de la tarta de bodas.

—Y las otras cosas también te gustan —dijo Morelli.

—Necesito tiempo para pensarlo.

—Por supuesto —dijo Morelli—, piénsalo todo el tiempo que quieras. ¿Lo pensamos arriba, en el dormitorio?

Su dedo seguía metido en la cintura de mis vaqueros y yo empezaba a sentir calor por allí abajo. Eché una mirada furtiva a las escaleras.

Morelli sonrió y me arrimó más a él.

—¿Pensando en la tarta de bodas?

—No —dije—. Y tampoco estoy pensando en la tarjeta de crédito.

Uno

Supe que iba a ocurrir algo malo cuando Vinnie me hizo ir a su despacho privado. Vinnie es mi jefe y mi primo. En una ocasión leí en la puerta de un retrete que «Vinnie folla como un hurón». No estoy muy segura de lo que quiere decir, pero me parece razonable, puesto que Vinnie se *parece* a un hurón. Su anillo de rubí rosa me recordaba a los tesoros que se ven en las máquinas tragaperras con regalos de las salas de juegos del Parque Marítimo. Vestía camisa y corbata negras y llevaba su cada vez más escaso pelo negro pegado hacia atrás, al estilo de los jefes de los garitos de juego. La expresión de su cara decía «nada contento».

Le miré desde el otro lado del escritorio e intenté reprimir una mueca.

—¿Qué pasa ahora?

—Tengo un trabajo para ti —dijo Vinnie—. Quiero que encuentres a esa rata asquerosa de Eddie DeChooch, y que arrastres su culo huesudo hasta aquí. Le pillaron pasando un camión de cigarrillos de contrabando desde Virginia y no se presentó a su cita con el juez.

Puse los ojos en blanco con tal fuerza que pude verme el crecimiento del pelo.

—No voy a ir a por Eddie DeChooch. Es viejo, mata gente y sale con mi abuela.

—Ya casi nunca mata a nadie —dijo Vinnie—. Tiene cataratas. La última vez que intentó cargarse a alguien vació un cargador sobre una tabla de planchar.

Vinnie es el dueño y director de Fianzas Vincent Plum en Trenton, Nueva Jersey. Cuando se acusa a alguien de un crimen, Vinnie le da al juzgado un pagaré, el juzgado deja libre al acusado hasta la fecha del juicio y Vinnie reza para que el acusado se presente en el tribunal. Si el acusado decide declinar el placer de presentarse a su cita en el juzgado, Vinnie pierde un montón de dinero, a no ser que yo pueda encontrar al acusado y hacer que vuelva al buen camino. Me llamo Stephanie Plum y soy agente de cumplimiento de fianza... alias cazarrecompensas. Acepté este trabajo cuando las cosas no iban muy bien y ni siquiera el hecho de haberme graduado entre el noventa y ocho por ciento más alto de la clase podía proporcionarme un trabajo mejor. Desde entonces la economía ha mejorado y no hay una buena razón para que siga persiguiendo a los malos, salvo que enfurece a mi madre y que no tengo que ponerme pantys para ir a trabajar.

—Se lo encargaría a Ranger, pero está fuera del país —dijo Vinnie—. Por eso te toca a ti.

Ranger es un tipo mercenario que a veces trabaja como cazarrecompensas. Es muy bueno... en todo. Y da un miedo que te cagas.

—¿Qué hace Ranger fuera del país? ¿Y qué quieres decir con fuera del país? ¿Asia? ¿América del Sur? ¿Miami?

—Me está haciendo una recogida en Puerto Rico —Vinnie empujó una carpeta por encima del escritorio—. Aquí está el acuerdo de pago de DeChooch y tu autorización para capturarle. Para mí vale cincuenta mil... cinco mil para ti. Acércate a la casa de DeChooch y entérate de por qué no apareció en su vista de ayer. Connie le llamó, pero no obtuvo respuesta. Cristo, podría estar muerto en el suelo de la cocina. Salir con tu abuela es suficiente para matar a cualquiera.

La oficina de Vinnie está en Hamilton, lo que a primera vista puede no parecer la situación ideal para una oficina de fianzas. La mayoría de los despachos de fianzas están enfrente de los calabozos del juzgado. La diferencia es que la mayoría de la gente a la que fía Vinnie son familiares o vecinos y viven cerca de la calle Hamilton, en el Burg. Yo crecí en el Burg y mis padres todavía viven allí. Realmente es un barrio muy seguro, ya que los delincuentes del Burg se cuidan mucho de cometer sus delitos en otros barrios. Vale, de acuerdo, una vez Jimmy Cortinas sacó a Dos Dedos Garibaldi de su casa en pijama y se lo llevó al vertedero... pero lo que fue la verdadera paliza no tuvo lugar en el Burg. Y los tipos que encontraron enterrados en el sótano de la tienda de caramelos de la calle Ferris no eran del Burg, o sea que no se les puede incluir en las estadísticas.

Connie Rosolli levantó la mirada cuando salí del despacho de Vinnie. Connie es la secretaria de dirección. Connie mantiene la oficina en marcha cuando Vinnie está fuera liberando facinerosos y/o fornicando con animales de granja.

Connie llevaba el pelo cardado hasta unas tres veces más que el tamaño de su cabeza. Vestía un jersey rosa con cuello de pico que se ajustaba a unas tetas que podrían pertenecer a una mujer mucho más grande y una falda corta de punto negro que le iría mejor a una mujer mucho más pequeña.

Connie está con Vinnie desde que puso en marcha el negocio. Ha aguantado todo este tiempo porque no se calla nada y porque los días excepcionalmente malos se coge una paga extra de la caja chica.

Torció el gesto al ver que yo llevaba una carpeta en la mano.

—¿No irás a buscar a Eddie DeChooch en serio, verdad?

—Espero que esté muerto.

Lula estaba desparramada en el sofá de cuero falso que había junto a la pared y que servía de sala de espera para los subvencionados y sus desafortunados familiares. Lula y el sofá tenían casi el mismo tono de marrón, con la excepción del pelo de Lula, que hoy era de un rojo cereza.

Cuando me pongo al lado de Lula siempre me siento como si fuera anémica. Soy norteamericana de tercera generación con ascendencia italo-húngara.

Tengo la piel pálida y los ojos azules de mi madre y un buen metabolismo que me permite comer pastel de cumpleaños y (casi siempre) abrocharme el último botón de los Levi's. Por parte de mi padre, he heredado una incontrolable mata de pelo castaño y la tendencia a mover las manos como los italianos. A solas, en un día bueno, con una tonelada de rímel y tacones de siete centímetros, puedo atraer algo de atención. Al lado de Lula soy como papel pintado.

—Me ofrecería para ayudarte a traer su trasero a la cárcel —dijo Lula—. Probablemente te vendría bien la ayuda de una mujer de talla grande como yo. Pero la cuestión es que no me gusta cuando están muertos. Los muertos me espeluznan.

—Bueno, la verdad es que no sé si está muerto —dije.

—Por mí, vale —dijo Lula—. Cuenta conmigo. Si está vivo tendré la oportunidad de darle un puntapié en el trasero a un desgraciado, y si está muerto... me quedo fuera.

Lula habla en plan duro, pero la verdad es que las dos somos bastante cortadas cuando llega la hora de la verdad. Lula fue puta en una vida anterior y ahora le ayuda a Vinnie con el archivo. Lula era tan buena como puta como lo es en el archivo..., y no se puede decir que en el archivo sea una maravilla.

—Tal vez deberíamos ponernos chalecos —dije.

Lula sacó el bolso de uno de los cajones inferiores del archivador.

—Tú haz lo que quieras, pero yo no me voy a poner uno de esos chalecos Kevlar. No hay ninguno de mi talla, y además se cargaría mi estilismo.

Yo llevaba vaqueros y camiseta y no tenía ningún estilismo que cargarme, así que cogí un chaleco antibalas del almacén.

—Espera —dijo Lula cuando llegamos a la acera—, ¿qué es esto?

—Me he comprado un coche nuevo.

—Muy bien, chica, has hecho muy bien. Este coche es una maravilla.

Era un Honda CR-V negro y las letras estaban acabando conmigo. Tuve que elegir entre comer o molar. Y molar había ganado. Al cuerno, todo tiene su precio, ¿verdad?

—¿Dónde vamos? —preguntó Lula acomodándose a mi lado—. ¿Dónde vive ese colega?

—Vamos al Burg. Eddie DeChooch vive a tres manzanas de la casa de mis padres.

—¿Es cierto que sale con tu abuela?

—Lo conoció la semana pasada en un velatorio en la Funeraria de Stiva y después se fueron a tomar una pizza.

—¿Tú crees que hicieron guarrerías?

Casi subo el coche a la acera.

—¡No! ¡Agh!

—Sólo era una pregunta —dijo Lula.

DeChooch vive en una pequeña casa pareada de ladrillos. Angela Marguchi, de setenta y tantos años, y su madre, de noventa y tantos, viven en una mitad de la casa, y DeChooch vive en la otra. Aparqué delante de la mitad de DeChooch, y Lula y yo nos acercamos a la puerta. Yo llevaba el chaleco antibalas

y Lula un top ceñido con estampado animal y pantalones amarillos elásticos. Lula es una mujer grande y tiene tendencia a poner a prueba los límites de la lycra.

—Ve tú delante y mira si está muerto —dijo Lula—. Y después, si ves que no está muerto, me avisas y yo lo saco a patadas en el culo.

—Sí, ya.

—¿Qué? —dijo haciéndome una mueca—. ¿No me crees
capaz de darle una patada en el culo?

—A lo mejor prefieres quedarte al lado de la puerta —le
dije—. Por si acaso...

—Buena idea —dijo Lula echándose a un lado—. No es que
me dé miedo, pero me fastidiaría manchar de sangre este top.

Llamé al timbre y esperé a que hubiera respuesta. Llamé una
segunda vez.

—¿Señor DeChooch? —grité.

Angela Marguchi asomó la cabeza por su puerta. Era unos
quince centímetros más baja que yo, con el pelo blanco y huesos de pajarito, un cigarrillo colgándole entre los delgados labios y los ojos entrecerrados por el humo y la edad.

—¿A qué viene todo este alboroto?

—Busco a Eddie.

Se acercó a mirarme y su semblante se alegró al recono-
cerme.

—Stephanie Plum. Dios mío, hacía mucho que no te veía.
Había oído que estabas embarazada del poli ese de antivicio,
Joe Morelli.

—Un rumor malicioso.

—¿Y qué pasa con DeChooch? —le preguntó Lula a Angela—. ¿Anda por aquí?

—Está en su casa —dijo Angela—. Ya no sale para ir a ningún sitio. Está deprimido. Ni habla ni nada.

—No nos abre la puerta.

—Y tampoco contesta al teléfono. Entrad y ya está. Deja la puerta abierta. Dice que está esperando a que alguien venga a pegarle un tiro y acabe con su desdicha.

—Bueno, pues no seremos nosotras —dijo Lula—. Claro que, si está dispuesto a pagar, yo sé de alguien que...

Abrí con cuidado la puerta de Eddie y entré en el vestíbulo.

—¿Señor DeChooch?

—Lárgate.

La voz vino de la sala, a mi derecha. Las cortinas estaban echadas y la habitación completamente a oscuras. Entorné los ojos para mirar en dirección a la voz.

—Soy Stephanie Plum, señor DeChooch. Ha faltado a su cita en el juzgado. Vinnie está preocupado por usted.

—No voy a ir al juzgado —dijo DeChooch—. No voy a ir a ninguna parte.

Me adentré más en la habitación y le descubrí sentado en una silla en un rincón. Era un tipo delgaducho de pelo blanco alborotado. Iba en camiseta y calzoncillos boxer y zapatos negros con calcetines negros.

—¿Por qué lleva los zapatos? —le preguntó Lula.

DeChooch bajó la mirada.

—Tenía frío en los pies.

—Qué le parece si se acaba de vestir y le llevamos para que le den otra cita —dije yo.

—¿Qué te pasa, eres dura de oído? Ya te lo he dicho: no voy a ninguna parte. Mírame. Estoy deprimido.

—A lo mejor su depresión se debe a que no lleva pantalones —dijo Lula—. Yo, por lo menos, me encontraría mucho mejor si no tuviera que verle el pizarrín asomando por el bajo de los calzones.

—Vosotras no sabéis nada —dijo DeChooch—. No sabéis lo que es ser viejo y no ser capaz de hacer nada bien.

—No, no tengo ni idea de lo que es eso —dijo Lula.

De lo que sí sabíamos Lula y yo era de ser *joven* y no ser capaces de hacer nada bien. Lula y yo *nunca* hacíamos nada bien.

—¿Qué es eso que llevas puesto? —me preguntó DeChooch—. Dios, ¿es un chaleco antibalas? Ves, eso sí que es un insulto. Es como si dijeras que no soy lo bastante listo como para pegarte un tiro en la cabeza.

—Después de lo que pasó con la tabla de la plancha, ha pensado que no estaría de más tomar algunas precauciones —dijo Lula.

—¡La tabla de la plancha! Todo el mundo habla de eso. Uno comete un error y todo el mundo se pone a hablar de ello —hizo un gesto de desprecio con la mano—. ¡Qué demonios! ¿A quién quiero engañar? Estoy acabado. ¿Sabéis por qué me arrestaron? Por pasar un camión de cigarrillos de Virginia. Ya ni siquiera sirvo para hacer contrabando de cigarrillos —se agarró la cabeza—. Soy un perdedor. Un perdedor, ¡joder! Debería pegarme un tiro.

—A lo mejor ha tenido mala suerte —dijo Lula—. Estoy segura de que la próxima vez que intente pasar algo le saldrá de maravilla.

—Tengo mal la próstata —dijo DeChooch—. Tuve que parar para echar una meada. Así me pillaron... en el área de descanso.

—No me parece justo —dijo Lula.

—La vida no es justa. No hay nada justo en esta vida. He trabajado como una mula toda mi vida y he logrado un montón de... éxitos. Y ahora que soy viejo, ¿qué pasa? Me arrestan mientras echo una meada. Es vergonzoso, joder.

La casa estaba decorada sin tener en cuenta ningún estilo en particular. Probablemente la había amueblado a lo largo de los años con cualquier cosa que «se cayera del camión». No existía una señora DeChooch. Había fallecido hacía años. Y que yo supiera, nunca había habido pequeños DeChooches.

—Será mejor que se vista —dije—. Tenemos que llevarle a la ciudad, en serio.

—¿Por qué no? —dijo DeChooch—. Da igual dónde esté sentado. Lo mismo puedo estar en la ciudad que aquí —se levantó, soltó un triste suspiro y se dirigió a las escaleras arrastrando los pies y con los hombros caídos. Se giró y nos dijo—: Dadme un minuto.

La casa era muy parecida a la de mis padres. La sala de estar a la entrada, el comedor en el centro y la cocina asomada a un estrecho patio trasero. Arriba habría tres dormitorios pequeños y un cuarto de baño.

Lula y yo nos quedamos sentadas en el silencio y la oscuridad, escuchando los pasos de DeChooch en su dormitorio, encima de nosotras.

—Tenía que haber traficado con Prozac en vez de con cigarrillos —dijo Lula—. Se podría haber metido unos cuantos.

—Lo que tendría que hacer es arreglarse los ojos. Mi tía Rose se operó de cataratas y ahora puede ver otra vez.

—Sí, y si se arregla los ojos probablemente se podría cargar a mucha más gente. Seguro que eso le levantaría mucho el ánimo.

De acuerdo, puede que sea mejor que no se opere los ojos.

Lula miró a las escaleras.

—¿Qué estará haciendo ahí arriba? ¿Cuánto se tarda en ponerse un par de pantalones?

—A lo mejor no puede encontrarlos.

—¿Crees que está tan ciego?

Me encogí de hombros.

—Ahora que me doy cuenta, ya no le oigo moverse —dijo Lula—. Puede que se haya quedado dormido. Los viejos lo hacen muy a menudo.

Me acerqué a las escaleras y le grité a DeChooch:

—¡Señor DeChooch! ¿Se encuentra bien?

Sin respuesta.

Grité de nuevo.

—¡Ay, madre! —dijo Lula.

Subí las escaleras de dos en dos. La puerta del dormitorio de DeChooch estaba cerrada, y la aporreé con fuerza.

—¿Señor DeChooch?

Mierda.

—¿Qué pasa? —gritó Lula desde abajo.

—DeChooch no está aquí.

—¿Cómo?

Lula y yo inspeccionamos la casa. Miramos debajo de las camas y dentro de los armarios. Rebuscamos en el sótano y en el garaje. Los armarios de DeChooch estaban llenos de ropa y su cepillo de dientes seguía en el cuarto de baño. Su coche dormía en el garaje.

—Esto es muy raro —dijo Lula—. ¿Cómo puede habernos despistado? Estábamos sentadas en la misma entrada. Le habríamos visto escabullirse.

Estábamos en el patio de atrás y levanté los ojos a la segunda planta. La ventana del baño daba directamente al tejado plano que cubría la puerta trasera que unía la cocina con el patio. Igual que en casa de mis padres. Cuando iba al instituto solía escaparme por aquella ventana por las noches para salir con mis amigos. Mi hermana Valerie, la hija perfecta, nunca hizo tal cosa.

—Puede haberse escapado por la ventana —dije—. Además, ni siquiera tendría una gran distancia porque tiene esos dos cubos de basura pegados a la pared.

—Desde luego, vaya cara tiene, hacerse el pobre ancianito frágil y deprimido de la leche, y en cuanto nos damos la vuelta salta por una ventana. Si te digo yo que ya no puede una fiarse de nadie.

—Nos la ha dado con queso.

—Menudo saltarín.

Entré en la casa, revisé la cocina y, con un mínimo esfuerzo, encontré un manojo de llaves. Probé una de las llaves en la puerta principal. Perfecto. Cerré la casa y me guardé las llaves en el bolsillo. La experiencia me ha enseñado que, tarde o temprano, todos vuelven a casa. Y cuando DeChooch vuelva a casa puede que quiera cerrarla en condiciones.

Llamé a la puerta de Angela y le pregunté si, por casualidad, no estaría escondiendo a Eddie DeChooch. Ella insistió en que no le había visto en todo el día, de modo que le di mi tarjeta y le dije que me llamara si aparecía DeChooch.

Lula y yo nos metimos en el CR-V, encendí el motor y la imagen de las llaves de DeChooch se abrió paso hasta la superficie de mi cerebro. La llave de la casa, la llave del coche y... una tercera llave. Saqué el llavero del bolso y lo miré.

—¿De dónde crees que es esta tercera llave? —pregunté a Lula.

—Es de uno de esos candados Yale que se ponen en las taquillas de los gimnasios y en los cobertizos y esas cosas.

—¿Recuerdas haber visto un cobertizo?

—No lo sé. Supongo que no estaba atenta a eso. ¿Crees que puede estar escondido en el cobertizo con el cortacésped y el herbicida?

Quité el contacto del motor, salimos del coche y volvimos al patio.

—No veo ningún cobertizo —dijo Lula—. Veo un par de cubos de basura y el garaje.

Echamos un vistazo al sombrío garaje por segunda vez.

—Aquí no hay nada más que el coche.

Rodeamos el garaje hasta el fondo y descubrimos el cobertizo.

—Sí, pero está cerrado por fuera —dijo Lula—. Tendría que ser Houdini para meterse dentro y después cerrar desde fuera. Y, además, este cuchitril huele *verdaderamente mal*.

Metí la llave en el candado y el cierre se abrió de un salto.

—Espera —dijo Lula—. Voto por que dejemos el cobertizo cerrado. No quiero saber lo que huele así.

Bajé el picaporte, la puerta del cobertizo se abrió de par en par y Loretta Ricci apareció ante nosotras con la boca abierta, los ojos ciegos, y cinco agujeros de bala en medio del pecho. Estaba sentada en el suelo de tierra, con la espalda apoyada contra la pared de metal ondulado y el pelo blanco por la capa de cal que no hacía gran cosa por detener la descomposición que conlleva la muerte.

—Mierda, eso no es una tabla de planchar —dijo Lula.

Cerré la puerta de golpe, puse el candado en su sitio y establecí cierta distancia entre el cobertizo y yo. Me dije a mí misma que no iba a vomitar e hice unas cuantas respiraciones profundas.

—Tenías razón —dije—. No tenía que haber abierto el cobertizo.

—Nunca me haces caso. Ahora mira lo que tenemos. Y todo porque tienes que ser una chismosa. Y no sólo eso, ya sé lo que viene ahora. Vas a llamar a la policía y te van a tener todo el día liada. Si tuvieras un poco de cabeza harías como que no has visto nada y nos iríamos a comer unas patatas fritas con Coca-Cola. La verdad es que me vendrían bien unas patatas fritas y una Coca-Cola.

Le di las llaves de mi coche.

—Vete a comer algo, pero vuelve antes de media hora. Te juro que si me abandonas mando a la policía a buscarte.

—Oye, eso me duele. ¿Cuándo te he abandonado yo?

—¡Me abandonas todo el tiempo!

—Bah —dijo Lula.

Abrí mi teléfono móvil y llamé a la policía. A los pocos minutos oí a los chicos de azul aparcar delante de la casa. Eran Carl Costanza y su compañero, Big Dog.

—Cuando nos han avisado me he imaginado que eras tú —me dijo Carl—. Hace casi un mes que no descubrías un cadáver. Sabía que te tocaba ya.

—¡No encuentro tantos cadáveres!

—Oye —dijo Big Dog—, ¿eso que llevas es un chaleco Kevlar?

—Y además nuevecito —dijo Costanza—. No tiene ni un agujero de bala.

Los polis de Trenton son los mejores del mundo, pero su presupuesto no es exactamente como el de Beverly Hills. Los polis de Trenton esperan que Santa Claus les traiga su chaleco antibalas, porque los chalecos se financian básicamente con ayudas variadas y donaciones y no vienen acompañando automáticamente a la placa.

Saqué la llave de la casa de DeChooch del llavero y la puse a buen recaudo en mi bolsillo. Las otras dos llaves se las di a Costanza.

—Loretta Ricci está en el cobertizo y no tiene muy buen aspecto.

Conocía a Loretta Ricci de vista y nada más. Vivía en el Burg y era viuda. Yo le echaría unos sesenta y cinco años. A veces la veía en la carnicería de Giovichinni comprando carne para sus comidas.

Vinnie se inclinó en la silla y nos miró a Lula y a mí con los ojos entornados.

—¿Cómo que perdisteis a DeChooch?

—No fue culpa nuestra —dijo Lula—. Es muy escurridizo.

—¡Diantres! —dijo Vinnie—. No puedo esperar que seáis capaces de atrapar a alguien escurridizo.

—Ya —dijo Lula—. No fastidies.

—Apuesto dólares contra donuts a que está en su club social —dijo Vinnie.

Hubo un tiempo en que los clubes sociales eran muy poderosos en el Burg. Eran poderosos porque a través de ellos se hacían apuestas. Luego Jersey legalizó el juego e inmediatamente la industria del juego ilegal se fue por el retrete. Ahora sólo quedan algunos clubes en el Burg, y los socios se limitan a sentarse en corrillos a leer el *Modern Maturity* y a comparar sus marcapasos.

—No creo que DeChooch esté en su club social —le dije a Vinnie—. Encontramos a Loretta Ricci muerta en el cobertizo de DeChooch y me imagino que estará camino de Río.

A falta de algo mejor que hacer me fui a mi apartamento. El cielo estaba cubierto y había empezado a caer una fina lluvia. Era media tarde y yo estaba algo más que ligeramente impresionada por lo de Loretta Ricci. Aparqué en la explanada, crucé la doble puerta de cristal que daba paso al pequeño recibidor y cogí el ascensor hasta el segundo piso.

Entré en el apartamento y me dirigí directamente hacia la luz roja parpadeante del contestador automático.

El primer mensaje era de Joe Morelli. «Llámame.» No sonaba muy amistoso.

El segundo mensaje era de mi amigo El Porreta. «Oye, colega —decía—, soy El Porreta». Eso era todo. Se acabó el mensaje.

El tercer mensaje era de mi madre. «¿Por qué a mí? —se preguntaba—. ¿Por qué tengo que tener una hija que encuentra cadáveres? ¿En qué me he equivocado? La hija de Emily Beeber nunca encuentra un cadáver. La hija de Joanne Malinoski nunca encuentra cadáveres. ¿Por qué a mí?».

Las noticias van deprisa en el Burg.

El cuarto y último mensaje era también de mi madre. «Estoy haciendo un pollo delicioso para la cena, con bizcocho de piña de postre. Pongo un plato más en la mesa por si no tienes planes.»

Mi madre estaba jugando sucio con el bizcocho.

Mi hámster, Rex, estaba dormido en su lata de sopa dentro de la jaula que tenía colocada sobre la encimera de la cocina. Di unos golpecitos en un lado de la jaula y le dije hola, pero Rex ni se movió. Recuperando sueño después de una dura noche de carreras en su rueda.

Pensé devolverle la llamada a Morelli, pero decidí no hacerlo. La última vez que hablé con él acabamos gritándonos. Después de pasar la tarde con la señora Ricci no tenía energía para pelearme con Morelli.

Entré en el dormitorio y me tiré en la cama a pensar. Muchas veces pensar se parece a dormir la siesta, pero la intención es diferente. Estaba en medio de un pensamiento muy profundo cuando sonó el teléfono. Cuando conseguí salir con esfuerzo de mis pensamientos ya no había nadie al otro lado de la línea, sólo un mensaje de El Porreta.

—Qué muermo —decía El Porreta. Se acabó. Nada más.

Es público y notorio que El Porreta experimenta con sustancias farmacéuticas y durante la mayor parte de su vida no se le ha entendido nada. Por lo general, lo mejor es ignorarle.

Metí la cabeza en el refrigerador y encontré un bote de aceitunas, un poco de lechuga marrón y pocha, una solitaria botella de cerveza y una naranja a la que le estaba saliendo pelusa azul. Nada de bizcocho de piña.

Me bebí la cerveza y me comí las aceitunas. No estaba mal, pero no era el bizcocho. Solté un suspiro de resignación. Iba a rendirme. Quería comerme aquel bizcocho.

Mi madre y mi abuela estaban en la puerta cuando aparqué junto al bordillo de delante de su casa. La abuela Mazur se fue a vivir con mis padres poco después de que el abuelo Mazur se llevara su cubilete de cuartos de dólar a la gran máquina tragaperras que hay en el cielo. La abuela aprobó por fin el examen del carnet de conducir el mes pasado y se compró un Corvette rojo. No necesitó más que cinco días para que le pusieran tantas multas por exceso de velocidad que le quitaron el carnet.

—El pollo está en la mesa —dijo mi madre—. Estábamos a punto de sentarnos.

—Tienes suerte de que se haya retrasado la cena —dijo la abuela—, porque el teléfono no ha dejado de sonar. Todo el mundo habla de Loretta Ricci —se sentó y desplegó la servilleta—. Y no es que me haya sorprendido. Hace tiempo que pienso que Loretta estaba buscándose un lío. Estaba absolutamente despendolada. Tras la muerte de Dominic se volvió como loca. Loca por los hombres.

Mi padre estaba en la cabecera de la mesa y parecía que quisiera pegarse un tiro.

—Pasaba de un hombre a otro en las reuniones de ancianos —siguió la abuela—. Y he oído decir que era muy desvergonzada.

La carne siempre se ponía delante de mi padre para que eligiera el primero. Supongo que mi madre pensaba que si mi padre se entregaba de inmediato a la tarea de comer perdería un poco el interés en saltar sobre mi abuela y estrangularla.

—¿Qué tal está el pollo? —quiso saber mi madre—. ¿Os parece que está demasiado seco?

Todo el mundo dijo que no, que el pollo no estaba demasiado seco. El pollo estaba en su punto.

—La semana pasada vi un programa de televisión sobre una mujer de ese tipo —dijo la abuela—. Una mujer muy sexual y resultó que el hombre con el que estaba saliendo era un alienígena del espacio exterior. Y el alienígena en cuestión se la llevó a su nave espacial y le hizo toda clase de cosas.

Mi padre se inclinó un poco más encima del plato y murmuró algo ininteligible, salvo las palabras *viejo loro chiflado*.

—¿Y qué me decís de Loretta y Eddie DeChooch? —pregunté—. ¿Creéis que se estaban viendo?

—Que yo sepa, no —dijo la abuela—. Por lo que yo sé a Loretta le gustaban los hombres ardientes y a Eddie DeChooch no se le levantaba. Yo salí con él un par de veces y aquella cosa estaba más muerta que un picaporte. Por mucho que me esforzara no le pasaba nada.

Mi padre miró a la abuela y un trozo de carne se le cayó de la boca.

En su rincón de la mesa mi madre estaba toda sonrojada. Resolló y se hizo la señal de la cruz.

—Madre de Dios —dijo.

Yo jugueteaba con el tenedor.

—Si me largo ahora mismo probablemente me quede sin bizcocho de piña, ¿verdad?

—Para el resto de tu vida —dijo mi madre.

—¿Y qué aspecto tenía? —se interesó la abuela—. ¿Qué llevaba Loretta? ¿Y cómo iba peinada? Doris Szuch dijo que había visto a Loretta en la tienda ayer por la tarde, así que me imagino que todavía no estaría descompuesta y llena de gusanos.

Mi padre agarró el cuchillo de trinchar y mi madre le detuvo con una mirada que decía: *no se te ocurra ni pensarlo*.

Mi padre es jubilado de correos. Conduce un taxi a tiempo parcial, sólo compra coches norteamericanos y fuma puros detrás del garaje cuando mi madre no está en casa. No creo que mi padre llegara a apuñalar a la abuela Mazur con el cuchillo de trinchar en serio. Sin embargo, si se atragantara con un hueso de pollo no estoy muy segura de que se sintiera infeliz del todo.

—Estoy buscando a Eddie DeChooch —le dije a la abuela—. Está NCT*. ¿Se te ocurre alguna idea de dónde puede estar escondido?

—Es amigo de Ziggy Garvey y de Benny Colucci. Y luego está su sobrino Ronald.

—¿Crees que saldría del país?

—¿Quieres decir que podría ser culpable de haberle hecho esos agujeros a Loretta? No lo creo. Ya se le ha acusado de matar a otras personas y nunca se ha ido del país. Por lo menos que yo sepa.

—Odio esto —dijo mi madre—. Odio tener una hija que persigue asesinos. ¿Qué le pasa a Vinnie? ¿Por qué te ha dado este caso? —miró furiosa a mi padre—. Frank, es pariente *tuyo*. Tienes que hablar con él. Y tú ¿por qué no puedes parecerte más a tu hermana Valerie? —me preguntó mi madre—. Está felizmente casada y tiene dos niños preciosos. No va por ahí persiguiendo asesinos ni encontrando cadáveres.

—Stephanie está *casi* felizmente casada... se comprometió el mes pasado.

---

* NCT (No Compareciente ante el Tribunal). Ver *Sobre la pista*, de la misma autora. *(N. del T.)*

—¿Ves algún anillo en su dedo? —preguntó mi madre.

Todos miraron mi dedo desnudo.

—No quiero hablar de eso —dije.

—Me parece que Stephanie está colada por otra persona —dijo la abuela—. Me parece que le gusta ese tal Ranger.

Mi padre se detuvo con el tenedor clavado en una montaña de puré de patatas.

—¿El cazarrecompensas? ¿El negro?

Mi padre era muy intransigente en cuanto a la igualdad de oportunidades. No iba por ahí pintando esvásticas en las iglesias y no discriminaba a las minorías. Era sencillamente que, con la posible excepción de mi madre, si no eras italiano no estabas a su altura.

—Es cubano-norteamericano —dije.

Mi madre se hizo la señal de la cruz otra vez.

Dos

Ya era de noche cuando salí de casa de mis padres. No esperaba que Eddie DeChooch estuviera en casa, pero pasé por delante de ella de todos modos. La mitad de la Marguchi estaba brillantemente iluminada. La mitad de DeChooch estaba muerta. Alcancé a ver la cinta amarilla de la policía atravesando el patio de atrás.

Quería hacerle algunas preguntas a la señora Marguchi, pero tendrían que esperar. No quería molestarla a aquellas horas. Ya habría tenido un día bastante difícil. Me pasaría mañana y, de camino, me acercaría a la oficina para conseguir las direcciones de Garvey y Colucci.

Di una vuelta a la manzana y me dirigí hacia la avenida Hamilton. Mi edificio de apartamentos está situado a unos tres kilómetros del Burg. Es un bloque macizo de ladrillo y cemento de tres pisos construido en los años setenta pensando en la economía. No está equipado con grandes comodidades, pero tiene un portero decente que hace lo que le pidas a cambio de un paquete de seis cervezas, el ascensor funciona casi siempre y el alquiler es razonable.

Dejé el coche en el aparcamiento y miré hacia mi apartamento. Las luces estaban encendidas. Había alguien en casa y no era yo. Probablemente sería Morelli. Tenía llave. Sentí una oleada de excitación ante la idea de verle, seguida de inmediato por la sensación de agujero en el estómago. Morelli y yo nos conocemos desde pequeños y las cosas nunca han sido sencillas entre nosotros.

Subí por las escaleras considerando mis sentimientos y me decidí por «condicionalmente contenta». La verdad es que Morelli y yo estamos bastante seguros de que nos queremos. De lo que no estamos tan seguros es de que soportemos vivir juntos el resto de nuestras vidas. Yo no tengo mucho interés en casarme con un poli. Morelli no quiere casarse con una cazarrecompensas. Y además está Ranger.

Abrí la puerta del apartamento y me encontré con dos viejos sentados en mi sofá, viendo un partido de béisbol en la televisión. Morelli no estaba a la vista. Los dos se levantaron y sonrieron cuando entré en la habitación.

—Usted debe de ser Stephanie Plum —dijo uno de los hombres—. Permítame que haga las presentaciones. Yo soy Benny Colucci y éste es mi amigo y colega Ziggy Garvey.

—¿Cómo han entrado en mi apartamento?

—La puerta estaba abierta.

—Eso no es verdad.

Su sonrisa se ensanchó.

—Ha sido Ziggy. Tiene un toque especial para las cerraduras.

Ziggy sonrió y agitó los dedos.

—Soy un viejo chocho, pero los dedos todavía me funcionan.

—No me vuelve loca que la gente se cuele en mi apartamento —dije.

Benny asintió solemnemente.

—Lo entiendo, pero pensamos que en esta ocasión sería correcto, puesto que tenemos algo muy serio que discutir.

—Y urgente —añadió Ziggy—. También es de naturaleza urgente.

Los dos se miraron y asintieron. Era urgente.

—Y, además —dijo Ziggy—, tiene algunos vecinos muy chismosos. La estábamos esperando en el pasillo, pero había una señora que no dejaba de asomarse a la puerta para mirarnos. Nos resultaba incómodo.

—Creo que estaba interesada en nosotros, si sabe a lo que me refiero. Y nosotros no hacemos cosas raras de ésas. Somos hombres casados.

—Tal vez cuando éramos más jóvenes —dijo Ziggy sonriendo.

—Y ¿cuál es ese asunto tan urgente?

—Resulta que Ziggy y yo somos muy buenos amigos de Eddie DeChooch —dijo Benny—. Los tres nos conocemos desde hace mucho. Por eso, Benny y yo estamos preocupados por la repentina desaparición de Eddie. Nos preocupa que Eddie esté metido en un lío.

—¿Quieren decir porque mató a Loretta Ricci?

—No, no creemos que eso sea un problema serio. La gente siempre está acusando a Eddie de matar a gente.

Ziggy se acercó y dijo en un susurro confidencial:

—Rumores injustificados, todos ellos.

Por supuesto.

—Estamos preocupados porque, tal vez, Eddie no tenga las ideas muy claras —dijo Benny—. Lleva tiempo deprimido. Vamos a verle y no quiere hablar con nosotros. Nunca se había comportado así.

—No es normal —dijo Ziggy.

—En cualquier caso, sabemos que le está buscando y no queremos que resulte herido, ¿me entiende?

—No quieren que le dispare.

—Sí.

—Casi nunca disparo a nadie.

—A veces pasa, pero quiera Dios que no sea a Choochy —dijo Benny—. Estamos intentando evitar que eso le pase a Choochy.

—Miren —dije—, si le pegan un tiro la bala no será mía.

—Y hay otra cosa —dijo Benny—. Estamos intentando encontrar a Choochy para ayudarle.

Ziggy asintió.

—Creemos que tal vez debería ir a un médico. Puede que necesite un psiquiatra. Por eso se nos ha ocurrido que, como usted está buscándole, podríamos trabajar juntos.

—Claro —dije—. Si le encuentro se lo haré saber.

Después de que le haya entregado en el juzgado y lo tengan metido entre rejas.

—Y nos preguntábamos si tendría ya alguna pista.

—No. Ni una.

—Caray, contábamos con que tuviera alguna pista. Hemos oído que es usted muy buena.

—La verdad es que no soy tan buena... es más bien que tengo suerte.

Otro intercambio de miradas.

—Y en este caso ¿tiene la impresión de que puede tener suerte? —preguntó Benny.

Era difícil que me sintiera con suerte cuando un ciudadano de la tercera edad se me acababa de escapar de las manos, había encontrado una mujer muerta en su cobertizo y había compartido la cena con mis padres.

—Bueno, es demasiado pronto para saberlo.

Se escucharon unos ruidos en la puerta, ésta se abrió de par en par y entró El Porreta. Iba enfundado de la cabeza a los pies en un mono de tejido elástico violeta con una P plateada cosida en el pecho.

—Hola, colega —dijo El Porreta—. He intentado llamarte, pero nunca estás en casa. Quería enseñarte mi nuevo traje de Súper Porreta.

—Caramba —dijo Benny—, lo que parece es mariquita perdido.

—Soy un superhéroe, colega —dijo El Porreta.

—Supermariquita sería más acertado. ¿Vas por ahí con ese traje todo el día?

—Para nada, colega. Es mi traje secreto. Normalmente sólo me lo pongo para hacer supermisiones, pero quería que aquí la coleguita tuviera un impacto total, y me cambié en el pasillo.

—¿Puedes volar como Superman? —le preguntó Benny a El Porreta.

—No, pero puedo volar en mi imaginación, colega. No veas si puedo volar.

—Ay, madre —dijo Benny.

Ziggy miró el reloj.

—Nos tenemos que ir. Si sabe algo de Choochy nos lo dirá, ¿verdad?

—Desde luego.

A lo mejor.

Me quedé observándoles mientras se iban. Eran como Jack Sprat y su mujer. Benny tendría unos veinticinco kilos de sobrepeso y la papada le caía en cascada sobre el cuello. Y Ziggy parecía el esqueleto de un pavo. Supuse que los dos vivirían en el Burg y que pertenecerían al club de DeChooch, pero no lo sabía con certeza. Otra suposición era que ambos estarían en los archivos de Vincent Plum como antiguos clientes, puesto que no habían considerado necesario darme sus números de teléfono.

—Entonces, ¿qué te parece el traje? —me preguntó El Porreta cuando se fueron Benny y Ziggy—. Dougie y yo encontramos una caja llena. Creo que son para nadadores o deportistas o algo así. Dougie y yo no conocemos a ningún nadador que los pueda usar, pero pensamos que podíamos convertirlos en Súper Trajes. Mira, los puedes llevar como ropa interior y cuando tienes que hacer de superhéroe no tienes más que quitarte la ropa. El único problema es que no tenemos capas. Probablemente por eso el colega viejo no se ha dado cuenta de que era un superhéroe. Por la capa.

—No creerás en serio que eres un superhéroe, ¿verdad?

—Quieres decir, o sea, en la vida real.

—Sí.

El Porreta se quedó pasmado.

—Los superhéroes son, o sea, de ficción. ¿Nunca te lo había dicho nadie?

—Sólo quería asegurarme.

Fui al instituto con Walter *El Porreta* Dunphy y con Dougie *El Proveedor* Kruper.

El Porreta vive con otros dos chavales en una estrecha casa adosada de la calle Grant. Entre todos forman la Legión de los Perdedores. Son una pandilla de porreros e inadaptados que pasan de un trabajo menor a otro y viven completamente al día. También son amables e inofensivos y definitivamente adoptables. No es exactamente que salga con El Porreta. Es más bien que seguimos en contacto y cuando nuestros caminos se cruzan despierta en mí sentimientos maternales. El Porreta es como un desmañado gatito perdido que aparece de vez en cuando para que le dé un tazón de leche.

Dougie vive unos números más abajo en las mismas casas adosadas. En el instituto Dougie era el clásico chaval que llevaba anticuadas camisas de botones cuando todos los demás llevaban camisetas. Dougie no sacaba buenas notas, no era deportista, no tocaba ningún instrumento musical y no tenía un coche molón. El único atractivo de Dougie era su habilidad para sorber gelatina por la nariz con una pajita.

Tras la graduación corrió el rumor de que Dougie se había ido a Arkansas y había muerto. Y de repente, hace unos meses, Dougie apareció en el Burg vivito y coleando. Y el mes pasado fue arrestado por vender mercancía robada en su casa. En el momento de su arresto el trapicheo al que se dedicaba se consideraba más bien un servicio a la comunidad que un crimen, ya que se había convertido en proveedor del laxante Metamucil a bajo precio y, por primera vez en años, los mayores del Burg habían recuperado la regularidad.

—Creía que Dougie había dejado el trapicheo —le dije a El Porreta.

—No, tía, estos trajes los *encontramos* de verdad. Estaban, o sea, en una caja en el desván. Estábamos limpiando la casa y nos los encontramos.

Le creía sin ninguna duda.

—¿Y qué te parece? —preguntó—. Molón, ¿eh?

El traje era de lycra extrafina y se adaptaba a su figura desgarbada a la perfección, sin una arruga... y eso incluía sus partes blandas. No dejaba mucho a la imaginación. Si el traje lo llevara Ranger no me quejaría, pero aquello era más de lo que quería verle a El Porreta.

—Es un traje fantástico.

—Ya que tenemos estos trajes tan geniales, Dougie y yo hemos decidido combatir el crimen... como Batman.

Batman me parecía una alternativa agradable. Por lo general, El Porreta y Dougie eran el Capitán Kirk y Mister Spock.

El Porreta se echó la capucha de lycra para atrás y soltó su larga melena castaña.

—Íbamos a empezar a combatir el crimen esta noche. El único problema es que Dougie se ha ido.

—¿Ido? ¿Qué quieres decir con que se ha ido?

—O sea, que ha desaparecido, colega. Me llamó el martes y me dijo que tenía algo que hacer, pero que fuera a su casa a ver la lucha libre anoche. Íbamos a verla en la pantalla gigante de Dougie. Era un combate impresionante, colega. En fin, que Dougie no se presentó. No se perdería la lucha libre a no ser que le pasara algo terrible. Lleva encima, o sea, cuatro buscas y no contesta a ninguno. No sé qué pensar.

—¿Has salido a buscarle? ¿Podría estar en casa de algún amigo?

—Te estoy diciendo que no es su estilo perderse la lucha libre —dijo El Porreta—. *Nadie* se pierde la lucha libre, colega. Estaba como loco por verla. Creo que le ha pasado algo malo.

—¿Como qué?

—No lo sé. Es un mal presentimiento.

Los dos dimos un respingo cuando sonó el teléfono, como si nuestras sospechas de un desastre lo hubieran hecho sonar.

—Está aquí —dijo la abuela al otro lado de la línea.

—¿Quién? ¿Quién está dónde?

—¡Eddie DeChooch! Mabel me recogió después de que te fueras para venir a presentarle nuestros respetos a Anthony Varga. Lo están velando en la funeraria de Stiva y ha hecho un buen trabajo. No sé cómo lo hace Stiva. Anthony Varga no tenía tan buen aspecto desde hace veinticinco años. Debía de haber venido a ver a Stiva cuando estaba vivo. En fin, que todavía estamos aquí y Eddie DeChooch acaba de entrar en la funeraria.

—Voy para allá.

En el Burg uno iba a presentar sus respetos aunque estuviera sufriendo una depresión o acusado de asesinato.

Cogí el bolso de la encimera de la cocina y saqué a El Porreta a empujones de casa.

—Tengo que irme corriendo. Haré unas llamadas de teléfono y me pondré en contacto contigo. Mientras tanto, deberías ir a casa y puede que Dougie aparezca.

—¿A qué casa debería ir, colega? ¿Debería ir a casa de Dougie o a la mía?

—A la tuya. Y llama a casa de Dougie de vez en cuando.

Que El Porreta estuviera preocupado por Dougie me fastidiaba, pero no parecía ser grave. Por otro lado, Dougie había faltado a la lucha libre. Y El Porreta tenía razón... *nadie* se pierde la lucha libre. Por lo menos, en Jersey.

Crucé corriendo el pasillo y bajé las escaleras. Como un rayo, atravesé el vestíbulo, la puerta, y entré en el coche. La funeraria de Stiva estaba a unos tres kilómetros, en la avenida Hamilton. Hice inventario mental del equipo. Spray irritante y esposas en el bolso. La pistola eléctrica probablemente también estaría ahí, pero podía no estar cargada. Mi .38 estaba en casa, en la lata de las galletas. Y llevaba una lima de uñas en caso de que las cosas se pusieran muy feas.

La funeraria de Stiva está ubicada en una construcción blanca que en otros tiempos fue una residencia particular. Se le han añadido garajes para los diferentes tipos de vehículos funerarios y salas de velatorio para los diferentes muertos. Tiene una pequeña zona de aparcamiento. Las ventanas están guarnecidas con persianas negras y el amplio porche delantero está cubierto de moqueta verde de exterior.

Dejé el coche en el aparcamiento y me dirigí rápidamente a la entrada principal. Los hombres formaban un grupo en el porche, fumando y contándose anécdotas. Eran hombres de clase trabajadora, vestidos con trajes corrientes, en cuyas cinturas y calvas se descubría la edad. Pasé junto a ellos en dirección al recibidor. Anthony Varga estaba en la Sala Velatorio número uno. Y Caroline Borchek estaba en la número dos. La abuela

Mazur estaba escondida detrás de un ficus artificial en el vestíbulo.

—Está dentro con Anthony —me dijo la abuela—. Está hablando con la viuda. Probablemente la esté evaluando, en busca de otra mujer que matar a tiros y almacenar en su cobertizo.

Había unas veinte personas en el velatorio de Varga. La mayoría estaban sentadas. Unas cuantas estaban de pie junto al féretro. Podía entrar y acercarme hasta su lado sigilosamente y ponerle las esposas. Probablemente era la mejor manera de acabar con aquel trabajo. Desgraciadamente, también se formaría una escena y disgustaría a personas que estaban sufriendo. Y lo peor es que la señora Varga llamaría a mi madre y le relataría con detalle todo el desagradable incidente. Las otras alternativas eran abordarle junto al féretro y pedirle que saliera conmigo. O podía esperar hasta que se fuera y pillarle en el aparcamiento o en el porche.

—¿Y ahora qué hacemos? —quiso saber la abuela—. ¿Vamos y le detenemos simplemente o qué?

Oí a alguien resollar detrás de mí. Era la hermana de Loretta Ricci, Madeline. Acababa de entrar y había visto a DeChooch.

—¡Asesino! —le gritó—. Has matado a mi hermana.

DeChooch se puso blanco y se tambaleó hacia atrás, perdiendo el equilibrio y tropezándose con la señora Varga. Tanto DeChooch como la señora Varga se apoyaron en el féretro para no caerse, éste se balanceó precariamente sobre el carro con faldones y todo el mundo contuvo la respiración mientras Anthony Varga se iba hacia un lado y se golpeaba la cabeza con el acolchado de satén.

Madeline metió la mano en su bolso, alguien gritó que iba a sacar una pistola y todos se alborotaron. Unos se tiraron al suelo y otros salieron corriendo por el pasillo hasta el recibidor.

El ayudante de Stiva, Harold Barrone, se lanzó sobre Madeline, la agarró por las rodillas y la hizo caer encima de la abuela y de mí, tirándonos a todos unos encima de otros.

—¡No dispare! —le gritó Harold a Madeline—. ¡Contrólese!

—Sólo iba a sacar un pañuelo, subnormal —dijo Madeline—. Quítese de encima de mí.

—Eso, y de encima *de mí* —dijo la abuela—. Soy vieja. Mis huesos podrían quebrarse como ramitas.

Me levanté y eché una mirada alrededor. Eddie DeChooch no estaba. Salí corriendo al porche donde estaban los hombres.

—¿Alguno de ustedes ha visto a Eddie DeChooch?

—Sí —dijo uno de los hombres—. Eddie acaba de irse.

—¿Por dónde se ha ido?

—Hacia el aparcamiento.

Bajé la escaleras volando y llegué al aparcamiento justo cuando DeChooch se alejaba en un Cadillac blanco. Solté unas cuantas palabrotas muy reconfortantes y salí detrás de DeChooch. Iba más o menos una manzana por delante de mí, pisando la línea blanca y saltándose semáforos cerrados. Se dirigía al Burg y me pregunté si iría a su casa. Le seguí por la avenida Roebling, rebasando la calle que debería haber tomado para ir a su casa. Éramos el único tráfico de Roebling y me di cuenta de que me había descubierto. DeChooch no estaba tan ciego como para no ver las luces en su espejo retrovisor.

Siguió su camino por el Burg, cogiendo las calles Washington y Liberty y retrocediendo luego por Division. Me veía persiguiendo a DeChooch hasta que uno de los dos se quedara sin gasolina. Y entonces ¿qué? No llevaba ni pistola ni chaleco antibalas. Y no tenía quien me cubriera. Tendría que confiar en mis dotes de persuasión.

DeChooch se detuvo en la esquina de Division y Emory, y yo paré a unos siete metros, detrás de él. Era una esquina oscura, sin farolas, pero podía ver el coche de DeChooch claramente a la luz de mis faros. DeChooch abrió la puerta, salió con las rodillas anquilosadas y se agachó. Me miró un momento, protegiéndose los ojos del brillo de mis faros. Luego, como si tal cosa, levantó su arma y disparó tres tiros. *Pam. Pam. Pam.* Dos dieron en el suelo junto a mi coche y uno rebotó contra el parachoques delantero.

¡Leche! Se acabaron las dotes persuasivas. Metí la marcha atrás del CR-V y apreté el acelerador. Giré por la calle Morris, pegué un sonoro frenazo, metí la marcha y salí disparada del Burg.

Cuando llegué a mi aparcamiento ya había dejado de temblar y comprobé que no me había mojado los pantalones, o sea, que, después de todo, estaba bastante orgullosa de mí misma. Tenía un arañazo muy feo en el parachoques. Podía haber sido peor, me dije. Podía haber sido un arañazo en mi cabeza. Estaba intentando tomármelo con calma con Eddie DeChooch porque era viejo y estaba deprimido, pero la verdad era que empezaba a caerme mal.

La ropa de El Porreta seguía en el descansillo cuando salí del ascensor, así que la recogí para llevármela al apartamento. Me paré junto a la puerta y escuché. La televisión estaba encendida. Parecía un combate de boxeo. Estaba casi segura de haber apagado la televisión. Apoyé la frente en la puerta. ¿Ahora qué?

Todavía estaba con la frente apoyada en la puerta cuando ésta se abrió y Morelli me sonrió desde el otro lado.

—Uno de esos días, ¿eh?

Eché una mirada alrededor.

—¿Estás solo?

—¿Quién esperabas que estuviera aquí?

—Batman, el Fantasma de las Navidades pasadas, Jack el Destripador —tiré la ropa de El Porreta al suelo del recibidor—.

Estoy un poco alucinada. Acabo de tener un tiroteo con De-Chooch. Sólo que él era el único que tenía pistola.

Le di a Morelli los detalles morbosos y cuando llegaba al momento en que descubría que no me había mojado los pantalones, sonó el teléfono.

—¿Te encuentras bien? —preguntó mi madre—. Tu abuela acaba de llegar a casa y dice que saliste detrás de Eddie De-Chooch.

—Estoy bien, pero he perdido a DeChooch.

—Myra Szilagy me dijo que están contratando gente en la fábrica de botones. Y dan beneficios. Seguramente podrías conseguir un trabajo en la planta. O puede que hasta en las oficinas.

Cuando colgué el teléfono Morelli estaba despatarrado en el sofá, viendo otra vez el boxeo. Llevaba una camiseta negra y un jersey de punto abierto color crema encima de unos pantalones vaqueros. Era delgado, de músculos duros y moreno mediterráneo. Era un buen poli. Podía ponerme los pezones duros con sólo mirarme. Y además era fan de los Rangers de Nueva York. Eso le hacía prácticamente perfecto... salvo por lo de ser poli.

Bob el Perro estaba en el sofá junto a Morelli. Bob es un cruce entre un *golden retriever* y Chewbacca. En principio había venido a vivir conmigo, pero luego decidió que le gustaba más la casa de Morelli. Uno de esos rollos de tíos, me imagino. Total, que ahora Bob vive más tiempo con Morelli. A mí no me importa, porque Bob se lo come *todo*. Si se le dejara a su aire, Bob dejaría una casa reducida a unos cuantos clavos y algunos trozos de baldosa. Y a causa de la frecuente ingesta que hace de grandes cantidades de materia sólida, como mobiliario, zapatos y plantas de interior, Bob expulsa con frecuencia montañas de caca de perro.

Bob sonrió y me meneó la cola, y enseguida volvió a mirar la televisión.

—Me imagino que conocías al tipo que se quitó la ropa en tu descansillo —dijo Morelli.

—El Porreta. Quería enseñarme la ropa interior.

—Me parece de lo más normal.

—Dice que Dougie ha desaparecido. Dice que se fue ayer por la mañana y que no ha vuelto.

Morelli hizo un esfuerzo para dejar de ver el boxeo.

—¿Dougie no tiene un juicio pendiente?

—Sí, pero El Porreta no cree que se haya fugado. El Porreta piensa que ha pasado algo malo.

—Probablemente el cerebro de El Porreta se parece a un huevo frito. Yo no daría demasiado crédito a lo que piense El Porreta.

Le pasé el teléfono a Morelli.

—Podrías hacer algunas llamadas. Ya sabes, preguntar en los hospitales —y en el depósito. Como policía, Morelli tenía el acceso más fácil que yo.

Quince minutos después Morelli había repasado toda la lista. Nadie que se ajustara a la descripción de Dougie había entrado en el St. Francis, la Helen Fuld, ni el depósito. Llamé a El Porreta y le conté nuestras averiguaciones.

—Jo, tía —dijo El Porreta—, empieza a darme miedo. No es sólo lo de Dougie. Mi ropa ha desaparecido.

—No te preocupes por tu ropa. La tengo yo.

—Tía, qué buena eres —dijo El Porreta—. Eres la mejor.

Puse los ojos en blanco mentalmente y colgué.

Morelli dio unas palmaditas en el sofá, a su lado.

—Siéntate y hablemos de DeChooch.

—¿Qué pasa con DeChooch?

—No es un buen tío.

Un suspiro salió de mis labios involuntariamente.

Morelli lo ignoró.

—Costanza me ha dicho que lograste hablar con DeChooch antes de que escapara.

—Está deprimido.

—Supongo que no mencionaría a Loretta Ricci.

—No, no dijo ni una palabra sobre Loretta. A Loretta la encontré yo sola.

—Tom Bell se está encargando de este caso. Le he visto después del trabajo y me ha dicho que la Ricci estaba ya muerta cuando le pegaron los tiros.

—*¿Qué?*

—No sabrá la causa de la muerte hasta que le hagan la autopsia.

—¿Por qué querría alguien dispararle a una mujer muerta? Morelli indicó con un gesto que no tenía ni idea. Genial.

—¿Tienes algo más para mí?

Morelli me miró y sonrió.

—Aparte de eso —dije.

Estaba dormida y, en sueños, me estaba asfixiando. Sentía un enorme peso en el pecho y no podía respirar. Normalmente no suelo tener sueños en los que me asfixio. Sueño con ascensores que salen disparados por el tejado de los edificios conmigo encerrada dentro. Sueño con toros que me siguen en estampida. Y sueño con que se me olvida vestirme y voy a un centro comercial desnuda. Pero nunca sueño que me asfixio. Hasta este momento. Me obligué a despertarme y abrí los ojos. Bob estaba dormido a mi lado con sus grandes patas y su cabeza perruna apoyadas en mi pecho. El resto de la cama estaba vacía. Morelli se había ido. Había salido de puntillas al romper el alba y había dejado a Bob conmigo.

—Muy bien, chicarrón —dije—, si te quitas de encima te doy de comer.

Puede que Bob no entendiera todas las palabras, pero casi siempre entendía el significado cuando se hablaba de comida. Levantó las orejas, los ojos le brillaron y estaba fuera de la cama en un segundo, correteando con una expresión feliz.

Preparé un cuenco de comida seca para perros y busqué en vano algo de comida para personas. Ni Pop-Tarts, ni pretzels, ni Cap'n Crunch con Crunchberries. Mi madre siempre me daba un montón de comida para traerme a casa, pero tenía la cabeza en Loretta Ricci cuando me fui de casa de mis padres y me olvidé de la bolsa de comida, que dejé en la cocina.

—Fíjate —le dije a Bob—, soy un fracaso como ama de casa.

Bob me lanzó una mirada que decía: «Oiga, señora, a mí me da de comer, o sea que no puede ser tan mala».

Me puse unos Levi's y botas, me eché una cazadora vaquera encima del camisón y le enganché la correa a Bob; luego lo arrastré escaleras abajo y lo metí en el coche para llevármelo a la casa de mi archienemiga, Joyce Barnhardt, a que hiciera caca. Así no tenía que recoger las cacas del suelo y me daba la sensación de que estaba cumpliendo un objetivo. Hacía años había descubierto a Joyce tirándose a mi marido (ahora, mi ex marido) en la mesa de mi comedor y, de vez en cuando, me gusta devolverle la gentileza.

Joyce vive a sólo medio kilómetro, pero es distancia suficiente para que el mundo cambie por completo. Joyce ha conseguido buenas condiciones de sus ex maridos. De hecho, el marido número tres estaba tan ansioso por perderla de vista que le dejó la casa sin discutir. Es una casa grande situada en una pequeña parcela dentro de un barrio de profesionales liberales triunfadores. Es una casa de ladrillo rojo con ostentosas columnas blancas que sujetan un tejadillo encima de la puerta principal. Algo así como una mezcla del Partenón con la casa de los tres cerditos. El vecindario tiene una normativa muy estricta sobre la recogida de excrementos y por eso Bob y yo sólo visitamos a Joyce al abrigo de la oscuridad. O, como en este caso, a primera hora de la mañana, antes de que la calle se despierte.

Aparqué a media manzana de la casa de Joyce. Bob y yo nos introdujimos sigilosamente en su jardín, Bob hizo sus cosas, volvimos al coche en silencio y salimos disparados hacia el McDonald's. Ninguna buena acción queda sin recompensa. Yo tomé una Egg McMuffin y café y Bob se tomó una Egg McMuffin y un batido de vainilla.

Después de tanta actividad estábamos exhaustos, así que volvimos al apartamento, Bob se echó una siesta y yo me di una ducha. Me puse un poco de espuma en el pelo y lo empujé para arriba de manera que formara muchos rizos. Me apliqué máscara de pestañas y perfilador de ojos y acabé con un toque de brillo en los labios. Era posible que no resolviera ningún problema aquel día, pero tenía un aspecto bastante estupendo.

Media hora después Bob y yo entrábamos en la oficina de Vinnie dispuestos a ponernos a trabajar.

—Ajá —dijo Lula—, Bob está en activo.

Se agachó para rascarle la cabeza.

—Hola, Bob, ¿qué hay de nuevo?

—Seguimos buscando a Eddie DeChooch —dije—. ¿Alguien sabe dónde vive su sobrino Ronald?

Connie escribió un par de direcciones en una hoja de papel y me la entregó.

—Ronald tiene una casa en Cherry Street, pero a estas horas será más fácil que le encuentres en el trabajo. Dirige una empresa de adoquinado, Ace Pavers, en la calle Front, cerca del río.

Me guardé las direcciones en el bolsillo, me incliné hacia Connie y bajé la voz.

—¿Se dice algo por ahí de Dougie Kruper?

—¿Como qué?

—Como que ha desaparecido.

La puerta del despacho de Vinnie se abrió de repente y Vinnie asomó la cabeza.

—¿Cómo que ha desaparecido?

Dirigí la mirada a Vinnie.

—¿Cómo has oído eso? Lo he dicho en un susurro y tenías la puerta cerrada.

—Tengo orejas en el culo. Lo oigo todo.

Connie pasó los dedos por el canto del escritorio.

—Serás cabrón —dijo Connie—. Has vuelto a poner micrófonos —volcó su cubilete lleno de lápices, revolvió los cajones, vació el contenido del bolso encima de la mesa—. ¿Dónde está?, ¡miserable gusano!

—No hay micros —dijo Vinnie—. Te estoy diciendo que tengo buen oído. Tengo un radar.

Connie encontró el micro pegado debajo del teléfono. Lo arrancó y lo machacó con la culata de su pistola. A continuación volvió a guardar el arma en su bolso y tiró el micro a la papelera.

—¡Oye! —dijo Vinnie—. ¡Eso era propiedad de la empresa!

—¿Qué le pasa a Dougie? —preguntó Lula—. ¿No va a presentarse al juicio?

—El Porreta me contó que había quedado con Dougie para ver juntos la lucha libre y que Dougie no apareció. Cree que le ha podido pasar algo malo.

—Yo desde luego no me perdería la oportunidad de ver a esos luchadores con braguitas de lycra en pantalla grande —dijo Lula.

Connie y yo estuvimos de acuerdo. Una chica tendría que estar loca para perderse a aquellos macizos en pantalla grande.

—No he oído nada —dijo Connie—, pero voy a preguntar por ahí.

La puerta de entrada de la oficina se abrió de golpe y Joyce Barnhardt entró hecha una furia. Llevaba su pelo rojo cardado hasta el límite. Iba vestida con camisa y pantalones tipo Cuerpos Especiales, los pantalones apretados al culo y la camisa desabrochada hasta la mitad del esternón, mostrando un sujetador negro y una buena porción de canalillo. En la espalda de la camisa llevaba escrito DEPARTAMENTO DE FINANZAS en letras blancas. Los ojos iban intensamente maquillados de negro y las pestañas con una espesa capa de máscara.

Bob se escondió debajo del escritorio de Connie y Vinnie se metió en su despacho y cerró la puerta con pestillo. Algún tiempo atrás, y tras una breve consulta con su rabo, Vinnie había aceptado contratar a Joyce como agente de detenciones. Su pilila todavía seguía encantada de haber tomado esa decisión, pero el resto de Vinnie no sabía qué hacer con Joyce.

—Vinnie, picha floja, te he visto encerrarte en el despacho. Sal ahora mismo de ahí —gritó Joyce.

—Qué agradable verte de tan buen humor —dijo Lula.

—Un perro ha vuelto a hacer sus cosas en mi césped. Es la segunda vez esta semana.

—Supongo que eso es lo que cabe esperar cuando una se busca los ligues en la perrera.

—No me busques, gorda.

Lula entrecerró los ojos.

—¿A quién has llamado gorda? Si me vuelves a llamar gorda te arreglo la cara.

—Gorda, culona, grasienta, sebosa...

Lula se tiró encima de Joyce y las dos rodaron por el suelo, arañándose y pegándose. Bob permaneció firme debajo de la mesa. Vinnie escondido en su despacho. Y Connie brujuleó alrededor de ellas, esperó la oportunidad y le pegó a Joyce una descarga en el culo con su pistola eléctrica. Joyce soltó un alarido y se quedó inerte.

—Es la primera vez que utilizo una cosa de éstas —dijo Connie—. Tienen su gracia.

Bob salió a rastras de debajo del escritorio para echarle una mirada a Joyce.

—¿Cuánto tiempo llevas cuidando a Bob? —preguntó Lula, levantándose del suelo.

—Se quedó anoche en casa.

—¿Crees que lo del jardín de Joyce sería como tamaño Bob?

—Todo es posible.

—¿Cómo de posible? ¿Un diez por ciento de posibilidades? ¿Un cincuenta por ciento de posibilidades?

Bajamos la mirada hacia Joyce. Empezaba a parpadear y Connie le dio otra descarga de su pistola eléctrica.

—Es que odio usar el recoge-caca... —dije.

—¡Ja! —dijo Lula con un ataque de risa—. ¡Lo sabía!

Connie le dio a Bob un donut de la caja que tenía en la mesa.

—¡Qué perrito más bueno!

Tres

—Puesto que Bob es un perrito tan bueno y yo estoy de tan buen humor, voy a ayudarte a encontrar a Eddie DeChooch —dijo Lula.

Tenía el pelo de punta donde Joyce se lo había estirado y había perdido un botón de la camisa. Llevarla conmigo probablemente reforzaría mi seguridad, ya que parecía verdaderamente salvaje y peligrosa.

Joyce seguía en el suelo, pero tenía un ojo abierto y los dedos le temblaban. Sería mejor que Lula, Bob y yo nos fuéramos antes de que Joyce abriera el otro ojo.

—¿Y a ti qué te parece? —quiso saber Lula una vez que estuvimos los tres en el coche de camino a la calle Front—. ¿Te parece que estoy gorda?

Lula no parecía tener demasiada grasa. Se la veía sólida. Sólida como una *bratwurst*. Pero era una *bratwurst* enorme.

—No exactamente gorda —dije—. Eres más bien *grande*.

—Y tampoco tengo ni un gramo de celulitis de ésa.

Eso era cierto. Una *bratwurst* no tiene celulitis.

Conduje en dirección oeste, hacia Hamilton, acercándome al río, a la calle Front. Lula iba de copiloto, en el asiento delantero, y Bob iba detrás con la cabeza fuera de la ventana, los ojos entrecerrados y las orejas agitándose al viento. El sol brillaba y al aire sólo le faltaban un par de grados para ser primaveral. Si no hubiera sido por Loretta Ricci habría pasado de buscar a Eddie DeChooch y me habría escapado a la costa. El hecho de que tenía que pagar el plazo del coche me estimuló para enfilar el CR-V en dirección a Ace Pavers.

En Ace Pavers se dedicaban al asfalto y eran fáciles de localizar. La oficina era pequeña. El garaje, enorme. Una apisonadora gigantesca estaba encadenada bajo la tejabana contigua al garaje junto a otros varios artefactos renegridos por el alquitrán.

Aparqué en la calle, encerré a Bob en el coche, y Lula y yo nos dirigimos a la oficina. Esperaba encontrarme con un director administrativo. Lo que me encontré fue a Ronald DeChooch jugando a las cartas con otros tres tíos. Tenían todos cuarenta y tantos años y vestían en plan cómodo, con pantalones de sport y niquis de punto con tres botones. No parecían ejecutivos, pero tampoco parecían trabajadores. Parecían esos chicos listos que salen en la televisión por cable. Bien por la televisión; ahora en Nueva Jersey sabían vestirse.

Jugaban a las cartas en una mesa destartalada, sentados en sillas plegables de metal. Encima de la mesa había un montón de dinero y ninguno pareció alegrarse de vernos a Lula y a mí.

DeChooch era una versión joven y más alta de su tío, con algunos kilos de más repartidos de manera proporcional. Dejó las cartas boca abajo sobre la mesa y se levantó.

—¿Puedo ayudarlas, señoras?

Me presenté y le dije que estaba buscando a Eddie.

Todos los de la mesa sonrieron.

—Ese DeChooch —dijo uno de los hombres— es increíble. He oído que os dejó a las dos sentadas en el salón mientras él se escapaba por la ventana.

Aquello le proporcionó unas sonoras carcajadas.

—Si conocierais a Choochy habríais sabido que teníais que vigilar las ventanas —dijo Ronald—. En sus buenos tiempos saltó por muchas ventanas. Una vez le pillaron en el dormitorio de Florence Selzer. El marido de Flo, Joey el Trapo, llegó a casa y pilló a Choochy saliendo por la ventana y le pegó un tiro en el... ¿cómo lo llaman, glútamus máximus?

Un tipo grandón con una enorme barriga se tambaleó en la silla.

—Posteriormente, Joey desapareció.

—¿Ah, sí? —dijo Lula—. ¿Qué le pasó?

El tipo grande levantó las palmas.

—Nadie lo sabe. Uno de esos misterios sin resolver.

Ya. Probablemente fue el parachoques de un SUV, como Jimmy Hoffa.

—Bueno, ¿y alguno de ustedes ha visto a Choochy? ¿Alguien sabe dónde puede estar?

—Podías probar en su club social —dijo Ronald.

Todos sabíamos que no iría a su club social. Puse una de mis tarjetas encima de la mesa.

—Por si a alguno de ustedes se le ocurre algo.

Ronald sonrió.

—A mí ya se me está ocurriendo algo.

¡Puaj!

—Ese Ronald es un baboso —dijo Lula cuando nos metimos en el coche—. Y te miraba como si fueras su almuerzo.

Tuve un estremecimiento involuntario y nos fuimos de allí. A lo mejor mi madre y Morelli tenían razón. A lo mejor debería buscar otro tipo de trabajo. O a lo mejor no debía trabajar en *nada*. A lo mejor tendría que casarme con Morelli y hacerme ama de casa, como mi perfecta hermana Valerie. Podría tener un par de niños y pasarme la vida coloreando en sus cuadernos de dibujo y contándoles cuentos de trenecitos de vapor y de ositos.

—Podría ser divertido —le dije a Lula—. Me gustan los trenecitos de vapor.

—Por supuesto —dijo Lula—. ¿De qué coño estás hablando?

—De cuentos infantiles. ¿No recuerdas el del trenecito de vapor?

—Yo no tenía libros de pequeña. Y si hubiera tenido alguno no habría sido sobre trenecitos de vapor..., habría sido sobre una cucharilla de crack.

Crucé Broad Street y volví a meterme en el Burg. Quería hablar con Angela Marguchi y tal vez echarle un vistazo a la casa de Eddie. Por lo general podía contar con la colaboración de los familiares y amigos del fugitivo para que me ayudaran a atraparle. En el caso de Eddie me daba la impresión de que no iba a ser así. Sus amigos y familiares no tenían mentalidad de chivatos.

Aparqué delante de la casa de Angela y le dije a Bob que sólo tardaría un minuto. Lula y yo estábamos a mitad de camino de la puerta de Angela cuando Bob se puso a ladrar en el coche. A Bob no le gustaba que le dejaran solo. Y sabía que lo del minuto no era del todo cierto.

—Chica, cómo ladra de alto ese Bob —dijo Lula—. Me está empezando a dar dolor de cabeza.

Angela asomó la cabeza por la puerta de su casa.

—¿Qué es todo ese ruido?

—Es Bob —dijo Lula—. No le gusta que le dejen en el coche.

La cara de Angela se iluminó.

—¡Un perro! Qué monada. Me encantan los perros.

Lula abrió la puerta del coche y Bob salió disparado. Corrió hasta Angela, le puso las patas en el pecho y la tiró al suelo de culo.

—No se ha roto nada, ¿verdad? —preguntó Lula levantando a Angela.

—No lo creo —dijo Angela—. Tengo un marcapasos que me mantiene en marcha y las caderas y las rodillas de acero inoxidable y Teflón. Sólo tengo que tener cuidado de que no me caiga un rayo ni me metan en un microondas.

Imaginar a Angela metida en un microondas me hizo pensar en Hansel y Gretel, que se enfrentaron a un horror semejante. Y esto me llevó a pensar en lo poco fiables que son las miguitas de pan para marcar caminos. Y eso me llevó a la deprimente conclusión de que yo estaba aún peor que Hansel y Gretel, porque Eddie DeChooch ni siquiera había dejado miguitas de pan.

—Me imagino que no habrá visto a Eddie —le dije a Angela—. No habrá regresado a casa, ¿verdad? Ni habrá llamado para pedirle que le riegue las plantas.

—No. No he tenido noticias de Eddie. Probablemente sea el único de todo el Burg del que no he sabido nada. El teléfono está sonando sin parar. Todo el mundo quiere saber qué pasó con la pobre Loretta.

—¿Eddie solía tener muchas visitas?

—Tenía algunos amigos. Ziggy Garvey y Benny Colucci. Y un par más.

—¿Alguno de ellos llevaba un Cadillac blanco?

—Eddie llevaba últimamente un Cadillac blanco. Su coche se estropeó y alguien le dejó un Cadillac blanco. No sé quién. Lo dejaba aparcado en el callejón, detrás del garaje.

—¿Loretta Ricci le visitaba con frecuencia?

—Que yo sepa, ésta fue la primera vez que vino a ver a Eddie. Loretta estaba como voluntaria en el programa de Comida Sobre Ruedas para los ancianos. La vi entrar a la hora de la cena con una caja. Me imaginé que alguien le habría dicho que Eddie estaba deprimido y no se alimentaba bien. O puede que Eddie les llamara. Aunque no me pega que Eddie hiciera algo así.

—¿Vio salir a Loretta?

—No la vi salir exactamente, pero me di cuenta de que el coche había desaparecido. Estuvo dentro aproximadamente una hora.

—¿Y disparos? —preguntó Lula—. ¿Oyó cuando se la cargaban? ¿La oyó gritar?

—No oí ni un grito —dijo Angela—. Mamá es sorda como una tapia. Cuando enciende la televisión, aquí ya no se puede oír *nada*. Y la televisión está encendida desde las seis hasta las once. ¿Les gustaría tomar un poco de tarta? He traído una deliciosa rosca de almendras de la panadería.

Le agradecí a Angela su oferta pero le dije que Lula, Bob y yo teníamos que seguir trabajando.

Salimos de la casa de Marguchi y nos metimos en la puerta de al lado, la mitad de DeChooch. Por supuesto, la mitad de DeChooch nos estaba vedada, rodeada de cinta de la policía como parte de una investigación en marcha. No había polis custodiando ni la casa ni el cobertizo, por lo que asumí que habrían trabajado mucho el día anterior para acabar de recoger todas las pruebas.

—Probablemente no deberíamos entrar ahí, dado que todavía está el precinto —dijo Lula.

—A la policía no le gustaría —ratifiqué yo.

—Claro que ya estuvimos aquí ayer. Probablemente dejamos huellas por todas partes.

—O sea, ¿que no crees que importe que entremos hoy?

—Bueno, no importaría si nadie se enterara —dijo Lula.

—Y tengo la llave, o sea, que realmente no se trata de un allanamiento con violencia.

El problema es que robé la llave.

Como agente de fianzas también tengo derecho a entrar en la casa de un fugitivo si tengo una buena razón para sospechar que está dentro. Y, llegado el caso, estoy segura de que podría encontrar una buena razón. Puede que me falten muchas de las habilidades de un cazarrecompensas, pero puedo mentir como el mejor.

—Podrías comprobar si realmente es la llave de la casa de Eddie —dijo Lula—. ¿Sabes? Sólo por probarla.

Inserté la llave en la cerradura y la puerta giró sobre sus goznes.

—Caray —dijo Lula—. Mira lo que ha pasado. La puerta está abierta.

Nos colamos en el vestíbulo oscuro y yo cerré la puerta con pestillo detrás de nosotras.

—Tú vigila. No quiero que nos sorprenda la policía o Eddie.

—Confía en mí —dijo Lula—. Centinela es mi segundo nombre.

Empecé por la cocina, revisando armarios y cajones, repasando todos los papeles que había en la encimera. Yo estaba entregada a mi rollo Hansel y Gretel, buscando miguitas de pan que me indicaran el camino. Esperaba encontrar un número de teléfono garabateado en una servilleta de papel, o tal vez un mapa con una enorme flecha anaranjada señalando un motel cercano. Lo que encontré fue el cacharrerío habitual que se amontona en todas las cocinas. Eddie tenía cuchillos, platos y cuencos para sopa que su mujer había comprado y utilizado a lo largo de su matrimonio. No había platos sucios abandonados en la encimera. Todo estaba cuidadosamente ordenado en los armarios. No había mucha comida en el frigorífico, pero estaba mejor abastecido que el mío. Una caja pequeña de leche, unos filetes de pechuga de pavo comprados en la carnicería de Giovichinni, huevos, una barra de mantequilla y algunos condimentos.

Recorrí un pequeño cuarto de baño, el comedor y el salón. Eché un vistazo al interior del armario de la entrada y revisé los bolsillos de los abrigos mientras Lula vigilaba la calle por una rendija de las cortinas del salón.

Subí las escaleras y miré en los dormitorios, aún con la esperanza de encontrar una miga de pan. Todas las camas estaban cuidadosamente hechas. En la mesilla de noche del dormitorio principal había un libro de crucigramas. Ni una sola miga. Fui al cuarto de baño. Lavabo limpio. Bañera limpia. El armario de las medicinas lleno a rebosar de Darvon, aspirinas, diecisiete clases diferentes de antiácidos, pastillas para dormir, un tarro de Vicks, limpiador de dentaduras y pomada antihemorroidal.

La ventana de encima de la bañera estaba sin cerrar. Me encaramé sobre la bañera y la cerré. La huida de DeChooch parecía muy posible. Salí de la bañera y del cuarto de baño. Me quedé en el rellano pensando en Loretta Ricci. No había ningún rastro de ella en aquella casa. Ni manchas de sangre. Ni huellas de lucha. La casa estaba sorprendentemente limpia y recogida. Ayer también me había sorprendido eso cuando subí a buscar a DeChooch.

Ni notas escritas en el cuadernillo junto al teléfono. Ni carteritas de cerillas de algún restaurante tiradas en la encimera de la cocina. Ni calcetines por el suelo. Ni ropa sucia en el cesto del cuarto de baño. Oye, pero ¿yo qué sé? A lo mejor los viejos deprimidos se vuelven obsesivamente limpios. O puede que DeChooch se pasara toda la noche limpiando las manchas de sangre del suelo y luego pusiera la lavadora. La conclusión: *ni una miga de pan*.

Volví a la sala e hice un esfuerzo para no torcer el gesto. Quedaba un sitio por mirar. El sótano. ¡Uf! Los sótanos de este tipo de casa siempre eran oscuros y espeluznantes, con calderas de petróleo ruidosas y vigas llenas de telarañas.

—Bueno, supongo que ahora debería mirar en el sótano —le dije a Lula.

—Muy bien —dijo Lula—. Sigue sin haber moros en la costa.

Abrí la puerta del sótano y accioné el interruptor de la luz. Escaleras de madera carcomida, suelo de cemento gris, vigas llenas de telarañas y ruidos espeluznantes de sótano. No me decepcionó.

—¿Pasa algo? —preguntó Lula.

—Es horripilante.

—¡Ajá!

—No quiero bajar ahí.

—No es más que un sótano —dijo Lula.

—¿Por qué no bajas tú?

—Ni loca. Odio los sótanos. Son espeluznantes.

—¿Tienes un arma?

—¿Cagan los osos en el bosque?

Cogí la pistola de Lula y empecé a descender las escaleras del sótano. Un panel de madera con herramientas... destornilladores, llaves inglesas, martillos. Un banco de trabajo con un torno. Ninguna de las herramientas parecía haber sido usada recientemente. En un rincón se amontonaban varias cajas de cartón. Estaban cerradas, pero no precintadas. La cinta que las había precintado estaba tirada por el suelo. Curioseé en un par de cajas. Adornos de Navidad, algunos libros, una caja de bandejas y platos. Nada de migas de pan.

Subí las escaleras y cerré la puerta. Lula seguía mirando por la ventana.

—Huy-huy —dijo Lula.

—¿Por qué ese «huy-huy»? Odio ese «huy-huy».

—Un coche de la poli acaba de aparcar delante.

—*¡Mierda!*

Cogí la correa de Bob, y Lula y yo corrimos hacia la puerta de servicio. Salimos de la casa y nos dirigimos a la escalinata que hacía las veces de porche trasero de Angela. Lula empujó la puerta y los tres nos metimos dentro de un salto.

Angela y su madre estaban sentadas a la pequeña mesa de la cocina, tomando café y tarta.

—¡Socorro! ¡Policía! —se puso a chillar la madre de Angela cuando irrumpimos por la puerta.

—Es Stephanie —le gritó Angela a su madre—. ¿Te acuerdas de Stephanie?

—¿Quién?

—¡*Stephanie*!

—¿Qué quiere?

—Hemos cambiado de opinión respecto a la tarta —dije arrastrando una silla y sentándome.

—¿Qué? —gritó la madre de Angela—. ¿*Qué*?

—Tarta —le contestó ésta a gritos—. Quieren un poco de tarta.

—Pues dásela, por Dios santo, antes de que nos peguen un tiro.

Lula y yo miramos la pistola que llevaba en la mano.

—No se preocupe —grité—. Es una pistola de mentira.

—Pues a mí me parece muy de verdad —gritó la madre de Angela—. A mí me parece una Glock del calibre cuarenta de catorce disparos. Con eso se le puede hacer un buen agujero a un hombre en la cabeza. Yo solía llevar una, pero cambié a la escopeta cuando fui perdiendo vista.

Carl Costanza llamó a la puerta de servicio y todas dimos un brinco.

—Estábamos haciendo una ronda de seguridad y he visto vuestro coche ahí fuera —dijo Costanza, quitándome el trozo de tarta de la mano—. Quería cerciorarme de que no se os ocurría hacer nada ilegal... como violar la escena del crimen.

—¿Quién, yo?

Costanza me sonrió y se fue con mi trozo de tarta.

Volvimos a centrar nuestra atención en la mesa, donde ahora había un plato de tarta vacío.

—Por todos los santos —dijo Angela—, ahí había una tarta entera. ¿Qué demonios puede haberle pasado?

Lula y yo intercambiamos miradas. Bob tenía un trozo de glaseado de azúcar blanco colgándole de los labios.

—Tal vez sea mejor que nos vayamos ya —dije, tirando de Bob hacia la puerta principal—. Si saben algo de Eddie no dejen de decírmelo.

—No nos ha servido de mucho —dijo Lula en cuanto estuvimos en carretera—. No hemos descubierto nada de Eddie DeChooch.

—Compra filetes de pechuga de pavo en Giovichinni —dije.

—Y ¿qué quieres decir? ¿Que pongamos como cebo del anzuelo pechuga de pavo?

—No, lo que estoy diciendo es que es un tipo que ha pasado toda su vida en el Burg y que no se va a ir a ningún otro sitio. Está por aquí, paseando en su Cadillac blanco. Tendría que ser capaz de encontrarle.

Sería más sencillo si hubiera cogido el número de la matrícula. Le había pedido a mi amiga Norma que buscara Cadillacs blancos en el registro de automóviles, pero había demasiados para comprobarlos todos.

Dejé a Lula en la oficina y me fui a buscar a El Porreta. Éste y Dougie se pasaban casi todo el día viendo la televisión y comiendo ganchitos de queso, viviendo de alguna actividad ocasional semiilegal. En breve, todo el dinero de esas actividades se esfumaría convertido en humo de cigarrillos de la risa, y El Porreta y Dougie vivirían con muchos menos lujos.

Aparqué delante de la casa de El Porreta y Bob y yo nos acercamos a las escaleras de la entrada y llamamos a la puerta. La abrió Huey Kosa y me sonrió. Huey Kosa y Zero Bartha son los compañeros de casa de El Porreta. Son chicos encantadores, como él, pero que viven en otra dimensión.

—Colega —dijo Huey.

—Estoy buscando a El Porreta.

—Está en casa de Dougie. Tenía que hacer la colada y el Dougster tiene lavadora. El Dougster tiene de todo.

Recorrí la corta distancia que separaba ambas casas en coche y aparqué. Podía haberlo hecho andando, pero no habría sido el estilo de Jersey.

—Eh, colega —dijo El Porreta cuando llamé a la puerta de Dougie—. Estoy encantado de veros a ti y al Bob. *Mi casa su casa.** Bueno, en realidad es la *casa* del Dougster, pero no sé cómo se dice.

Iba vestido con otro de sus Súper Trajes. Esta vez era verde y sin la P cosida en el pecho, y más parecía PepinilloMan que El Porreta.

—¿Salvando al mundo? —le pregunté.

—No. Haciendo la colada.

—¿Sabes algo de Dougie?

—Nada, colega. *Nada.*

La puerta principal daba paso a una sala escasamente amueblada con un sofá, una silla, una sola lámpara de techo y una televisión de pantalla grande. En ella, a Bob Newhart le entregaban una bolsa con un animal atropellado en un episodio de *Larry, Daryl y Daryl.*

—Es una retrospectiva de Bob Newhart —dijo El Porreta—. Están poniendo todos los clásicos. Oro puro.

—Y entonces —dije recorriendo la habitación con la mirada—, ¿Dougie nunca había desaparecido de esta manera?

—No desde que yo le conozco.

---

* En castellano en el original. (*N. del T.*)

—¿Dougie tiene novia?

El Porreta se quedó sin expresión. Como si aquélla fuera una pregunta demasiado grande para comprenderla.

—Novia —dijo por fin—. Vaya, nunca he pensado en el Dougster con novia. O sea, nunca le he visto con una chica.

—¿Y un novio?

—Creo que tampoco tiene de eso. Me parece que el Dougster es más... hum..., autosuficiente.

—Vale, vamos a probar otra cosa. ¿Dónde iba Dougie cuando desapareció?

—No me lo dijo.

—¿Iba en coche?

—Sí. Cogió el Batmóvil.

—Y ¿qué aspecto tiene exactamente el Batmóvil?

—Parece un Corvette negro. He ido por ahí a ver si lo veía, pero no aparece por ningún sitio.

—A lo mejor deberías denunciarlo a la policía.

—¡Para nada! El Dougster se metería en un lío con su fianza.

Estaba empezando a percibir unas malas vibraciones. El Porreta se estaba poniendo nervioso y ésta era una faceta poco conocida de su personalidad. Normalmente, El Porreta era Don Tranquilo.

—Aquí pasa algo más —le dije—. ¿Qué me estás ocultando?

—Eh, nada, colega. Lo juro.

Estaré loca, pero me gusta Dougie. Puede que fuera un mamarracho y un zángano, pero era un mamarracho y un zángano *bueno*. Y había desaparecido y yo tenía una sensación rara en el estómago.

—¿Qué me dices de la familia de Dougie? ¿Has hablado con alguno de sus familiares? —pregunté.

—No, colega, están todos perdidos en Arkansas. El Dougster no hablaba mucho de ellos.

—¿Dougie tiene una agenda de teléfonos?

—Nunca se la he visto. Puede que tenga una en su dormitorio.

—Quédate aquí con Bob y encárgate de que no se coma nada. Voy a echar un vistazo a la habitación de Dougie.

En el piso de arriba había tres habitaciones pequeñas. Ya conocía la casa de antes, así que sabía cuál era el dormitorio de Dougie. Y sabía lo que podía esperar de la decoración de interiores. Dougie no perdía el tiempo con los detalles insignificantes del hogar. El suelo de su dormitorio estaba cubierto de ropa, la cama estaba deshecha, la cómoda repleta de recortes de papel, una maqueta de la nave espacial *Enterprise,* revistas de chicas, platos con restos de comida seca y tazas.

Había un teléfono en la mesilla de noche, pero no había ninguna agenda junto a él. En el suelo, junto a la cama, había una hoja de papel amarillo de un bloc de notas. En ella, un montón de nombres y números sin orden ni concierto, algunos medio borrados por la marca de una taza de café. Hice un repaso rápido de la lista y descubrí que había varios Krupers con dirección de Arkansas. Ninguno en Jersey. Revolví en el batiburrillo que tenía en el cajón de la mesilla y, por si acaso, fisgoneé en su armario.

Ni una pista.

No tenía ninguna buena razón para husmear en los otros dormitorios, pero soy fisgona por naturaleza. El segundo dormitorio era una habitación de invitados sin apenas muebles. La cama estaba deshecha y supuse que allí dormía El Porreta de vez en cuando. El tercer dormitorio estaba atestado, del suelo al techo, de mercancía robada. Cajas de tostadoras, teléfonos, despertadores, pilas de camisetas y Dios sabe qué otras cosas. Dougie había vuelto a hacerlo.

—¡Porreta! —grité—. ¡Sube aquí! ¡Ahora mismo!

—¡Toma! —dijo El Porreta cuando me vio de pie ante la puerta del tercer dormitorio—. ¿De dónde ha salido todo eso?

—Creía que Dougie había dejado de trapichear.

—No podía evitarlo, colega. Te juro que lo ha intentado, pero lo lleva en la sangre, ¿sabes? O sea, como si hubiera nacido para trapichear.

Ahora tenía una idea más clara del origen del nerviosismo de El Porreta. Dougie seguía teniendo malas compañías. Las malas compañías están bien si todo lo demás está en orden. Pero cuando un amigo desaparece, empiezan a ser preocupantes.

—¿Sabes de dónde vienen estas cajas? ¿Sabes con quién estaba trabajando Dougie?

—O sea, ni idea. Recibió una llamada de teléfono y al momento siguiente apareció un camión delante de la casa y nos entregaron todo ese género. No presté mucha atención. Estaban poniendo los dibujos de Rocky y Bullwinkle y ya sabes lo difícil que es despegarte del viejo Rocky.

—¿Dougie debía dinero? ¿Tuvo algún problema con este trapicheo?

—No lo parecía. Parecía estar muy contento. Decía que estas mercancías eran muy fáciles de vender. Excepto las tostadoras. Oye, ¿quieres una tostadora?

—¿Cuánto?

—Diez pavos.

—Hecho.

Paré un momento en la tienda de Giovichinni a comprar algunos alimentos básicos y luego Bob y yo nos fuimos a casa a preparar la comida. Llevaba la tostadora debajo de un brazo y la compra debajo del otro cuando salí del coche.

Benny y Ziggy se materializaron de repente de la nada.

—Permítame que le ayude con esa bolsa —dijo Ziggy—. Una señorita como usted no debería llevar las bolsas.

—¿Y qué es esto? ¿Una tostadora? —dijo Benny, liberándome de su peso y mirando la caja—. Y además, es muy buena. Tiene esas ranuras superanchas para hacer bollos ingleses.

—Puedo arreglármelas —dije, pero ya iban delante de mí con la bolsa y la tostadora, y estaban entrando en el portal de mi edificio.

—Habíamos pensado en pasarnos y ver cómo iban las cosas —dijo Benny pulsando el botón del ascensor—. ¿Ha tenido mejor suerte con Eddie?

—Le vi en la funeraria de Stiva, pero se escapó.

—Sí, ya nos habíamos enterado. Es una pena.

Abrí la puerta del apartamento y ellos me dieron la bolsa y la tostadora mientras escudriñaban el interior.

—¿No tendrá a Eddie ahí dentro, verdad? —preguntó Ziggy.

—¡No!

Ziggy se encogió de hombros.

—Tenía que intentarlo.

—El que no arriesga no gana —dijo Benny.

Y se fueron.

—No hace falta aprobar un test de inteligencia para entrar en el hampa —le dije a Bob.

Enchufé mi nueva tostadora y le metí dos rebanadas de pan. Le preparé a Bob un sándwich de mantequilla de cacahuete con el pan sin tostar, cogí uno con el pan tostado y nos los comimos de pie en la cocina, disfrutando del momento.

—Supongo que ser ama de casa no es tan difícil —le dije a Bob—, mientras tengas pan y mantequilla de cacahuete.

Llamé a Norma, la del registro de automóviles, y me dio el número de matrícula del Corvette de Dougie. Luego llamé a Morelli a ver si él se había enterado de algo.

—El informe de la autopsia de Loretta Ricci no ha llegado todavía —dijo Morelli—. Nadie ha detenido a DeChooch y la marea no ha traído a Kruper. La pelota sigue en juego, Bizcochito.

Vale, genial.

—Supongo que te veré esta noche —dijo Morelli—. Os recojo a Bob y a ti a las cinco y media.

—Vale. ¿Algún plan en especial?

Silencio en la línea.

—Creía que estábamos invitados a cenar en casa de tus padres.

—¡Ay, coño! ¡Joder! ¡Mierda!

—Se te había olvidado, ¿no?

—Estuve con ellos ayer.

—¿Significa eso que hoy no tenemos que ir?

—Ojalá fuera así de fácil.

—Te recojo a las cinco y media —dijo Morelli, y colgó.

Mis padres me gustan. De verdad. Lo que pasa es que me vuelven loca. En primer lugar, está mi perfecta hermana Valerie con sus dos hijas perfectas. Afortunadamente viven en Los Ángeles, de modo que su perfección está moderada por la distancia. Y luego está mi alarmante estado civil, que mi madre se siente obligada a arreglar. Eso sin mencionar mi trabajo, mi ropa, mis modales con la comida y mi asistencia a la iglesia (o mi no asistencia a ella).

—Muy bien, Bob —dije—, ya es hora de que volvamos al trabajo. Vamos a callejear.

Había pensado pasar la tarde buscando coches. Necesitaba encontrar un Cadillac blanco y el Batmóvil. Decidí empezar por el Burg y luego ir ensanchando el área de búsqueda. Y tenía una lista mental de restaurantes y cantinas con precios económicos que llevaban comidas a los ancianos. Pensé dejar los restaurantes para el final y ver si aparecía el Cadillac blanco.

Metí un trozo de pan en la jaula de Rex y le dije que volvería a casa antes de las cinco. Tenía ya la correa de Bob en la mano y estaba a punto de salir cuando oí llamar a la puerta. Era un repartidor de State Florist.

—Feliz cumpleaños —dijo el chaval. Me entregó un jarrón con flores y se fue.

Aquello me pareció un tanto extraño, puesto que mi cumpleaños es en octubre y estábamos en abril. Dejé las flores en la mesa de la cocina y leí la tarjeta.

Las rosas son rojas. La violeta azul. Se me ha puesto dura y el motivo eres tú.

Estaba firmada por Ronald DeChooch. Por si fuera poco el horror que me había dado en su club, ahora me mandaba flores.

Cuatro

—¡Puagh! ¡Agh! ¡Qué asco!

Cogí las flores con intención de tirarlas, pero no conseguí hacerlo. Bastante me costaba ya tirar las flores *secas* como para tirar aquéllas, que estaban frescas, llenas de vida y preciosas. Arrojé la tarjeta al suelo y me puse a saltar encima de ella. Luego la rompí en trocitos muy pequeños y la tiré a la basura. Las flores seguían encima de la mesa, felices y multicolores, pero me ponían los pelos de punta. Las cogí y las saqué con cuidado al descansillo. Volví a entrar rápidamente en mi apartamento y cerré la puerta. Allí me quedé un par de segundos para ver qué tal me sentía.

—Vale, esto puedo soportarlo—le dije a Bob.

Bob no parecía tener formada una opinión muy clara al respecto.

Cogí una chaqueta del perchero de la entrada. Bob y yo salimos del apartamento, pasamos discretamente junto a las flores del descansillo, luego bajamos las escaleras con calma y nos dirigimos al coche.

Tras media hora de pasear en el coche por el Burg decidí que buscar el Cadillac era una tontería. Aparqué en Roebling y marqué el número de Connie en el teléfono móvil.

—¿Qué hay de nuevo? —le pregunté. Connie estaba emparentada con la mitad del hampa de Jersey.

—Dodie Carmine se ha operado las tetas.

Era una buena información, pero no era lo que yo esperaba.

—¿Algo más?

—No eres la única que está buscando a DeChooch. Me ha llamado mi tío Bingo para preguntarme si sabíamos algo. Después he hablado con mi tía Flo y me ha contado que pasó algo raro en Richmond cuando DeChooch fue allí a recoger los cigarrillos. No me ha dicho nada más.

—En el informe del arresto dice que estaba solo cuando le detuvieron. Es difícil de creer que no tuviera un socio.

—Por lo que yo sé, lo hizo él solo. Él lo negoció, alquiló el camión y lo condujo hasta Richmond.

—Un viejo cegato que conduce hasta Richmond para recoger unos cigarrillos.

—Exactamente.

Tenía a Metallica sonando a todo meter. Bob iba en el asiento del copiloto, disfrutando de la batería de Lars. En el Burg se cocían los negocios a puerta cerrada. Y, de repente, yo tuve una idea inquietante.

—¿A DeChooch le arrestaron entre aquí y Nueva York?

—Sí. En el área de descanso de Edison.

—¿Crees que pudo haber distribuido parte de los cigarrillos en el Burg?

Hubo un momento de silencio.

—Estás pensando en Dougie Kruper —dijo Connie.

Cerré el teléfono, metí la marcha del coche y me encaminé a casa de Dougie. No me molesté en llamar al llegar allí. Bob y yo irrumpimos directamente.

—Hola —dijo El Porreta, asomándose por la cocina con una cuchara en una mano y una lata abierta en la otra—. Estoy almorzando aquí. ¿Te apetece un poco de cosa naranja y marrón en lata? Tengo de sobra. Shop & Bag tenía una liquidación de latas sin etiqueta, dos por una.

Yo ya había subido la mitad de las escaleras.

—No, gracias. Quiero echarle otro vistazo a las existencias de Dougie. ¿Tiene algo más que el envío ese?

—Sí, un vejete dejó un par de cajas hace un par de días. No era gran cosa. Sólo un par de cajas.

—¿Sabes qué hay en esas cajas?

—Cigarrillos de primera. ¿Quieres unos cuantos?

Me abrí paso entre las mercancías del tercer dormitorio y encontré las cajas de cigarrillos. Joder.

—Esto es chungo —le dije a El Porreta.

—Ya lo sé. Pueden matarte, colega. Es mejor fumar hierba.

—Los superhéroes no fuman hierba —dije.

—¡Qué dices!

—En serio. No se puede ser superhéroe si consumes drogas.

—Luego me dirás que tampoco beben cerveza.

Asunto complicado.

—La verdad es que no sé nada de la cerveza.

—Qué muermo.

Intenté imaginarme a El Porreta sin estar colocado, pero no conseguí hacerme una idea. ¿Empezaría de repente a llevar trajes de tres piezas? ¿Se haría republicano?

—Tienes que deshacerte de estas cosas —dije.

—¿Quieres decir, o sea, que lo venda?

—No. Que te deshagas de ellas. Si la policía entra aquí te acusarán de posesión de mercancía robada.

—La policía entra aquí todo el tiempo. Son algunos de los mejores clientes de Dougie.

—Me refiero a oficialmente. Por ejemplo, si vienen para investigar la desaparición de Dougie.

—Aaaaaah —dijo El Porreta.

Bob miraba la lata que El Porreta tenía en la mano. El contenido de la lata se parecía mucho a la comida de perro. Claro que cuando el perro es Bob, todo parece comida de perro. Empujé a Bob para que saliera y los tres bajamos las escaleras.

—Tengo que hacer unas cuantas llamadas —le dije a El Porreta—. Si se descubre algo te lo cuento.

—Sí, pero ¿y yo? —preguntó El Porreta—. ¿Qué podría hacer? Tendría que hacer algo como... ayudar.

—¡Tú deshazte de las cosas del tercer dormitorio!

Las flores seguían en el descansillo cuando Bob y yo salimos del ascensor. Bob las olisqueó y se comió una rosa. Lo metí en el apartamento a tirones y lo primero que hice fue escuchar los mensajes del contestador. Los dos eran de Ronald. «Espero que te hayan gustado las flores —decía el primero—, me han costado unos pavos». En el segundo sugería que nos viéramos porque creía que había surgido algo entre nosotros.

Voy a vomitar.

Me preparé otro sándwich de mantequilla de cacahuete para quitarme a Ronald de la cabeza. Luego le preparé uno a Bob. Descolgué el teléfono de la mesa del comedor y llamé a todos los Kruper de la hoja de papel amarillo. Les dije que era una amiga y que estaba buscando a Dougie. Cuando me daban la dirección de Dougie en el Burg aparentaba sorprenderme de que hubiera vuelto a Jersey. No hacía falta asustar a sus parientes.

—No hemos ganado ni un punto con la cosa del teléfono —le dije a Bob—. ¿Y ahora qué hacemos?

Podía llevarme la foto de Dougie y enseñarla por ahí, pero las posibilidades de que alguien recordara haber visto a Dougie iban de escasas a inexistentes. A mí me costaba recordar a Dougie cuando lo tenía delante. Llamé para hacer una comprobación bancaria y descubrí que Dougie tenía una tarjeta Master Card. Hasta ahí llegaba el historial crediticio de Dougie.

Bueno, me estaba metiendo en un terreno muy resbaladizo. Había descartado amigos, familiares y cuentas bancarias. Ése era todo mi arsenal. Y, lo que es peor, tenía una sensación de vacío en el estómago. Era la sensación de «pasa algo malo». No quería pensar que Dougie estuviera muerto, pero la verdad era que no encontraba ni una prueba de que estuviera vivo.

«¡Vaya tontería!», me dije a mí misma. Dougie es un colgado. Podía estar de peregrinaje a Graceland. Podría estar jugando al *blackjack* en Atlantic City. Podría estar perdiendo la virginidad con la cajera del turno de noche del 7-Eleven del barrio.

Y puede que la sensación de vacío en el estómago sea hambre. ¡Claro que sí! ¡Eso es! Menos mal que había ido de compras a Giovichinni. Saqué la bolsa de galletas surtidas y le di a Bob una cubierta de coco. Yo me comí el paquete de bizcochos de dulce de leche.

—¿Qué te parece? —le pregunté a Bob—. ¿Ya te encuentras mejor?

Yo sí me encontraba mejor. Las galletas siempre hacen que me encuentre mejor. De hecho, me encontraba tan bien que decidí volver a salir en busca de Eddie DeChooch. Esta vez, por un barrio diferente. Ahora iba a probar suerte en el barrio de Ronald. Estaba el incentivo añadido de saber que Ronald no estaba en casa.

Bob y yo cruzamos la ciudad para llegar a Cherry Street. Esta calle forma parte de una zona residencial en la esquina noreste de Trenton. Es un barrio predominantemente de casas pareadas con una pequeña parcela y se parece un poco al Burg. Era la última hora de la tarde. La escuela había acabado. Las televisiones estaban encendidas en las salas de estar y en las cocinas bullían las ollas.

Pasé sigilosamente por delante de la casa de Ronald, buscando el Cadillac blanco, buscando a Eddie DeChooch. La casa de Ronald era unifamiliar, con fachada de ladrillo rojo. No tan pretenciosa como la de Joyce, con sus columnas, pero tampoco de tan buen gusto. La puerta del garaje estaba cerrada. Había una furgoneta aparcada a la entrada. El pequeño jardín estaba cuidadosamente distribuido alrededor de una figura de un metro de la Virgen María, blanca y azul. Se la veía serena y en paz encima de su pilastra de escayola. Más de lo que se podía decir de mí sobre mi Honda de fibra de vidrio.

Bob y yo recorrimos la calle, examinando las entradas, esforzándonos por distinguir las figuras en sombra que se movían detrás de las cortinas transparentes.

Recorrimos dos veces Cherry Street y luego empezamos a recorrer el resto del barrio, dividiéndolo en cuadrantes. Vimos un montón de coches viejos, pero ni un solo Cadillac blanco. Y tampoco vimos a Eddie DeChooch.

—Hemos mirado hasta debajo de las piedras —le dije a Bob, intentando justificar el tiempo perdido.

Bob me lanzó una mirada que significaba: «Lo que tú digas». Tenía la cabeza fuera de la ventanilla, en busca de caniches miniatura de buen ver.

Giré en Olden Avenue y me dirigí a casa. Estaba a punto de cruzar Greenwood cuando Eddie DeChooch pasó por delante de mí en su Cadillac blanco, en dirección contraria.

Hice un giro de ciento ochenta grados en el cruce. La hora punta se acercaba y había mucho tráfico en la carretera. Una docena de personas se lanzó sobre sus bocinas y me hicieron gestos con las manos. Me metí como pude en la corriente del tráfico e intenté no perder de vista a Eddie. Iba unos diez coches detrás de él. Le vi salirse por State Street en dirección al centro de la ciudad. Cuando me llegó el momento de girar, le había perdido.

Llegué a casa diez minutos antes de que llegara Joe.

—¿Qué significan esas flores en el descansillo? —quiso saber.

—Me las ha mandado Ronald DeChooch. Y no tengo ganas de hablar de eso.

Morelli se quedó mirándome un instante.

—¿Voy a tener que pegarle un tiro?

—Actúa movido por el delirio de que nos sentimos atraídos el uno por el otro.

—Muchos de nosotros actuamos movidos por ese delirio.

Bob se acercó galopando a Morelli y se apretó contra él para llamar su atención. Morelli le dio un abrazo y un restregón por todo el cuerpo. Perro afortunado.

—Hoy he visto a Eddie DeChooch —dije.

—¿Y?

—Se me volvió a escapar.

Morelli sonrió.

—Famosa cazarrecompensas pierde vejete... dos veces.

¡En realidad ya iban tres veces!

Morelli acortó el espacio que había entre nosotros y me puso los brazos alrededor.

—¿Necesitas consuelo?

—¿En qué estás pensando?

—¿Cuánto tiempo tenemos?

Solté un suspiro.

—No el suficiente.

Dios no permita que llegue cinco minutos tarde a cenar. Los espaguetis estarían pasados. El asado se habría secado. Y todo sería culpa mía. Yo habría estropeado la cena. Una vez más. Y lo que es peor, mi hermana perfecta, Valerie, nunca ha estropeado una cena. Mi hermana tuvo la sensatez de irse a vivir a miles de kilómetros. Ella es así de perfecta.

Mi madre nos abrió la puerta a Joe y a mí. Bob se coló con las orejas al viento y los ojos brillantes.

—Qué mono —dijo la abuela—. Es un encanto.

—Pon el pastel encima del frigorífico —dijo mi madre—. Y ¿dónde está el asado? No dejéis que se acerque al asado.

Mi padre ya estaba sentado a la mesa, sin quitarle el ojo al asado, eligiendo su trozo favorito de carne.

—Bueno, y ¿qué pasa con la boda? —preguntó la abuela cuando estuvimos todos sentados y sirviéndonos la comida—. He estado en el salón de belleza y las chicas querían saber la fecha. Y querían saber si ya teníamos alquilado el salón de banquetes. Marilyn Biaggi intentó alquilar el cuartel de bomberos para la fiesta de su hija Carolyn y ya estaba ocupado todo el año.

Mi madre echó una mirada furtiva a mi dedo anular. Un dedo anular sin anillo. Mi madre apretó los labios y cortó la carne en trozos pequeños.

—Estamos pensando la fecha —dije—, pero todavía no hemos decidido nada.

Mentirosa, mentirosa, cara de mariposa. *Nunca* hemos hablado de fechas. Hemos evitado el tema como si fuera la peste negra.

Morelli me pasó un brazo por encima de los hombros.

—Steph ha sugerido que pasemos de la boda y nos vayamos a vivir juntos, pero no sé si es una idea muy buena.

Morelli tampoco se quedaba corto a la hora de contar mentiras, y a veces tenía un sentido del humor repugnante.

Mi madre inspiró profundamente y apuñaló un trozo de carne con tal fuerza que el tenedor resonó contra el plato.

—He oído que eso es lo moderno —dijo la abuela—. Yo no le veo nada malo. Si quisiera enrollarme con un hombre, sencillamente lo haría. ¿Qué significa un estúpido trozo de papel? De hecho, me habría liado con Eddie DeChooch, pero no le funciona el pene.

—Cristo bendito —dijo mi padre.

—No es que sólo me interesen los hombres por su pene —añadió la abuela—. Lo que pasa es que Eddie y yo sólo nos sentíamos atraídos físicamente. A la hora de hablar no teníamos mucho que decirnos.

Mi madre hacía gestos como si se estuviera apuñalando en el pecho.

—Mátame y ya está —dijo—. Sería lo más fácil.

—Es la retirada —nos susurró la abuela a Joe y a mí.

—¡No es la retirada! —aulló mi madre—. ¡Eres tú! ¡Tú me vuelves loca! —señaló con el dedo a mi padre—. ¡Y tú me vuelves loca! ¡Y tú también! —dijo mirándome furibunda—. Todos me volvéis loca. Por una sola vez me gustaría cenar sin conversaciones sobre órganos reproductores, alienígenas, ni disparos. Y quiero que haya nietos sentados en esta mesa. Los quiero aquí el año que viene y quiero que sean legales. ¿Creéis que me voy a quedar aquí para siempre? Me moriré muy pronto y entonces os arrepentiréis.

Todos nos quedamos boquiabiertos y paralizados. Nadie dijo ni pío durante sesenta segundos enteros.

—Nos vamos a casar en agosto —farfullé—. La tercera semana de agosto. Queríamos daros una sorpresa.

La cara de mi madre se iluminó.

—¿De veras? ¿La tercera semana de agosto?

No. Era una mentira descarada. No sé de dónde salió. Sencillamente me salió de la boca. Lo cierto es que mi compromiso había sido bastante confuso, teniendo en cuenta que la proposición de matrimonio se hizo en un momento en el que era difícil distinguir entre el deseo de pasar el resto de nuestras vidas juntos y el deseo de practicar sexo con cierta regularidad. Dado que el impulso sexual de Morelli hace que el mío parezca insignificante, generalmente él suele estar con mayor frecuencia a favor del matrimonio que yo. Supongo que lo más acertado sería decir que estábamos prometidos para estar prometidos. Y ése es un terreno muy cómodo para los dos, porque es lo bastante impreciso para absolvernos a Morelli y a mí de una discusión seria sobre el matrimonio. Una discusión seria sobre el matrimonio acaba siempre con gritos y portazos.

—¿Has ido a mirar vestidos? —preguntó la abuela—. No nos queda mucho tiempo para agosto. Necesitas un vestido de novia. Y además están las flores y el banquete. Y tienes que reservar la iglesia. ¿Has preguntado ya en la iglesia?

La abuela saltó de su silla.

—Tengo que llamar a Betty Szajack y a Marjorie Swit.

—¡No, espera! —dije—. Todavía no es oficial.

—¿Qué quieres decir con que... no es oficial? —preguntó mi madre.

—Hay mucha gente que no lo sabe.

Por ejemplo, Joe.

—¿Y la abuela de Joe? —preguntó mi abuela—. ¿Lo sabe ella? No me gustaría que la abuela de Joe se enfadara. Sabe echar el mal de ojo.

—Nadie sabe echar el mal de ojo —dijo mi madre—. El mal de ojo no existe.

Al mismo tiempo que lo decía pude apreciar que se esforzaba por no hacerse la señal de la cruz.

—Y, además —dije yo—, no quiero una gran boda con vestido de novia y todo eso. Quiero... una barbacoa.

No podía ni creer que hubiera dicho aquello. Por si fuera poco haber anunciado la fecha de mi boda, ahora resultaba que la tenía perfectamente planeada. ¡Una barbacoa! ¡Dios! Era como si no tuviera control de mi boca.

Miré a Joe y vocalicé «¡socorro!» sin sonido.

Joe me echó un brazo por encima de los hombros y sonrió. El mensaje silencioso era: «Cariño, en esto te has metido tú solita».

—Bueno, es un alivio verte por fin felizmente casada —dijo mi madre—. Mis dos niñas... felizmente casadas.

—Eso me recuerda una cosa —le dijo la abuela a mi madre—. Valerie llamó anoche cuando fuiste a la tienda. Dijo algo de hacer un viaje, pero no me enteré muy bien de lo que decía a causa de todos los gritos que se oían por detrás.

—¿Quién gritaba?

—Me imagino que sería la televisión. Valerie y Steven nunca gritan. Son la pareja perfecta. Y las niñas son dos perfectas damitas.

Que alguien me pegue un tiro.

—¿Te dijo si quería que la llamara yo? —preguntó mi madre.

—No me lo dijo. Pasó algo y se cortó la comunicación.

La abuela se estiró en su silla. Desde su sitio tenía una buena visión de la calle a través de la ventana y algo había captado su atención.

—Se está parando un taxi delante de la casa —dijo la abuela.

Todos estiramos el cuello para ver el taxi. En el Burg, un taxi que se para delante de una casa es todo un acontecimiento.

—¡Por todos los Santos! —dijo la abuela—. Podría jurar que la que sale del taxi es Valerie.

Todos nos levantamos de un salto y fuimos a la puerta. Acto seguido mi hermana y sus dos niñas entraban en la casa.

Valerie es dos años mayor que yo y tres centímetros más baja. Las dos tenemos el pelo castaño rizado, pero ella se lo tiñe de rubio y lo lleva más corto, como Meg Ryan. Supongo que eso es lo que se hacen con el pelo en California.

Cuando éramos pequeñas, Valerie era puding de vainilla, buenas notas y zapatillas blancas limpias. Yo era bizcocho de chocolate, el perro se comió mis deberes y rodillas desolladas.

Valerie se casó nada más acabar los estudios y se quedó embarazada inmediatamente. La verdad es que soy celosa. Yo me casé y me divorcié inmediatamente. Claro que yo me casé con un idiota mujeriego y Valerie se casó con un buen chico. Valerie sabe cómo encontrar a Don Perfecto.

Mis sobrinas se parecen muchísimo a Valerie antes de que se hiciera el rollo Meg Ryan. Pelo castaño rizado, grandes ojos marrones, un tono de piel más italiano que el mío. En el mapa genético de Valerie no intervino mucho la parte húngara. Y menos todavía les llegó a sus hijas, Angie y Mary Alice. Angie tiene nueve años, para cumplir cuarenta. Y Mary Alice cree que es un caballo.

Mi madre estaba toda sofocada y llorosa, con las hormonas revueltas, abrazando a las niñas, besando a Valerie.

—No me lo puedo creer —decía sin parar—. ¡No me lo puedo creer! Es una sorpresa enorme. No tenía ni idea de que ibais a venir a visitarnos.

—Te llamé. ¿No te lo ha dicho la abuela?

—No pude oír lo que estabas diciendo —dijo la abuela—. Había demasiado ruido y luego se cortó.

—Bueno, pues aquí estoy —dijo Valerie.

—Justo a tiempo para cenar —dijo mi madre—. He hecho un asado estupendo y hay tarta de postre.

Nos repartimos para poner más sillas, platos y vasos. Luego nos sentamos y empezamos a pasarnos el asado, las patatas y las judías verdes. La cena ascendió de repente a categoría de fiesta, la casa se llenó con un aire de celebración.

—¿Cuánto tiempo te vas a quedar con nosotros? —preguntó mi madre.

—Hasta que ahorre lo suficiente para comprar una casa —dijo Valerie.

Mi padre se puso pálido.

Mi madre estaba entusiasmada.

—¿Os mudáis a Nueva Jersey?

Valerie se sirvió un solo trozo de carne limpia.

—Me parecía que era lo mejor.

—¿Le han dado el traslado a Steve? —preguntó mi madre.

—Steve no viene —Valerie extirpó quirúrgicamente el único trocito de grasa pegado a su carne—. Steve me ha abandonado. Se acabó la fiesta.

Morelli fue el único que no soltó el tenedor. Le dirigí una mirada y me di cuenta de que se esforzaba por no sonreír.

—En fin, vaya cagada, ¿no? —dijo la abuela.

—Te ha abandonado —repitió mi madre—. ¿Qué quieres decir con que te ha abandonado? Steve y tú sois la pareja perfecta.

—Yo también lo creía. No sé qué fue lo que pasó. Yo creía que todo iba bien entre nosotros y, de repente, paf, desaparece.

—¿*Paf?* —dijo la abuela.

—Sin más —contestó Valerie—. Paf.

Se mordió el labio inferior para que dejara de temblar.

A mi madre, a mi padre, a mi abuela y a mí nos entró pánico ante aquel labio tembloroso. Nosotros no hacíamos esa clase de exhibiciones sentimentales. Teníamos mal genio e ironía. Cualquier cosa que fuera más allá del mal genio y la ironía era territorio virgen. Y, desde luego, no sabíamos cómo tomarnos aquello por parte de Valerie. Ella es la reina de hielo. Eso sin mencionar que su vida ha sido siempre perfecta. Esta clase de cosas sencillamente *no le pasan* a Valerie.

Los ojos se le pusieron rojos y húmedos.

—¿Puedes pasarme la salsa? —le preguntó a la abuela Mazur. Mi madre se levantó de la silla de un salto.

—Te voy a traer de la cocina salsa caliente.

La puerta batiente de la cocina se cerró detrás de mi madre. Se escuchó un chillido y el sonido de un plato al estrellarse contra la pared. Automáticamente busqué a Bob, pero estaba durmiendo debajo de la mesa. La puerta de la cocina volvió a abrirse y mi madre salió por ella tranquilamente, con la salsera.

—Estoy segura de que sólo se trata de algo temporal —dijo mi madre—. Estoy segura de que Steve recobrará la cordura.

—Creía que nuestro matrimonio iba bien. Hacía comidas ricas. Y tenía la casa limpia. Iba al gimnasio para mantenerme atractiva. Hasta me corté el pelo como Meg Ryan. No entiendo qué pudo ir mal.

Valerie siempre ha sido el miembro más comunicativo de la familia. Siempre bajo control. Sus amigas la llamaban Santa Valerie porque siempre estaba serena... como la estatua de la Virgen de Ronald DeChooch. Y ahora el mundo que la rodeaba se venía abajo y no estaba exactamente serena, pero tampoco estaba enloquecida. Parecía más que nada triste y confundida.

Desde mi punto de vista, era un poco extraño, porque, cuando mi matrimonio se fue a pique, me oyeron gritar desde seis kilómetros a la redonda. Y cuando Dickie y yo fuimos a juicio, me contaron que hubo un momento en que la cabeza me daba vueltas como la de la niña de *El exorcista*. Dickie y yo no tuvimos un gran matrimonio, pero le sacamos todo el partido al divorcio.

Me dejé arrastrar por el momento y le dediqué a Morelli una mirada de «los hombres son unos cabrones».

Sus ojos se oscurecieron y el principio de una sonrisa le tensó la boca. Me pasó la yema de un dedo por la nuca y una oleada de calor me recorrió desde el estómago hasta allí mismo.

—¡Jesús! —dije.

Su sonrisa se ensanchó.

—Por lo menos estarás bien económicamente —dije—. Según las leyes de California, ¿no te corresponde la mitad de todo?

—La mitad de nada es nada —dijo Valerie—. La casa está hipotecada por más de lo que vale. Y en la cuenta corriente no hay nada porque Steve ha estado transfiriendo nuestro dinero a las Caimán. Es un hombre de negocios *maravilloso.* Eso dice todo el mundo. Era una de las cosas que me lo hacían más atractivo.

Respiró profundamente y le cortó la carne a Angie. Luego le cortó la carne a Mary Alice.

—La manutención de las niñas —dije—. ¿Qué pasa con la manutención de las niñas?

—En teoría, supongo que Steve tendría que ayudar a mantener a las niñas, pero, bueno, ha desaparecido. Me imagino que estará en las Caimán con nuestro dinero.

—¡Qué horror!

—La verdad es que Steve se ha fugado con la niñera.

Todos nos quedamos sin respiración.

—Cumplió dieciocho años el mes pasado —dijo Valerie—. Le compré un Beanie Baby de regalo de cumpleaños.

Mary Alice relinchó.

—Quiero heno. Los caballos no comen carne. Los caballos tienen que comer heno.

—Qué monada —dijo la abuela—. Mary Alice sigue creyendo que es una yegua.

—Soy un caballo hombre —dijo Mary Alice.

—No seas un caballo hombre, cariño —le dijo Valerie—. Los hombres son una basura.

—Algunos hombres están bien —dijo la abuela.

—Todos los hombres son basura —dijo Valerie—. Salvo papá, por supuesto.

No mencionó a Joe en la exclusión de la basura.

—Los caballos hombres galopan más deprisa que los caballos señoras —dijo Mary Alice, y, acto seguido, le lanzó una cucharada de puré de patata a su hermana. El puré pasó volando por delante de Angie y aterrizó en el suelo. Bob salió disparado de debajo de la mesa y se lo comió.

Valerie miró enfadada a Mary Alice.

—No es de buena educación lanzar puré de patatas.

—Eso —dijo la abuela—. Las señoritas no tiran puré a sus hermanas.

—No soy una señorita —dijo Mary Alice—. ¿Cuántas veces tengo que decirlo? ¡Soy un caballo! —y le lanzó un puñado de puré a la abuela.

La abuela entornó los ojos y le tiró una judía verde a Mary Alice a la cabeza.

—¡La abuela me ha pegado con una judía! —chilló Mary Alice—. ¡Me ha pegado con una judía! Que no me tire más judías.

Hasta aquí llegaron las perfectas damitas.

Bob se comió la judía inmediatamente.

—No le deis de comer al perro —dijo mi padre.

—Espero que no os moleste que me presente en casa de esta manera —dijo Valerie—. Será sólo hasta que encuentre trabajo.

—Sólo tenemos un cuarto de baño —dijo mi padre—. Tengo que disponer del baño a primera hora de la mañana. Las siete es mi hora de baño.

—Será maravilloso teneros a las niñas y a ti en casa —dijo mi madre—. Y puedes ayudarnos a preparar la boda de Stephanie. Stephanie y Joe acaban de anunciar la fecha.

Valerie se atragantó y los ojos se le volvieron a poner rojos y llorosos.

—Enhorabuena —dijo.

—La ceremonia de matrimonio de la tribu Tuzi dura siete días y acaba con la perforación ritual del himen —dijo Angie—. Entonces, la novia se va a vivir con la familia de su marido.

—Vi un programa especial sobre alienígenas en televisión —dijo la abuela—. Y no tenían himen. No tenían nada en absoluto ahí abajo.

—¿Los caballos tienen himen? —quiso saber Mary Alice.

—Los caballos hombres no —dijo la abuela.

—Qué bien que te vayas a casar —dijo Valerie.

Y entonces rompió a llorar. No a sollozar ni a derramar lágrimas contenidas. Valerie se puso a llorar a chorros, gimiendo a lo grande, hipando y volcando toda su desgracia en lamentos. Las dos damitas también se pusieron a llorar, con unos gemidos a pleno pulmón como sólo un niño puede emitir. Y de repente, también lloraba mi madre, resollando en la servilleta. Y Bob se puso a aullar. *Aaaauuuuuuu, aaaauuuuuuu.*

—Nunca me volveré a casar —dijo Valerie entre sollozos—. Nunca, nunca, nunca. El matrimonio es obra del diablo. Los hombres son el Anticristo. Me voy a hacer lesbiana.

—¿Cómo se hace eso? —preguntó la abuela—. Siempre he querido saberlo. ¿Tienes que llevar un pene falso? Una vez vi un programa de televisión y las mujeres llevaban unas cosas hechas de cuero negro que tenían la forma de enormes...

—¡Matadme! —gritó mi madre—. Por favor, matadme. Me quiero morir.

Mi hermana y Bob retomaron sus gemidos y aullidos. Mary Alice se puso a relinchar a todo volumen. Y Angie se tapaba los oídos para no oír.

—La, la, la, la... —cantaba Angie.

Mi padre retiró su plato y miró alrededor. ¿Dónde estaba su café? ¿Dónde estaba su tarta?

—Esto te va a suponer una gran deuda conmigo —me susurró Morelli al oído—. Esto es una noche de sexo a lo perro.

—Me está empezando a doler la cabeza —dijo la abuela—. No puedo soportar este alboroto. Que alguien haga algo. Poned la televisión. Sacad los licores. ¡Haced algo!

Me levanté de la silla, fui a la cocina y saqué el pastel. Tan pronto como estuvo encima de la mesa, todo el llanto cesó. Si hay algo a lo que se concede atención en esta familia es... al postre.

Morelli, Bob y yo regresamos a casa en silencio; ninguno sabíamos qué decir. Morelli aparcó delante de casa, giró la llave de contacto y se volvió hacia mí.

—¿Agosto? —preguntó con una voz más aguda que la habitual, incapaz de contener su incredulidad—. ¿Quieres casarte en agosto?

—¡Me salió sin querer! Fue por culpa de ese rollo de morirse de mi madre.

—Tu familia hace que la mía parezca la Tribu de los Brady.

—¿Me estás tomando el pelo? Tu abuela está loca. Le echa mal de ojo a la gente.

—Es un rollo italiano.

—Es un rollo de loca.

Un coche se acercó al aparcamiento, frenó en seco, se abrió la puerta y El Porreta cayó rodando al pavimento. Joe y yo corrimos hacia él al mismo tiempo. Cuando llegamos a su lado, El Porreta ya había conseguido incorporarse hasta quedar sentado. Se estaba agarrando la cabeza y le salía sangre por entre los dedos.

—Eh, colega —dijo El Porreta—, creo que me han pegado un tiro. Estaba viendo la televisión cuando oí un ruido en el porche, así que me di la vuelta y vi una cara espantosa mirándome por la ventana. Era una ancianita aterradora, con unos ojos verdaderamente espantosos. Estaba, o sea, oscuro, pero pude verla a través del cristal. Y de repente, sacó una pistola y me disparó. Y rompió la ventana de Dougie y todo. Tendría que haber una ley contra ese tipo de cosas, colega.

El Porreta vivía a dos manzanas del Hospital de St. Francis, pero lo había pasado de largo y había venido a pedirme ayuda a mí. ¿Por qué a mí?, me pregunté. Y entonces me di cuenta de que estaba pensando como mi madre y me di un pescozón mental en el cogote.

Volvimos a meter a El Porreta en su coche. Joe lo condujo hasta el hospital y yo les seguí en la camioneta de Joe. Dos horas más tarde habíamos cumplido con todas las formalidades médicas y policiales y El Porreta llevaba un espectacular esparadrapo en la frente. La bala le había rozado justo encima de la ceja y se había incrustado en la pared de la sala de Dougie.

De pie, en la sala de la casa de Dougie, examinamos el agujero de la ventana.

—Tenía que haberme puesto el Súper Traje —dijo El Porreta—. Eso les habría desconcertado, colega.

Joe y yo nos miramos. Desconcertado. Sí, desde luego.

—¿Crees que estará seguro en esta casa? —le pregunté a Joe.

—Es difícil decir lo que será seguro para El Porreta —contestó Joe.

—Amén —dijo El Porreta—. La seguridad vuela con alas de mariposa.

—No tengo ni idea de qué coño significa eso —dijo Joe.

—Significa que la seguridad es inconsistente, colega.

Joe me llevó aparte.

—A lo mejor deberíamos meterle en rehabilitación.

—Lo he oído, colega. Esa idea es un muermo. La gente esa de rehabilitación es superrara. Son, o sea, unos muermos. Son todos, no sé, como drogatas.

—Vaya por Dios, no nos gustaría dejarte en medio de una pandilla de drogatas —dijo Joe.

El Porreta asintió con la cabeza.

—Joder, tío, total.

—Supongo que se puede quedar en mi casa un par de días —dije. Y nada más decirlo... ya me estaba arrepintiendo. ¿Qué me pasaba a mí hoy? Era como si no tuviera la boca conectada con el cerebro.

—Guau, ¿harías eso por El Porreta? Es impresionante —El Porreta me dio un abrazo—. No te arrepentirás. Voy a ser un compañero de piso excelente.

Joe no parecía estar tan contento como El Porreta. Joe tenía planes para la noche. Durante la cena había comentado que le debía una noche de sexo a lo perro. Probablemente estaba de broma; pero puede que no. Con los hombres nunca se sabe. Tal vez lo mejor era irme con El Porreta.

Le hice un gesto con los hombros a Joe que significaba: «Oye, ¿qué puede hacer una?».

—Vale —dijo Joe—, vamos a salir de aquí y a cerrar con llave. Tú llévate a El Porreta y yo me llevo a Bob.

El Porreta y yo estábamos en el descansillo delante de mi apartamento. El Porreta llevaba una pequeña bolsa de deportes en la que imaginé que habría una muda de ropa y un buen surtido de drogas.

—Muy bien —dije—, aquí estamos. Te doy la bienvenida a mi casa, pero nada de drogas aquí.

—Colega —dijo El Porreta.

—¿Hay alguna droga en la bolsa?

—Oye, ¿de qué tengo pinta?

—Tienes pinta de colgado.

—Bueno, sí, pero eso es porque me conoces.

—Vacía la bolsa en el suelo.

El Porreta volcó el contenido de la bolsa en el suelo. Yo volví a meter la ropa y confisqué todo lo demás. Pipas y papelillos y una selección de sustancias ilegales. Entramos en el apartamento, tiré los contenidos de las bolsas de plástico por el retrete y las herramientas al cubo de la basura.

—Nada de drogas mientras vivas aquí —le dije.

—Eh, de buen rollo —dijo El Porreta—. El Porreta no necesita drogas. El Porreta es un consumidor recreativo.

Huy, huy.

Le di a El Porreta una almohada y una manta y me fui a la cama. A las 4.00 de la mañana me despertó la televisión de la sala de estar a todo volumen. Salí arrastrando los pies, con mi camiseta y los boxers de franela y miré furiosa a El Porreta.

—¿Qué pasa? ¿No puedes dormir?

—Normalmente duermo como un tronco. No sé lo que me pasa hoy. Me encuentro como el culo, tía. ¿Sabes a lo que me refiero? Atacado.

—Sí. A mí me parece que necesitas un canuto.

—Es terapéutico, colega. En California puedes comprar la hierba con receta.

—Olvídalo.

Me volví al dormitorio, cerré la puerta, eché el pestillo y me puse la almohada encima de la cabeza.

Cuando salí del dormitorio eran las siete. El Porreta estaba dormido en el suelo y en la tele estaban poniendo los dibujos animados del sábado. Puse en marcha la cafetera, le di a Rex un poco de agua fresca y de comida y metí una rebanada de pan en mi flamante tostadora nueva. El olor del café levantó a El Porreta del suelo.

—Eh —dijo—, ¿qué hay para desayunar?

—Café y tostadas.

—Tu abuela me habría hecho tortitas.

—Mi abuela no está aquí.

—Estás decidida a ponérmelo difícil, tía. Seguro que te has puesto ciega de donuts y a mí sólo me das tostadas. Esto afecta a mis derechos —no estaba gritando exactamente, pero tampoco hablaba en un susurro—. Soy un ser humano y tengo mis derechos.

—¿De qué derechos estás hablando? ¿Del derecho a comer tortitas? ¿Del derecho a comer donuts?

—No me acuerdo.

Ay, madre.

Se desmoronó en el sofá.

—Este apartamento es deprimente. Me pone, o sea, como nervioso. ¿Cómo puedes soportar vivir aquí?

—¿Quieres café o no?

—¡Sí! Quiero café y lo quiero ahora mismo —su voz ascendió un tono. Ahora sí estaba gritando—. ¡¿Qué quieres, que me pase la vida esperando el café?!

Puse una taza de golpe en la encimera de la cocina, la llené de café y se la tiré a El Porreta. Luego marqué el teléfono de Morelli.

—Necesito drogas —le dije a Morelli—. Tienes que traerme drogas.

—¿Quieres decir, antibióticos o algo así?

—No. Marihuana o algo así. Anoche tiré todas las drogas de El Porreta por el retrete y ahora le odio. Tiene un mono alucinante.

—Creía que querías limpiarle.

—No merece la pena. Me gusta más cuando está colocado.

—No te muevas de ahí —dijo Morelli, y colgó.

—Este café es como aguachirle, colega —dijo El Porreta—. Necesito un café italiano.

—¡Vale! Vamos a por un puñetero café italiano.

Cogí el bolso y las llaves y empujé a El Porreta al descansillo.

—Eh, tengo que ponerme unos zapatos, tía —dijo El Porreta.

Puse los ojos en blanco exageradamente y solté un suspiro desmedido mientras El Porreta volvía a entrar en el apartamento a coger los zapatos. Genial. Yo ni siquiera estaba enganchada y también tenía el mono.

Cinco

Pasarme la mañana ociosamente sentada degustando un café italiano no formaba parte de mis planes, así que opté por el autoservicio de McDonald's, en cuyo menú se podía encontrar café francés con vainilla y tortitas. No eran tortitas del calibre de las que hacen las abuelas, pero no estaban mal, y eran más fáciles de conseguir.

El cielo estaba cubierto y amenazaba con llover. Nada nuevo. La lluvia es permanente en Jersey en abril. Una llovizna constante y gris que propicia en todo el estado un pelo desastroso y una tendencia al sillonbol. En la escuela nos enseñaban que las lluvias de abril traen las flores de mayo. Las lluvias de abril también propician las colisiones de doce vehículos en las autopistas de Jersey y las sinusitis infecciosas. La parte positiva de todo esto es que en Jersey solemos tener motivos frecuentes para comprar coche nuevo y que se nos conoce en todo el mundo por nuestra particular versión nasal del inglés.

—Bueno, ¿cómo está tu cabeza? —le pregunté a El Porreta mientras volvíamos a casa.

—Llena de café con leche. Tengo la cabeza tranquila, colega.

—No. Me refiero a cómo están los doce puntos que te han dado en la cabeza.

El Porreta se pasó un dedo por el esparadrapo.

—Está bien.

Durante un momento se quedó con los labios separados y los ojos rebuscando entre los oscuros recovecos de su mente hasta que se hizo la luz.

—Ah, sí —dijo—. La anciana espantosa me pegó un tiro.

Eso es lo bueno que tiene fumar hierba toda la vida... te quedas sin memoria reciente. Si te pasa algo horrible, a los diez minutos ya no te acuerdas de nada.

Claro que eso también es lo malo que tiene fumar hierba, porque cuando ocurre un desastre, como que un amigo tuyo desaparece, existe la posibilidad de que algún recado o algún detalle importante se pierda entre la bruma. Y existe la posibilidad de que alucines y veas a una ancianita en la ventana, cuando en realidad el tiro ha sido disparado desde un coche.

En el caso de El Porreta, esta posibilidad era muy probable.

Pasé con el coche por delante de la casa de Dougie para asegurarme de que no había ardido mientras dormíamos.

—Parece que está en orden —dije.

—Parece muy solitaria —dijo El Porreta.

Cuando volvimos a mi apartamento Ziggy Garvey y Benny Colucci estaban en la cocina. Cada uno de ellos tenía en las manos una taza de café y una tostada.

—Espero que no le moleste —dijo Ziggy—. Queríamos probar la tostadora nueva.

Benny hizo un gesto con su tostada.

—Una tostada excelente. Fíjese qué dorado tan uniforme. No está quemada en los bordes en absoluto. Y está crujiente por todas partes.

—Debería comprar un poco de mermelada —dijo Ziggy—. Un poco de mermelada de fresa le iría bien a esta tostada.

—¡Han vuelto a entrar en mi apartamento! *Odio* que hagan eso.

—No estaba en casa —dijo Ziggy—. Y no queríamos que diera la impresión de que tiene hombres merodeando por su descansillo.

—Claro. No queríamos ensuciar su buen nombre —dijo Benny—. No nos parecía que fuera esa clase de chica. Aunque desde hace años se escuchan ciertos rumores sobre usted y Joe Morelli. Debería tener cuidado con él. Tiene muy mala reputación.

—Eh, fíjate —dijo Ziggy—. Es el mariquita aquel. ¿Dónde tienes el uniforme, chaval?

—Sí, y ¿por qué llevas ese esparadrapo? ¿Te has caído de los zapatos de tacón? —preguntó Benny.

Ziggy y Benny se dieron codazos mutuamente y se rieron como si aquello fuera un gran chiste.

Una idea se encendió dentro de mi cabeza.

—¿Ustedes no sabrán nada del motivo por el que tiene que llevar ese esparadrapo, verdad?

—Yo no —dijo Benny—. Ziggy, ¿tú sabes algo de ese asunto?

—No sé nada de ese asunto —dijo Ziggy.

Me apoyé en el mostrador de la cocina y crucé los brazos.

—Bueno, ¿y qué están haciendo aquí?

—Habíamos pensado pasar a informarnos —dijo Ziggy—. Hace ya tiempo que no hablamos y queríamos saber si ha habido alguna novedad.

—No han pasado ni veinticuatro horas —dije.

—Sí, eso es lo que he dicho. Hace ya tiempo.

—No ha habido ninguna novedad.

—Vaya, qué faena —dijo Benny—. Nos habían hablado muy bien de usted. Teníamos muchas esperanzas puestas en su ayuda.

Ziggy se acabó el café, aclaró la taza en el fregadero y la puso en el escurridor.

—Tenemos que irnos.

—¡Cerdo! —dijo El Porreta.

Ziggy y Benny se detuvieron junto a la puerta.

—Decir eso es una grosería —dijo Ziggy—. No vamos a tenerlo en cuenta porque eres amigo de la señorita Plum.

Miró a Benny en busca de apoyo.

—Exacto —dijo Benny—. No lo vamos a tener en cuenta, pero tendrías que aprender buenos modales. No está bien hablar así a los ancianos.

—¡Me ha llamado mariquita! —gritó El Porreta.

—¿Sí? —dijo Ziggy—. ¿Y?

—La próxima vez merodeen por el descansillo con toda libertad —dije. Cerré la puerta detrás de Ziggy y Benny y eché el pestillo. Luego le dije a El Porreta—: ¿Tienes alguna idea de por qué te pudo pegar un tiro alguien? ¿Estás seguro de que viste la cara de la anciana en la ventana?

—No lo sé, tía. Me cuesta mucho pensar. Tengo la cabeza, no sé, como liada.

—¿Y alguna llamada de teléfono extraña?

—Sólo hubo una llamada, pero no fue nada extraña. Una mujer me llamó cuando estaba en casa de Dougie y dijo que creía que yo tenía algo que no me pertenecía. Y yo me quedé tipo «pues vale».

—¿No dijo nada más?

—No. Le pregunté si quería una tostadora o un traje de Súper Colega y ella colgó.

—¿Eso es lo único que te queda? ¿Qué ha pasado con los cigarrillos?

—Me deshice de ellos. Conozco a un tío que fuma muchísimo...

Era como si El Porreta se hubiera quedado atrapado en el tiempo. Tenía recuerdos de él en el instituto con exactamente el mismo aspecto. Pelo castaño y fino con raya en medio y recogido atrás en cola de caballo. Piel pálida, constitución fina, altura media. Llevaba una camisa hawaiana y unos vaqueros que probablemente habrían llegado a casa de Dougie protegidos por la oscuridad. Había pasado por el instituto envuelto en una niebla de dulce bienestar inducida por el humo de la maría, hablando y riendo en el almuerzo y sesteando en las clases de inglés. Y así seguía... flotando por la vida. Sin trabajo. Sin responsabilidad. Ahora que lo pensaba, sonaba muy bien.

Connie solía trabajar los sábados por la mañana. La llamé a la oficina y esperé a que acabara con otra llamada.

—Estaba hablando con mi tía Flo —me dijo—. ¿Recuerdas que te dije que había pasado algo en Richmond cuando DeChooch estuvo allí? La tía cree que tiene algo que ver con que Louie D comprara la granja.

—Louie D se dedica a los negocios, ¿no?

—Es un hombre de negocios muy importante. Al menos lo era. Murió de un ataque al corazón mientras DeChooch estaba recogiendo su cargamento.

—Tal vez el ataque al corazón lo provocara una bala.

—No lo creo. Si se hubieran cargado a Louie D nos habríamos enterado. Esa clase de noticias vuelan. Sobre todo teniendo en cuenta que su hermana vive aquí.

—¿Quién es su hermana? ¿La conozco?

—Estelle Colucci. La mujer de Benny Colucci.

¡Joder!

—El mundo es un pañuelo.

Colgué y llamó mi madre.

—Tenemos que elegir un vestido para la boda —dijo.

—No voy a llevar vestido.

—Al menos podrías echar un vistazo.

—Vale, echaré un vistazo.

No pienso.

—¿Cuándo?

—No lo sé. Ahora mismo estoy ocupada. Estoy trabajando.

—Es sábado —dijo mi madre—. ¿Qué clase de persona trabaja los sábados? Tienes que descansar más. Tu abuela y yo vamos ahora mismo para allá.

—¡No!

Demasiado tarde. Ya había colgado.

—Tenemos que largarnos de aquí —le dije a El Porreta—. Es una emergencia. Tenemos que irnos.

—¿Qué clase de emergencia? ¿No me irán a pegar otro tiro, verdad?

Recogí los platos sucios del mostrador y los metí en el friegaplatos. A continuación cogí la manta y la almohada de El Porreta y las llevé al dormitorio. Mi abuela vivió conmigo una breve temporada y estaba segura de que todavía tenía las llaves del apartamento. Dios me libre de que mi madre entre en casa y se la encuentre hecha un desastre. La cama estaba sin hacer, pero no quería perder el tiempo haciéndola. Recogí a puñados ropa y toallas sucias y las metí en el cesto. Atravesé disparada el salón, entré en la cocina, cogí el bolso y la chaqueta y le grité a El Porreta que saliera corriendo.

Nos encontramos con mi madre y mi abuela en el portal.

¡Maldición!

—No hacía falta que nos esperaras en el portal —dijo mi madre—. Habríamos subido nosotras.

—No os estaba esperando —dije—. Me estaba yendo. Lo siento, pero esta mañana tengo que trabajar.

—¿Qué tienes que hacer? —quiso saber la abuela—. ¿Estás tras la pista de algún asesino maníaco?

—Tengo que buscar a Eddie DeChooch.

—No andaba muy desencaminada —dijo la abuela.

—Puedes buscar a Eddie DeChooch en otro momento —dijo mi madre—. Te he cogido hora en la tienda de novias de Tina.

—Sí, y será mejor que vayas —dijo la abuela—. Hemos conseguido esta cita gracias a que ha habido una cancelación de última hora. Además, teníamos que irnos de casa porque ya no aguantábamos más galopes y más relinchos.

—No quiero un vestido de novia —dije—. Quiero una boda sencilla.

O nada.

—Sí, pero no te cuesta nada echar un vistazo —dijo mi madre.

—La tienda de novias de Tina mola —dijo El Porreta.

Mi madre se volvió hacia él.

—¿No eres Walter Dunphy? Dios mío, hacía años que no te veía.

—¡Colega! —le dijo El Porreta a mi madre.

Luego él y la abuela Mazur se hicieron uno de esos apretones de manos tan complicados que yo nunca podía recordar.

—Será mejor que nos pongamos en marcha —dijo la abuela—. No queremos llegar tarde.

—¡No quiero vestido!

—Sólo vamos a mirar —dijo mi madre—. No pasaremos más de media hora mirando y luego te puedes ir a tu aire.

—¡Vale! Media hora. Y eso es todo. Se acabó. Y sólo vamos a *mirar*.

La tienda de novias de Tina está en el corazón del Burg. Ocupa la mitad de un edificio de ladrillos. Tina vive en un pequeño apartamento en la parte de arriba y tiene montado su negocio en la parte inferior de la casa. La otra mitad del edificio es una casa de alquiler propiedad de la propia Tina. Tina es famosa a lo largo y ancho del Burg por ser una casera muy perra y sus inquilinos casi siempre se marchan antes de que expire el año de contrato. Como los alquileres en el Burg son tan escasos como los dientes de una gallina, a Tina no le cuesta nada encontrar víctimas indefensas.

—Es tu estilo —dijo Tina retrocediendo y mirándome fijamente—. Es perfecto. Es deslumbrante.

Me encontraba ataviada con un vestido de seda largo hasta los pies. El cuerpo estaba ajustado a base de alfileres, el corte del escote mostraba nada más que el principio del pecho, y la falda acampanada tenía una cola de metro y medio.

—Es maravilloso —dijo mi madre.

—La próxima vez que me case puede que me compre un vestido exactamente igual —dijo la abuela—. O puede que me vaya a Las Vegas y me case en una de esas capillas de Elvis.

—Colega —dijo El Porreta—, a por ello.

Me giré ligeramente para verme mejor en el espejo de tres hojas.

—¿No os parece que es demasiado... blanco?

—Para nada —dijo Tina—. Es crema. El crema no tiene nada que ver con el blanco.

La verdad, *estaba* guapísima con aquel vestido. Parecía Escarlata O'Hara preparándose para una boda grandiosa en Tara. Me moví un poquito como si bailara.

—Salta un poco para que veamos qué tal queda cuando bailes la «raspa» —dijo la abuela.

—Es muy bonito, pero no quiero llevar vestido —dije yo.

—Puedo pedirlo en su talla sin compromiso —dijo Tina.

—Sin compromiso —dijo la abuela—. Eso está muy bien.

—Mientras sea sin compromiso... —dijo mi madre.

Necesitaba comer chocolate. *Un montón* de chocolate.

—Anda, fíjate —dije—, mira qué hora es. Tengo que marcharme.

—Genial —dijo El Porreta—. ¿Nos vamos ya a combatir la delincuencia? He pensado que necesito un cinturón de herramientas para el Súper Traje. Podría poner en él todo mi equipo anticrimen.

—¿De qué equipo anticrimen estás hablando?

—Todavía no lo he decidido del todo, pero me imagino que serán cosas como calcetines antigravedad que me permitan subir por las paredes de los edificios. Y un spray que me haga invisible.

—¿Estás seguro de que el tiro no te ha afectado a la cabeza? ¿No tienes dolor de cabeza ni estás mareado?

—No. Me encuentro muy bien. Puede que con un poco de hambre.

Cuando El Porreta y yo salimos de la tienda de Tina caía una ligera llovizna.

—Ha sido una experiencia total —dijo El Porreta—. Me he sentido como una dama de honor.

Yo no estaba segura de cómo me había sentido. Intenté sentirme *novia,* pero me di cuenta de que *imbécil integral* me cuadraba mejor. No podía creer que me hubiera dejado convencer por mi madre para probarme vestidos de novia. ¿En qué estaba pensando? Me di un manotazo en la frente y solté un gruñido.

—Colega —dijo El Porreta.

¡Mierda! Giré la llave de contacto y metí un disco de Godsmack en el reproductor de CD. No quería ni pensar en el asunto de la boda y no hay nada como el *metal* para barrer de la cabeza cualquier atisbo de pensamiento. Dirigí el coche hacia la casa de El Porreta y cuando llegamos a Roebling, El Porreta y yo estábamos agitando las cabezas a todo meter.

Íbamos pateando el suelo y sacudiendo la melena y casi se me pasa el Cadillac blanco. Estaba aparcado delante de la casa del padre Carolli, junto a la iglesia. El padre Carolli es tan viejo como la Tierra y lleva en el Burg desde que yo recuerdo. Era lógico que él y Eddie DeChooch fueran amigos y que éste acudiera al otro en busca de consuelo.

Recé una breve oración para que DeChooch estuviera dentro de la casa. Allí podría detenerle. En la iglesia ya era otra cosa. Dentro de la iglesia había que tener en cuenta todo ese rollo del santuario. Y si mi madre se enteraba de que había violado el santuario iba a ser un infierno.

Me acerqué a la puerta de Carolli y llamé con los nudillos. No hubo respuesta.

El Porreta se coló entre los arbustos y miró por una de las ventanas.

—No veo a nadie por ahí, colega.

Ambos miramos a la iglesia.

¡Maldición! Seguramente DeChooch se estaba confesando. *Perdóneme, padre, porque me he cargado a Loretta Ricci.*

—Bueno —dije—. Vamos a ver en la iglesia.

—Tal vez debería irme a casa y ponerme mi traje de Súper Colega.

—No estoy muy segura de que sea lo más indicado para la iglesia.

—¿No es lo bastante elegante?

Abrí la puerta de la iglesia y miré en su interior sombrío. En los días soleados la iglesia deslumbraba con la luz que entraba por las vidrieras de colores. Los días de lluvia, se veía apagada y sin color. Hoy la única calidez provenía de las escasas lampa- rillas votivas encendidas que parpadeaban delante de la ima- gen de la Virgen María.

La iglesia parecía estar vacía. No se oían susurros en los confe- sionarios. Nadie rezaba. Nada más que las velas y el olor a in- cienso.

Estaba a punto de irme cuando oí una risita. El sonido ve- nía de la zona del altar.

—Hola —dije en voz alta—. ¿Hay alguien por ahí?

—Sólo nosotras, las gallinas.

Parecía la voz de DeChooch.

El Porreta y yo recorrimos cautelosamente el pasillo central y nos asomamos al otro lado del altar. DeChooch y Carolli es- taban sentados en el suelo con las espaldas apoyadas en el al- tar, compartiendo una botella de vino tinto. Había una botella vacía tirada en el suelo a un par de metros de ellos.

El Porreta les hizo el signo de la paz.

—Colegas —dijo.

El padre Carolli le devolvió el signo y repitió el mantra:

—Colega.

—¿Qué queréis? —preguntó DeChooch—. ¿No veis que estoy en la iglesia?

—¡Está bebiendo!

—Es terapéutico. Estoy deprimido.

—Tiene que acompañarme al juzgado para renovar la fian- za —le dije a DeChooch.

DeChooch dio un largo trago de la botella y se limpió la boca con el dorso de la mano.

—Estoy en la iglesia. No me puedes arrestar en la iglesia. Dios se cabrearía. Te pudrirías en el infierno.

—Es uno de los mandamientos —dijo Carolli.

El Porreta sonrió.

—Estos dos están pedo.

Rebusqué en mi bolso y saqué las esposas.

—Huy, esposas —dijo DeChooch—. Qué miedo tengo.

Le cerré las esposas alrededor de la muñeca izquierda y le cogí la otra mano. DeChooch sacó una nueve milímetros del bolsillo de la chaqueta, le dijo a Carolli que sujetara el brazalete libre y disparó contra la cadena. Los dos hombres respingaron cuando la bala cortó la cadena, sacudiendo sus brazos huesudos con ondas violentas.

—Eh —dije—, que esas esposas costaron sesenta dólares.

DeChooch entrecerró los ojos y miró a El Porreta.

—¿Te conozco?

—Soy El Porreta, colega. Me ha visto en la casa de Dougie —El Porreta levantó dos dedos firmemente unidos—. Dougie y yo somos uña y carne. Somos un equipo.

—¡Ya sabía que te conocía! —dijo DeChooch—. Os odio a ti y al asqueroso ladrón de tu socio. Tenía que haber imaginado que Kruper no podía estar en esto él solo.

—Colega —dijo El Porreta.

DeChooch apuntó a El Porreta con la pistola.

—¿Te crees muy listo, verdad? Crees que puedes aprovecharte de un pobre viejo. Pedirme más dinero... ¿eso es lo que quieres?

El Porreta se dio con los nudillos en la frente.

—Aquí no hay serrín.

—Quiero que me los des, ya —dijo DeChooch.

—Será un placer hacer negocios con usted —dijo El Porreta—. ¿De qué estamos hablando? ¿De tostadoras o de Súper Trajes?

—Gilipollas —dijo DeChooch. Entonces disparó un tiro que estaba destinado a la rodilla de El Porreta pero falló por unos diez centímetros y rebotó en el suelo.

—Caray —dijo Carolli—, me vas a dejar sordo. Guarda ese cacharro.

—Lo guardaré cuando le haya hecho hablar —dijo De-Chooch—. Tiene algo que me pertenece.

DeChooch volvió a levantar el arma y El Porreta salió corriendo por el pasillo de la iglesia como alma que lleva el diablo.

Dentro de mi cabeza, yo era una heroína y desarmaba a De-Chooch de una patada. En la realidad, estaba paralizada. Ponme una pistola debajo de la nariz y mi cuerpo entero se vuelve líquido.

DeChooch disparó otro tiro que adelantó a El Porreta y arrancó una esquirla de la pila bautismal.

Carolli le dio a DeChooch un pescozón en el cogote con la mano plana.

—¡Basta ya!

DeChooch se tambaleó y la pistola se le disparó haciendo un agujero en un cuadro de una Crucifixión de metro y medio que colgaba en la pared más lejana.

Nos quedamos todos boquiabiertos. Y todos hicimos la señal de la cruz.

—Hostia —dijo Carolli—. Le has pegado un tiro a Jesús. Eso te va a costar un montón de avemarías.

—Ha sido sin querer —dijo DeChooch. Escudriñó el cuadro—. ¿Dónde le he dado?

—En la rodilla.

—Es un alivio —dijo DeChooch—. Al menos no ha sido en un sitio mortal.

—Y respecto a su comparecencia en el juzgado —le dije—, si se viniera conmigo para que le dieran nueva fecha lo tomaría como un favor personal.

—Madre mía, eres como un grano en el culo —dijo De-Chooch—. ¿Cuántas veces tengo que decirte... que te olvides?

Estoy deprimido. No voy a sentarme en un calabozo con esta depresión. ¿Has estado alguna vez en la cárcel?

—No exactamente.

—Bueno, pues puedes creerme, no es un sitio al que apetezca ir cuando estás deprimido. Y, por otro lado, tengo que hacer una cosa.

Yo, mientras, rebuscaba en mi bolso. En algún sitio tenía que tener el spray de pimienta. Y probablemente la pistola eléctrica.

—Además, hay gente buscándome y son mucho más peligrosos que tú —dijo DeChooch—. Y encerrarme en el calabozo se lo pondría muy fácil.

—¡Yo soy peligrosa!

—Jovencita, tú eres una aficionada —dijo DeChooch.

Saqué un bote de laca para el pelo, pero no logré encontrar el spray de pimienta. Tenía que organizarme mejor. Probablemente lo mejor sería poner el spray de pimienta y la pistola eléctrica en el bolsillo de la cremallera, pero entonces tendría que encontrarles otro sitio al chicle y a los caramelos de menta.

—Bueno, yo me voy —dijo DeChooch—. Y no quiero que me sigas o tendré que pegarte un tiro.

—Sólo una pregunta más. ¿Qué quería de El Porreta?

—Eso es una cosa privada entre él y yo.

DeChooch salió por una puerta lateral y Carolli y yo nos quedamos mirándole.

—Acaba de dejar que se escape un asesino —le dije a Carolli—. ¡Estaba tan tranquilo bebiendo con un asesino!

—No. Choochy no es un asesino. Nos conocemos desde hace mucho. Tiene un corazón de oro.

—Ha intentado pegarle un tiro a El Porreta.

—Se puso nervioso. Desde que tuvo el ataque ha estado muy excitable.

—¿Tuvo un ataque?

—Uno pequeñito. Apenas se puede tener en cuenta. Yo los he tenido peores.

Madre mía.

Alcancé a El Porreta a media manzana de su casa. Iba medio escondiéndose, corriendo y andando, mirando para atrás por encima de su hombro, haciendo la versión Porreta de un conejito huyendo de la jauría. Cuando por fin aparqué El Porreta ya había cruzado la puerta, había localizado una colilla y la estaba encendiendo.

—Hay gente que te dispara —le dije—. No deberías fumar canutos. Los canutos te dejan atontado y necesitas estar muy espabilado.

—Colega —dijo El Porreta exhalando.

Diosss.

Saqué a El Porreta a rastras de su casa y me lo llevé a la de Dougie. Ahora teníamos un nuevo ingrediente. DeChooch estaba detrás de algo y creía que lo tenía Dougie. Y pensaba que ahora lo tenía El Porreta.

—¿De qué estaba hablando DeChooch? —le pregunté a El Porreta—. ¿Qué está buscando?

—No lo sé, tía, pero no es una tostadora.

Estábamos en la sala de la casa de Dougie. Dougie no es el mejor amo de casa del mundo, pero la habitación parecía extrañamente desordenada. Los cojines del sofá estaban amontonados y la puerta del armario abierta. Metí la cabeza en la cocina y encontré una escena semejante. Las puertas de los armarios y los cajones estaban abiertos. La puerta del sótano también estaba abierta, así como la de la pequeña despensa. No recordaba que las cosas estuvieran así la noche anterior.

Dejé el bolso en la mesa de la cocina y revolví entre su contenido para sacar el spray de pimienta y la pistola eléctrica.

—Aquí ha entrado alguien —le dije a El Porreta.

—Sí, me pasa con frecuencia.

Me volví y le miré fijamente.

—¿Con frecuencia?

—Esta semana es la tercera vez. Me imagino que alguien quería llevarse nuestros ahorros. Y al viejo ese, ¿qué le pasa? Era muy amigo de Dougie, vino a casa más de una vez y todo. Y ahora se pone a gritarme. Es, no sé, como desconcertante, colega.

Me quedé pasmada, con la boca abierta y los ojos desencajados durante unos segundos.

—Espera un momento. ¿Me estás diciendo que DeChooch volvió después de dejar los cigarrillos?

—Sí. Sólo que yo no sabía que era DeChooch. No sabía cómo se llamaba. Dougie y yo le llamábamos el vejete. Yo estaba aquí cuando entregó los cigarrillos. Dougie me llamó para que le ayudara a descargar las cajas. Y un par de días después vino a ver a Dougie. La segunda vez yo no le vi. Lo sé porque me lo dijo Dougie —El Porreta dio una última calada a la colilla—. Fíjate lo que son las coincidencias. ¡Quién me iba a decir que estábamos buscando al vejete!

Pescozón mental.

—Voy a revisar el resto de la casa. Tú quédate aquí. Si me oyes gritar, llama a la policía.

¿Soy valiente o no? De hecho estaba completamente segura de que no había nadie en la casa. Llevaba lloviendo por lo menos una hora, si no más, y no había señales de que hubiera entrado nadie con los pies mojados. Lo más probable era que la casa hubiera sido registrada la noche anterior.

Accioné el interruptor de la luz del sótano y empecé a bajar las escaleras. Era una casa pequeña con un sótano pequeño y no tuve que adentrarme mucho para ver que el sótano también había sido objeto de un concienzudo registro. Las cajas que había en el trastero y en el otro dormitorio habían sido abiertas y vaciadas en el suelo.

Estaba claro que El Porreta no sabía qué era lo que buscaba DeChooch. El Porreta no era tan listo como para crear pistas falsas.

—¿Ha desaparecido algo? —le pregunté a El Porreta—. ¿Ha notado Dougie alguna vez la falta de algo después de que le registraran la casa?

—Un asado.

—¿Perdona?

—Lo juro por Dios. Había un asado en el congelador y alguien se lo llevó. Era pequeño. De un kilo. Era una sobra de un corte de buey que Dougie se encontró por casualidad. Ya sabes... que se cayó de un camión. Era lo último que quedaba. Nos lo quedamos nosotros por si nos apetecía cocinar algún día.

Volví a la cocina y revisé el frigorífico y el congelador.

—Esto es un muermo total. Esta casa no es lo mismo sin el Dougster aquí.

Detestaba admitirlo, pero necesitaba ayuda para atrapar a De-Chooch. Tenía la sospecha de que él era la clave de la desaparición de Dougie y no paraba de escapárseme.

Connie se disponía a cerrar la oficina cuando entramos El Porreta y yo.

—Me alegro de que hayáis venido —dijo—. Tengo un NCT para vosotros. Roseanne Kreiner. Mujer empresaria de tipo puti. Tiene su oficina en la esquina de Stark con la Doce. Acusada de darle una paliza de muerte a uno de sus clientes. Imagino que no querría pagarle los servicios prestados. No será muy difícil de encontrar. Probablemente no quería perder tiempo de trabajo yendo a juicio.

Le cogí la carpeta a Connie y la metí en mi bolso.

—¿Sabes algo de Ranger?

—Entregó a su hombre esta mañana.

¡Hurra! Ranger había vuelto. Podría ayudarme con lo mío. Marqué su número, pero no hubo respuesta. Le dejé un mensaje y probé en su buscapersonas. Un instante después mi móvil sonó y un estremecimiento me recorrió el estómago. Era Ranger.

—Hola —dijo Ranger.

—Me vendría bien un poco de ayuda con un NCT.

—¿Qué te pasa?

—Es viejo y yo quedaría como una inútil si le disparara.

Oí cómo Ranger se reía al otro lado de la línea.

—¿Qué ha hecho?

—De todo. Es Eddie DeChooch.

—¿Quieres que hable con él?

—No. Quiero que me des algunas ideas para traerle sin cargármelo. Tengo miedo de que, si le doy una descarga con la pistola eléctrica, estire la pata.

—Haz equipo con Lula. Acorraladle y esposadle.

—Eso ya lo he intentado.

—¿Se os escapó a Lula y a ti? Cariño, debe tener unos ochenta años. No ve. No oye. Tarda hora y media en vaciar la vejiga.

—Fue complicado.

—La próxima vez puedes probar a pegarle un tiro en un pie —dijo Ranger—. Eso suele funcionar.

Y así cortó la comunicación.

Genial.

A continuación llamé a Morelli.

—Tengo noticias para ti —me dijo—. Me encontré con Costanza cuando salí a por el papel. Me dijo que ya había llegado el resultado de la autopsia de Loretta Ricci y que había muerto de un ataque al corazón.

—¿Y le dispararon después?

—Lo has cogido, Bizcochito.

Demasiado retorcido.

—Ya sé que es tu día libre, pero me preguntaba si me harías un favor —le dije a Morelli.

—Ay, madre.

—Quería pedirte que cuidaras de El Porreta. Está implicado en este lío de DeChooch y no sé si es seguro dejarle solo en mi apartamento.

—Bob y yo ya estamos preparados para ver el partido. Llevamos toda la semana planeándolo.

—El Porreta puede verlo con vosotros. Os lo llevo.

Colgué antes de que Morelli pudiera decir que no.

Roseanne Kreiner estaba de pie en su esquina, bajo la lluvia, completamente empapada y con cara de malas pulgas. Si yo hubiera sido un tío no le habría dejado que se acercara ni a diez metros de mi pito. Iba vestida con botas negras de tacón alto y una bolsa negra de basura. Era difícil de distinguir lo que llevaba debajo de la bolsa. Puede que nada. Paseaba y saludaba con la mano a los coches que pasaban y, cuando los coches no se paraban, les sacaba el dedo. Su expediente decía que tenía cincuenta y dos años.

Me arrimé a la acera y bajé la ventanilla.

—¿Te lo haces con mujeres?

—Cariño, me lo hago con cerdos, vacas, patos y mujeres. Si tú pones la lana yo pongo la gana. Veinte por un trabajito manual. Te cobro horas extras si te pasas de tiempo.

Le mostré un billete de veinte y se subió al coche. Cerré las puertas con el mando centralizado y puse rumbo a la comisaría de policía.

—Nos vale cualquier callejón —dijo.

—Tengo que confesarte algo.

—Mierda. ¿Eres poli? Dime que no eres poli.

—No soy poli. Soy agente de fianzas. No apareciste el día del juicio y tienen que volver a citarte.

—¿Me puedo quedar con los veinte?

—Sí, te puedes quedar los veinte.

—¿Quieres que te haga alguna cosita a cambio?

—¡No!

—Jopé. No hace falta que grites. Es que no quería que te sintieras timada. Yo le doy a la gente lo que paga.

—¿Y qué me dices del tipo que machacaste?

—Intentó estafarme. ¿Tú crees que me paso la vida en esa esquina por mi gusto? Tengo a mi madre en una residencia. Si no pago todos los meses se viene a vivir conmigo.

—¿Y eso sería tan terrible?

—Preferiría follar con un rinoceronte.

Aparqué en el estacionamiento de la policía, intenté esposarla y ella se puso a mover las manos de un lado a otro.

—No me vas a poner las esposas —decía—. Para nada.

Y entonces, no sé cómo, con todo aquel manoteo y el forcejeo, abrí el cierre automático y Roseanne salió del coche de un salto y echó a correr por la calle. Me llevaba ventaja, pero también llevaba tacones altos y yo zapatillas de deporte, y la cogí tras una persecución de dos manzanas. Ninguna de las dos estaba en buena forma. Ella jadeaba y yo tenía la sensación de estar respirando fuego. Le puse las esposas y se sentó en el suelo.

—No te sientes —le dije.

—Lo tienes claro. No voy a ir a ningún sitio.

Había dejado el bolso en el coche y éste parecía estar muy lejos. Si iba corriendo hasta allí a por mi teléfono móvil, cuando volviera Roseanne ya no estaría allí. Ella sentada, de morros, y yo de pie, furiosa.

Algunos días era mejor no levantarse de la cama.

Sentía una urgente necesidad de darle una buena patada en los riñones, pero probablemente le saldrían moretones y podría denunciar a Vinnie por violencia de cazarrecompensas. A Vinnie no le gustaba nada que pasara eso.

Había empezado a llover con más fuerza y las dos estábamos empapadas. Tenía el pelo pegado a la cara y mis Levi's estaban chorreando. Ambas nos manteníamos en nuestra postura. Nuestra postura se acabó cuando Eddie Gazarra pasó con su coche para irse a comer. Eddie es un poli de Trenton y está casado con mi prima Shirley La Llorona.

Eddie bajó la ventanilla, sacudió la cabeza y chasqueó la lengua repetidamente.

—Tengo un problema con una NCT.

Eddie sonrió.

—No jodas.

—¿Por qué no me ayudas a meterla en tu coche?

—¡Está lloviendo! Se me mojaría.

Le miré con los ojos entrecerrados.

—Lo vas a pagar —dijo Gazarra.

—*No* voy a ir a cuidar a tus niños.

Sus hijos eran encantadores, pero la última vez que fui a cuidarlos me quedé dormida y me cortaron dos dedos de pelo.

Soltó otro chasquido.

—Oye, Roseanne —gritó—. ¿Quieres que te lleve a algún sitio?

Roseanne se levantó y le observó, considerando su decisión.

—Si te metes en el coche Stephanie te dará diez pavos —dijo Gazarra.

—De eso nada —grité—. Ya le he dado veinte.

—¿Te ha hecho un trabajito a cambio? —preguntó Gazarra.

—¡No!

Hizo otro chasquido con la lengua.

—Bueno, ¿qué?—dijo Roseanne—, ¿te decides?

Me retiré el pelo de la cara.

—Me voy a decidir por darte una patada en los riñones si no metes el culo en ese coche de la policía.

Si te ves acorralada... prueba con una falsa amenaza.

Seis

Aparqué en el descampado de casa y me arrastré hasta el apartamento dejando charcos a mi paso. Benny y Ziggy esperaban en el descansillo.

—Hemos traído mermelada de fresa —dijo Benny—. Y es de la buena. Es Smucker's.

Cogí la mermelada y abrí la puerta.

—¿Qué pasa?

—Hemos oído que ha pillado a Choochy echando un trago con el padre Carolli.

Los dos sonreían, disfrutando del momento.

—Ese Choochy es un punto —dijo Ziggy—. ¿Es verdad que le pegó un tiro a Jesucristo?

Sonreí con ellos. Ciertamente, Choochy era un punto.

—Las noticias vuelan —dije.

—Estamos lo que se podría decir «conectados» —dijo Ziggy—. Pero queríamos saberlo directamente por usted. ¿Qué tal aspecto tenía Choochy? ¿Estaba bien? ¿Parecía... en fin, loco?

—Le disparó un par de tiros a El Porreta, pero falló. Carolli me dijo que Choochy estaba muy alterado desde el ataque.

—Y tampoco oye muy bien —dijo Benny.

En ese momento intercambiaron miradas. Sin sonreír.

El agua chorreaba de mis Levi's, formando un estanque en el suelo de la cocina. Ziggy y Benny se mantenían fuera de él.

—¿Dónde está aquel tiparraco extraño? —preguntó Benny—. ¿Ya no va con usted?

—Tenía cosas que hacer.

Me quité la ropa en cuanto se fueron Benny y Ziggy. Rex corría en su rueda, deteniéndose de vez en cuando para mirarme, sin entender el concepto de lluvia. A veces se ponía debajo de su botella de agua y le caían unas gotas en la cabeza, pero su experiencia con el clima era bastante limitada.

Me puse una camiseta nueva y Levi's limpios y me alboroté el pelo con el secador. Al acabar tenía bastante volumen pero muy poca forma, así que, para despistar, me puse una raya azul en el ojo.

Me estaba calzando las botas cuando sonó el teléfono.

—Tu hermana va para allá —dijo mi madre—. Necesita hablar con alguien.

Valerie debía de estar realmente desesperada para que se le ocurriera hablar conmigo. No nos llevábamos mal, pero no éramos muy íntimas. Demasiadas diferencias personales básicas. Y cuando se trasladó a California nos distanciamos todavía más.

Es curioso cómo resultan las cosas. Todos creíamos que el matrimonio de Valerie era perfecto.

El teléfono volvió a sonar y era Morelli.

—Está tarareando —dijo Morelli—. ¿Cuándo vas a venir a por él?

—¿Tarareando?

—Bob y yo estamos intentando ver el partido y este capullo no para de tararear.

—Puede que esté nervioso.

—Claro, ¿no te jode? Tiene motivos para estar nervioso. Si no deja de tararear le voy a estrangular.

—Prueba a darle algo de comer.

Y colgué.

—Me gustaría saber qué anda buscando todo el mundo —le dije a Rex—. Sé que está relacionado con la desaparición de Dougie.

Se oyeron unos golpes en la puerta y mi hermana irrumpió con un aire jovial a lo Doris Day-Meg Ryan. Probablemente era perfecto para California, pero en Jersey no somos *joviales*.

—Estás insoportablemente jovial —le dije—. No recuerdo que fueras tan jovial.

—No estoy jovial..., estoy alegre. No pienso volver a llorar, nunca más en mi vida. A nadie le gustan las lloronas. Voy a seguir adelante con mi vida y voy a ser feliz. Voy a ser tan asquerosamente feliz que Mary Sunshine a mi lado va a parecer una fracasada.

Puagh.

—¿Y sabes por qué puedo ser feliz? Porque estoy bien adaptada.

Valerie había hecho bien en volver a Jersey. Aquí se lo arreglaríamos.

—Así que ¿éste es tu apartamento? —dijo ella mirando alrededor—. Nunca había estado aquí.

Yo también lo miré y no me impresionó lo que vi. Tengo miles de ideas estupendas para el apartamento, pero, no sé por qué, nunca llego a comprar los candelabros de cristal en Illuminations ni el frutero de bronce del Pottery Barn. Mis ventanas tienen persianas y cortinas de batalla. El mobiliario es relativamente nuevo, pero sin imaginación. Vivo en un minúsculo apartamento barato de los setenta exactamente igual que cualquier otro minúsculo apartamento barato de los setenta. Martha Stewart tendría una vaca en mi apartamento.

—Oye —dije—. Siento mucho lo de Steve, de verdad. No sabía que teníais problemas.

Valerie se derrumbó en el sofá.

—Yo tampoco lo sabía. Me tuvo completamente engañada. Un día volví del gimnasio y descubrí que la ropa de Steve no estaba. Luego encontré una nota en la cocina en la que decía que se sentía atrapado y tenía que marcharse. Y al día siguiente recibí la notificación de embargo de la casa.

—Puf.

—Empiezo a pensar que puede que sea algo bueno. Quiero decir que esto podría abrirme a un montón de nuevas experiencias. Por ejemplo, tengo que buscar trabajo.

—¿Se te ha ocurrido algo?

—Quiero ser cazarrecompensas.

Me quedé muda. Valerie, cazarrecompensas.

—¿Se lo has dicho a mamá?

—No. ¿Te parece que debería hacerlo?

—¡No!

—Lo bueno de ser cazarrecompensas es que tú misma te organizas tus horarios, ¿verdad? O sea que podría estar en casa cuando las niñas lleguen del colegio. Y los cazarrecompensas son bastante duros y eso es lo que quiero que sea la nueva Valerie..., alegre pero dura.

Valerie llevaba una chaqueta de punto rojo de Talbots, vaqueros de marca planchados y mocasines de piel de serpiente.

Ser dura le quedaba muy lejos.

—No estoy muy segura de que des el tipo de cazarrecompensas —le dije.

—Claro que doy el tipo de cazarrecompensas —dijo entusiasmada—. Lo único que necesito es ponerme en situación mental.

Se enderezó en el sofá y empezó a cantar la canción de la hormiga del caucho.

—¡*Tiene metas muy altas... metas muy aaaaltas!*

Me alegré de tener la pistola en la cocina, porque sentía la necesidad imperiosa de pegarle un tiro a Valerie. Estaba llevando la *jovialidad* mucho más allá del límite soportable.

—La abuela me ha dicho que estás trabajando en un caso importante y he pensado que podría ayudarte —dijo Valerie.

—No sé... el tío ese es un asesino.

—Pero muy viejo, ¿no?

—Sí. Es un asesino viejo.

—A mí me parece que es una buena ocasión para empezar —dijo Valerie levantándose del sofá—. Vamos a por él.

—No sé exactamente dónde encontrarle —dije.

—Probablemente les esté echando migas a los patos en el estanque. Eso es lo que hacen los viejos. Por la noche ven la tele y por el día dan de comer a los patos.

—Está lloviendo. No creo que les dé de comer a los patos bajo la lluvia.

Valerie echó una mirada por la ventana.

—Buena observación.

Se oyó un golpe seco en la puerta y el ruido de alguien comprobando si estaba abierta. Después otro golpe.

Morelli, pensé. Devolviendo a El Porreta.

Abrí la puerta y Eddie DeChooch se coló en mi recibidor. Llevaba la pistola en la mano y estaba muy serio.

—¿Dónde está? —preguntó DeChooch—. Sé que está viviendo contigo. ¿Dónde está ese asqueroso hijo de puta?

—¿Se refiere a El Porreta?

—Me refiero a ese tío mierda que me está jodiendo la vida. Tiene una cosa que me pertenece y quiero que me la devuelva.

—¿Cómo sabe que la tiene El Porreta?

DeChooch me empujó y entró en el dormitorio y en el cuarto de baño.

—Su amigo no lo tiene. Yo no lo tengo. El único que queda es ese subnormal de Porreta —DeChooch abría las puertas de los armarios y las cerraba de golpe—. ¿Dónde está? Sé que le tienes escondido en algún sitio.

Me encogí de hombros.

—Me dijo que tenía que hacer algunos recados y no le he vuelto a ver.

Le puso la pistola en la cabeza a Valerie.

—¿Quién es esta Miss Elegancia?

—Es mi hermana Valerie.

—A lo mejor debería cargármela.

Valerie miró de reojo el arma.

—¿Es una pistola de verdad?

DeChooch desplazó la pistola diez centímetros a la derecha y disparó un tiro. La bala no pegó en la televisión por un milímetro y se alojó en la pared.

Valerie se puso blanca y soltó un chillido agudo.

—Caray, parece un ratón —dijo DeChooch.

—¿Y ahora qué hago yo con esa pared? —le pregunté—. Le ha hecho un agujero enorme con la bala.

—Le puedes enseñar el agujero a tu amigo. Puedes decirle que su cabeza tendrá un agujero igual si no espabila.

—Yo podría ayudarle a recuperar esa cosa si me dice qué es.

DeChooch cruzó la puerta apuntándonos a Valerie y a mí.

—No me sigas —dijo— o te pego un tiro.

A Valerie le flaquearon las piernas y se sentó en el suelo.

Yo esperé un par de segundos antes de asomarme por la puerta y mirar al pasillo. Creía a DeChooch en lo de dispararnos. Cuando por fin inspeccioné el descansillo DeChooch ya no estaba a la vista. Cerré la puerta con cerrojo y fui corriendo a la ventana. Mi apartamento está en la parte de atrás del edificio y las ventanas dan al aparcamiento. No es que sean muy buenas vistas, pero es útil para ver cómo se escapan los vejetes enloquecidos.

Vi cómo DeChooch salía del edificio y se marchaba en el Cadillac blanco. Le buscaba la policía, le buscaba yo y él iba por ahí en un Cadillac blanco. No era exactamente un fugitivo que se escondiera. ¿Y por qué no éramos capaces de pillarle? Yo sabía la respuesta en lo que a mí se refería. Era una inepta.

Valerie seguía en el suelo, igual de pálida.

—A lo mejor te apetece replantearte lo de ser cazarrecompensas —le sugerí. A lo mejor yo también debería replanteármelo.

Valerie regresó a casa de mis padres para buscar su Valium y yo volví a llamar a Ranger.

—Voy a dejar este caso —le dije a Ranger—. Te lo voy a pasar.

—Normalmente no abandonas —dijo Ranger—. ¿Qué te ha pasado en esta ocasión?

—DeChooch me está dejando como una idiota.

—¿Y?

—Dougie Kruper ha desaparecido y creo que su desaparición tiene algo que ver con DeChooch. Me preocupa estar poniendo a Dougie en peligro por no dejar de darle el coñazo a DeChooch.

—Probablemente Dougie Kruper ha sido abducido por los alienígenas.

—¿Quieres quedarte con el caso o no?

—No lo quiero.

—Vale. Vete al infierno —colgué y le saqué la lengua al teléfono. Agarré el bolso y la gabardina, y salí del apartamento y bajé las escaleras como una furia.

La señora DeGuzman estaba en el vestíbulo. La señora De-
Guzman es de las Filipinas y no habla una palabra de inglés.

—Humillante —le dije a la señora DeGuzman.

La señora DeGuzman sonrió y asintió con la cabeza como
uno de esos perros que lleva la gente en la ventanilla trasera
del coche.

Me metí en el CR-V y me quedé allí sentada, pensando cosas del tipo: *Prepárate a morir, DeChooch.* Y: *Se acabó la señorita amable, esto es la guerra.* Pero resulta que no se me ocurría
dónde encontrar a DeChooch, así que hice una pequeña ex-
cursión a la pastelería.

Eran cerca de las cinco cuando regresé al apartamento. Abrí
la puerta y ahogué un alarido. Había un hombre en mi sala de
estar. Tuve que mirar dos veces para darme cuenta de que era
Ranger. Estaba sentado en una silla, con aspecto relajado, mirándome intensamente.

—Me has colgado el teléfono —dijo—. No me vuelvas a colgar el teléfono.

Su voz era tranquila pero, como siempre, su autoridad era
incontestable. Llevaba pantalones negros de vestir, un jersey
negro ligero de manga larga remangado hasta los codos y mocasines negros caros. Tenía el pelo muy corto. Yo estaba acostumbrada a verle con la ropa de faena de los cuerpos especiales y con pelo largo, y no le había reconocido de inmediato.
Supongo que de eso se trataba.

—¿Vas disfrazado? —le pregunté.

Me miró sin responder.

—¿Qué llevas en la bolsa?

—Un bollo de canela de emergencia. ¿Qué haces aquí?

—He pensado que podíamos hacer un trato. ¿Hasta qué
punto te interesa atrapar a DeChooch?

Ay, madre.

—¿En qué estás pensando?

—Tú encuentra a DeChooch. Si necesitas ayuda para traerle, me llamas. Si yo logro atraparle, pasas una noche conmigo.

El corazón me dejó de latir. Ranger y yo llevamos años jugando a ese juego, pero nunca lo habíamos expresado con tanta claridad hasta ahora.

—Estoy medio comprometida con Morelli —dije.

Ranger sonrió.

Mierda.

Se oyó el ruido de una llave entrando en la cerradura de la puerta principal y ésta se abrió de par en par. Morelli entró a grandes zancadas y él y Ranger se saludaron con un gesto de cabeza.

—¿Se ha acabado el partido? —le pregunté a Morelli.

Él me lanzó una mirada asesina.

—Se acabó el partido y se acabó el trabajo de niñera. No quiero ni volver a ver a ese tío.

—¿Dónde está?

Morelli se giró para mirar. El Porreta no estaba.

—¡Joder! —dijo Morelli.

Volvió a salir al descansillo y metió a El Porreta en el apartamento arrastrándolo del cuello de la camisa, el equivalente policial de Trenton a una gata madre que recoge a un cachorro extraviado del cogote.

—Colega —dijo El Porreta.

Ranger se levantó y me pasó una tarjeta en la que había escrito un nombre y una dirección.

—La dueña del Cadillac blanco —dijo.

Se colocó una chaqueta de cuero y se fue. Don Sociable.

Morelli sentó a El Porreta en una silla delante de la televisión, le señaló con el dedo y le dijo que se estuviera quieto.

Miré a Morelli y levanté las cejas.

—Con Bob funciona —dijo Morelli. Encendió la televisión y me hizo un gesto para que le siguiera al dormitorio—. Tenemos que hablar.

Hubo un tiempo en que la idea de entrar en un dormitorio con Morelli me daba un miedo de muerte. Ahora lo que hace es ponerme los pezones duros.

—¿Qué pasa? —le dije cerrando la puerta.

—El Porreta me ha dicho que hoy has elegido un vestido de novia.

Cerré los ojos y me dejé caer de espaldas en la cama.

—¡Es verdad! Me he dejado convencer —gruñí—. Mi madre y mi abuela se presentaron aquí y, de repente, me estaba probando un vestido en la tienda de Tina.

—Si nos fuéramos a casar me lo dirías, ¿verdad? Quiero decir que no aparecerías en la puerta de mi casa un día por las buenas, vestida de novia, y me dirías que teníamos que estar en la iglesia antes de que pasara una hora.

Me incorporé y le miré con los ojos entrecerrados.

—No hace falta ponerse susceptible por eso.

—Los hombres no nos ponemos susceptibles. Los hombres nos cabreamos. Las mujeres se ponen susceptibles.

Me levanté de la cama de un salto.

—¡Es típico de ti hacer un comentario tan sexista como ése!

—A ver si te enteras —dijo Morelli—. Soy italiano. Tengo que hacer comentarios sexistas.

—Esto no va a salir bien.

—Bizcochito, será mejor que aclares las cosas antes de que tu madre reciba la factura de la Visa por ese vestido.

—Bueno, ¿y tú qué quieres hacer? ¿Quieres casarte?

—Claro que sí. Vamos a casarnos ahora mismo —echó la mano hacia atrás y cerró el pestillo del dormitorio—. Quítate la ropa.

—*¿Qué?*

Morelli me tumbó en la cama y se echó encima de mí.

—El matrimonio es un estado mental.

—En mi familia no.

Me levantó la camiseta y miró lo que había debajo.

—¡Quieto! ¡Espera un minuto! —le dije—. ¡No puedo hacerlo con El Porreta en el cuarto de al lado!

—El Porreta está viendo la tele.

Su mano me cubrió el hueso púbico, hizo algo mágico con el dedo índice, los ojos se me nublaron y un poco de baba me resbaló por la comisura de la boca.

—La puerta está cerrada, ¿verdad?

—Verdad —dijo Morelli. Me había bajado los pantalones hasta las rodillas.

—Tendrías que vigilar.

—¿Vigilar qué?

—A El Porreta. Comprobar que no esté escuchando junto a la puerta.

—No me importa que esté escuchando junto a la puerta.

—A mí sí.

Morelli suspiró y se separó de mí.

—Tenía que haberme enamorado de Joyce Barnhardt. Ella habría invitado a El Porreta a mirar —abrió un poco la puerta y echó un vistazo. Entonces la abrió del todo—. ¡Mierda!

Me levanté y me subí los pantalones.

—¿Qué? ¿Qué?

Morelli ya había salido de la habitación y estaba recorriendo la casa, abriendo y cerrando puertas.

—El Porreta se ha ido.

—¿Cómo puede haberse ido?

Morelli se detuvo y se encaró a mí.

—¿Nos importa algo?

—¡Sí!

Otro suspiro.

—Sólo hemos estado un par de minutos en el dormitorio. No puede haber ido muy lejos. Voy a buscarle.

Crucé la habitación hasta la ventana y miré al aparcamiento. Se estaba yendo un coche. Era difícil verlo debajo de la lluvia, pero me pareció que era el de Ziggy y Benny. Un coche oscuro, de tamaño medio y fabricación norteamericana. Cogí el bolso, cerré la puerta y corrí por el pasillo. Alcancé a Morelli en el vestíbulo. Salimos por las puertas del aparcamiento y nos quedamos parados. Ni rastro de El Porreta. Ya ni se veía el coche oscuro.

—Me parece que puede estar con Ziggy y Benny —dije—. Podíamos probar en su club social.

No se me ocurría a qué otro sitio podrían llevar a El Porreta. Suponía que no se lo llevarían a su casa.

—Ziggy, Benny y DeChooch son socios del de Dominó de la calle Mulberry —dijo Morelli mientras ambos subíamos a su camioneta—. ¿Por qué crees que El Porreta puede estar con Benny y Ziggy?

—Me ha parecido ver su coche saliendo del aparcamiento. Y tengo la sensación de que Dougie y DeChooch y Benny y Ziggy están todos metidos en algo que empezó con un negocio de cigarrillos.

Atravesamos el Burg zigzagueando hasta llegar a la calle Mulberry y, como era de esperar, el coche azul oscuro de Benny estaba aparcado delante del club social de Dominó. Me apeé y puse una mano sobre el capó. Estaba caliente.

—¿Cómo quieres que lo hagamos? —preguntó Morelli—. ¿Quieres que te espere en la camioneta o prefieres que te abra paso a golpes?

—El hecho de que sea una mujer liberada no quiere decir que sea idiota. Ábreme paso.

Morelli llamó a la puerta y un viejito la abrió sin quitar la cadena de seguridad.

—Me gustaría hablar con Benny —dijo Morelli.

—Benny está ocupado.

—Dile que soy Joe Morelli.

—Aun así va a estar ocupado.

—Dile que si no sale a la puerta ahora mismo le voy a prender fuego a su coche.

El viejo desapareció y regresó en menos de un minuto.

—Benny dice que si le das fuego a su coche va a tener que matarte. Además, se lo va a chivar a tu abuela.

—Dile a Benny que será mejor que no tenga a Walter Dunphy ahí dentro, porque Dunphy está bajo la protección de mi abuela. Si le pasa algo a Dunphy, le echará un mal de ojo a Benny.

Dos minutos después la puerta se abría por tercera vez y El Porreta salía disparado.

—Caramba —le dije a Morelli—. Estoy impresionada.

—Colega —dijo Morelli.

Metimos a El Porreta en la camioneta y le llevamos otra vez al apartamento. A medio camino le dio un ataque de risa, y Morelli y yo nos dimos cuenta de lo que había usado Benny como cebo para pescarle.

—Qué suerte he tenido —dijo El Porreta, sonriente y embobado—. Salgo un minuto a comprar un poco de mierda y esos dos tíos están directamente en el aparcamiento. Y ahora les gusto.

Hasta donde puedo recordar, mi madre y mi abuela han ido a misa todos los domingos por la mañana. Y de camino a casa, mi madre y mi abuela hacen una parada en la pastelería para comprarle un paquete de donuts de mermelada a mi padre, el pecador. Si El Porreta y yo nos sincronizábamos bien, llegaríamos uno o dos minutos después de los donuts. Mi madre se sentiría feliz porque había ido a visitarla. El Porreta se sentiría feliz porque le darían un donut. Y yo me sentiría feliz porque mi abuela se habría enterado de los últimos cotilleos de todo y de todos, incluido Eddie DeChooch.

—Tengo grandes novedades —dijo la abuela en cuanto abrió la puerta—. Stiva recibió ayer a Loretta Ricci y hoy a las siete va a ser el primer velatorio. Va a ser uno de esos de féretro cerrado, pero aun así merecerá la pena. A lo mejor hasta aparece Eddie DeChooch. Yo me voy a poner el vestido rojo nuevo. Esta noche va a haber llenazo. Todo el mundo estará allí.

Angie y Mary Alice estaban en el cuarto de estar delante de la televisión con el volumen tan alto que las ventanas vibraban. Mi padre también estaba en la sala de estar, repantingado en su sillón favorito, leyendo el periódico con los nudillos blancos por el esfuerzo.

—Tu hermana está en la cama con migraña —dijo la abuela—. Me imagino que mantenerse tan jovial es demasiado agotador. Y tu madre está haciendo rollitos de repollo. Hay donuts en la cocina, pero si eso no te vale, tengo una botella en mi dormitorio. Esta casa es un manicomio.

El Porreta cogió un donut y se fue a la sala a ver la televisión con las niñas. Yo me serví un café y me senté en la mesa de la cocina con mi donut.

La abuela se sentó enfrente de mí.

—¿Qué estás haciendo hoy?

—Tengo una pista sobre Eddie DeChooch. Se le ha visto conduciendo un Cadillac blanco y acabo de conseguir el nombre de la dueña. Mary Maggie Mason —saqué la tarjeta del bolsillo y la miré detenidamente—. ¿Por qué me resultará familiar ese nombre?

—Todo el mundo conoce a Mary Maggie Mason —dijo la abuela—. Es una estrella.

—Yo no sé nada de ella —dijo mi madre.

—Porque tú nunca vas a ningún sitio —dijo la abuela—. Mary Maggie es una de las luchadoras en el barro del Snake Pit. Es la mejor.

Mi madre levantó la mirada de la cazuela de carne con arroz y tomate.

—¿Cómo sabes todo eso?

—Elaine Barkolowsky y yo vamos al Snake Pit algunas veces después del bingo. Los jueves tienen lucha libre masculina y sólo llevan unos pequeños suspensores en sus partes. No son tan buenos como La Roca, pero no están nada mal.

—Es repugnante —dijo mi madre.

—Sí —dijo la abuela—. Te cobran cinco dólares por entrar, pero merece la pena.

—Tengo que irme a trabajar —le dije a mi madre—. ¿Puede quedarse El Porreta con vosotras un rato?

—Ya no consume drogas, ¿verdad?

—No. Está limpio —desde hace doce horas—. Aunque tal vez sea mejor que escondas el pegamento y el jarabe de la tos, por si acaso.

La dirección de Mary Maggie Mason que Ranger me había dado correspondía a un edificio de apartamentos muy alto y de lujo que daba al río. Recorrí el aparcamiento subterráneo observando los coches. Ni un Cadillac blanco, pero había un Porsche plateado con matrícula MMM-ÑAM.

Aparqué en una zona reservada para visitantes y subí en el ascensor al piso séptimo. Llevaba vaqueros y botas y una cazadora de cuero negro encima de una camisa de punto negra, y no me sentía vestida adecuadamente para aquel edificio. El edificio pedía seda gris y tacones altos y una piel tratada con láser y cuidada hasta la perfección.

Mary Maggie Mason abrió al segundo golpe. Iba vestida con chándal y llevaba el pelo castaño recogido en una coleta.

—¿Sí? —preguntó mirándome desde el otro lado de sus gafas de concha, con un libro de Nora Roberts en la mano. Mary Maggie, la luchadora en el barro, lee novela romántica. En realidad, por lo que se veía al otro lado de la puerta, Mary Maggie se lo leía *todo*. Había libros por todas partes.

Le entregué mi tarjeta y me presenté.

—Estoy buscando a Eddie DeChooch —le dije—. Me ha llamado la atención que vaya por la ciudad conduciendo su coche.

—¿El Cadillac blanco? Sí. Eddie necesitaba un coche y yo nunca llevo el Cadillac. Lo heredé cuando murió mi tío Ted. Seguramente debería venderlo, pero me produce nostalgia.

—¿Cómo conoció a Eddie?

—Es uno de los dueños del Snake Pit. Eddie, Pinwheel Soba y Dave Vincent. ¿Por qué está buscando a Eddie? ¿No le irá a arrestar, verdad? Es un viejecito encantador.

—No se presentó el día de su juicio y hay que renovar la fianza. ¿Sabe dónde puedo encontrarle?

—Lo siento. Se pasó por aquí la semana pasada. No recuerdo qué día. Quería que le prestara el coche. Su coche es un trasto viejo. Siempre tiene algo estropeado. Por eso le dejo el Cadi'lac muy a menudo. Le gusta llevarlo porque es grande y blanco y lo encuentra con facilidad por la noche en los aparcamientos. Eddie ya no ve demasiado bien.

No es asunto mío, pero yo no le prestaría el coche a un tío cegato.

—Al parecer le gusta mucho leer.

—Soy adicta a los libros. Cuando me retire de la lucha voy a abrir una librería de libros de misterio.

—¿Se puede vivir vendiendo sólo libros de misterio?

—No. Nadie vive sólo de vender libros de misterio. Todas las tiendas son tapaderas de actividades de juego ilegal.

Estábamos de pie en el recibidor y yo husmeaba alrededor todo lo que podía para descubrir alguna prueba de que Mary Maggie estaba escondiendo allí a Chooch.

—Este edificio es magnífico —dije—. No sabía que la lucha en el barro diera para tanto.

—La lucha en el barro no da para nada. Vivo gracias a las promociones. Y tengo un par de empresas patrocinadoras —Mary Maggie miró su reloj de pulsera—. Caramba, qué tarde es. Tengo que irme. He de estar en el gimnasio dentro de media hora.

Saqué el coche del subterráneo y lo aparqué en una calle adyacente para hacer unas llamadas. La primera fue al teléfono móvil de Ranger.

—¿Sí? —dijo Ranger.

—¿Sabes que DeChooch tiene un tercio del Snake Pit?

—Sí. Lo ganó en una partida ilegal hace dos años. Creía que lo sabías.

—¡Pues no lo sabía!

Silencio.

—Bueno, ¿y qué más sabes que yo no sepa?

—¿Cuánto tiempo tenemos?

Le colgué a Ranger y llamé a la abuela.

—Quiero que me busques un par de nombres en la guía de teléfonos —le dije—. Necesito saber dónde viven Pinwheel Soba y Dave Vincent.

Oí cómo la abuela pasaba hojas y por fin volvió a hablar.

—Ninguno de los dos viene en la guía.

¡Mierda! Morelli estaría en condiciones de proporcionarme las direcciones, pero no le iba a gustar que me metiera con los dueños del Snake Pit. Morelli me daría una insoportable charla sobre que tengo que tener cuidado y acabaríamos a grito pelado y luego tendría que comer una enorme cantidad de pasteles para tranquilizarme.

Respiré hondo y volví a marcar el teléfono de Ranger.

—Necesito unas direcciones —le dije.

—A ver si adivino —dijo él—. Pinwheel Soba y Dave Vincent. Pinwheel está en Miami. Se mudó el año pasado. Ha abierto un club en South Beach. Vincent vive en Princeton. Parece ser que hay mal rollo entre DeChooch y Vincent.

Me dio la dirección de Vincent y cortó la comunicación.

Un destello plateado me llamó la atención y al mirar vi a Mary Maggie doblando la esquina en su Porsche. Salí detrás de ella. Sin seguirla exactamente, pero sin perderla de vista. Las dos íbamos en la misma dirección. Hacia el norte. Fui detrás de ella un rato y me pareció que se alejaba demasiado para ir al gimnasio. Dejé atrás mi desviación y atravesé el centro tras ella hacia el norte de Trenton. Si hubiera estado atenta me habría visto. Es muy difícil que un solo coche haga un seguimiento en condiciones. Afortunadamente, Mary Maggie no esperaba que nadie la siguiera.

Me alejé de ella cuando entró en la calle Cherry. Aparqué en una esquina de la casa de Ronald DeChooch y vi a Mary Maggie salir del coche, dirigirse a la puerta y tocar el timbre. La puerta se abrió y ella entró en la casa. Diez minutos después la puerta principal se volvió a abrir y Mary Maggie Mason salió. Permaneció uno o dos minutos en el porche charlando con Ronald. Luego se metió en su coche y se fue de allí. Esta vez fue al gimnasio. Vi cómo aparcaba y se metía en el edificio y me fui.

Tomé la autopista 1 hasta Princeton, saqué un mapa y localicé la casa de Vincent. Princeton no forma realmente parte de Nueva Jersey. Es una pequeña isla de riqueza y excentricidad intelectual que flota en el Mar de la Megápolis Central. Es un pueblo de bondad infinita en la tierra del centro comercial. En Princeton el aire es más ligero, los tacones más bajos y los culos más apretados.

Vincent poseía una enorme casa colonial amarilla y blanca con medio acre de terreno en un extremo del pueblo. Había un garaje separado para dos coches. Ningún coche en el paseo. Ninguna bandera que proclamara que Eddie DeChooch residía allí. Aparqué a una casa de distancia, en la acera opuesta de la calle y me quedé mirando la casa. Muy aburrido. No pasaba nada. No entraban coches. No se veían niños jugando en la acera. No sonaba ensordecedor el heavy metal en ningún altavoz gigantesco del segundo piso. Un bastión de respetabilidad y decoro. Y un poquito sobrecogedora. Saber que estaba comprada con los beneficios del Snake Pit no alteraba la sensación de superioridad de la opulencia. Pensé que a Dave Vincent no le haría ninguna ilusión que una cazarrecompensas en busca de Eddie DeChooch perturbara su tranquilidad dominical. Y puede que me lo estuviera inventando, pero no creo que la señora Vincent aceptara la posibilidad de mancillar su estatus social albergando a tipos como Choochy.

Tras una hora de vigilancia sin resultados, un coche de la policía apareció en la calle y aparcó detrás de mí. Genial. Me iban a echar a patadas del barrio. Si alguien del Burg me pillara sentada vigilando su casa mandarían al perro para que se meara en las ruedas del coche. Como acción de apoyo, me gritarían una serie de improperios para que me largara de una vez. En Princeton te mandaban un agente de las fuerzas de orden público perfectamente planchado y bien educado para indagar. ¿Tiene clase o no?

No parecía tener mucho sentido discutir con el Agente Perfecto, así que salí del coche y fui hacia él mientras estaba examinando mi matrícula. Le entregué una tarjeta mía y el contrato de fianza que me autorizaba a detener a Eddie DeChooch. Y le di la explicación clásica de la vigilancia rutinaria.

Entonces él me explicó a mí que la buena gente de aquel vecindario no estaba acostumbrada a estar bajo vigilancia y que, probablemente, me iría mejor si llevara a cabo la vigilancia de manera más discreta.

—Por supuesto —le dije. Y me fui.

Si un policía es amigo tuyo, es el mejor amigo que puedas tener en tu vida. Pero, por otro lado, si no tienes cierta intimidad con un policía, lo mejor es no cabrearle.

De todas maneras, vigilar la casa de Vincent no me estaba sirviendo de nada. Si quería hablar con Dave Vincent lo mejor sería ir a verle al trabajo. Además, tampoco me vendría mal echar un vistazo al Snake Pit. No sólo podría hablar con Vincent; además tendría otra oportunidad con Mary Maggie Mason. Parecía una persona bastante agradable, pero estaba claro que sabía más de aquella historia.

Tomé la autopista 1 en dirección sur y, de repente, decidí echarle otro vistazo al garaje de Mary Maggie.

Siete

Llegué al garaje y di unas vueltas buscando el Cadillac blanco. Recorrí todos los pasillos arriba y abajo, pero no tuve suerte. Y menos mal, porque no sabía lo que iba a hacer si me encontraba con Choochy. No me sentía capaz de detenerle yo sola. Y la idea de aceptar la proposición de Ranger me produjo un orgasmo en el acto, seguido de un ataque de pánico.

Porque, a ver, ¿qué pasaba si dormía una noche con Ranger? ¿Qué pasaría? Supongamos que fuera tan increíble que ya no me interesara ningún otro hombre. Supongamos que fuera mejor en la cama que Joe. Y no es que Joe fuera un desastre en la cama. Pero es que Joe era simplemente mortal, y no estaba muy segura de Ranger.

Y ¿qué sería de mi futuro? ¿Me iba a casar con Ranger? No. Ranger no era de los que se casaban. ¡Qué coño!, Joe tampoco lo era mucho.

Y luego estaba el otro aspecto del asunto. Supongamos que yo no estuviera a la altura. Involuntariamente cerré los ojos con fuerza. ¡Agh! Sería horrible. Más que bochornoso.

¡Supongamos que *él* no estuviera a la altura! La fantasía estaría destrozada. ¿En qué pensaría entonces cuando estuviéramos a solas la ducha de masaje y yo?

Sacudí la cabeza para aclararme la cabeza. No quería plantearme una noche con Ranger. Era demasiado complicado.

Ya era la hora de cenar cuando llegué a casa de mis padres. Valerie se había levantado de la cama y estaba sentada a la mesa con las gafas de sol puestas. Angie y El Porreta comían sándwiches de mantequilla de cacahuete delante de la televisión. Mary Alice galopaba por la casa, piafando y relinchando. La abuela estaba arreglada para ir al velatorio. Mi padre inclinaba la cabeza sobre el asado. Y mi madre estaba en el extremo opuesto de la mesa con un sofoco de primera. Tenía la cara sonrojada, el pelo humedecido en la frente y los ojos recorrían febrilmente la habitación, retando a cualquiera que se le ocurriera comentar que estaba en el umbral del cambio.

La abuela hizo caso omiso de mi madre y me pasó la salsa de manzana.

—Esperaba que te presentaras a cenar. Me vendría bien que me llevaras al velatorio.

—Claro que sí —dije—. Pensaba ir de todas formas.

Mi madre me dedicó una mirada sufriente.

¿Qué? le pregunté.

—Nada.

—*¿Qué?*

—La ropa que llevas. Si vas al velatorio de la Ricci vestida así no van a parar de llamarme durante una semana. ¿Qué le voy a decir a la gente? Pensarán que no tienes dinero para comprarte ropa decente.

Bajé la mirada a mis vaqueros y mis botas. A mí me parecían decentes, pero no estaba dispuesta a discutir con una mujer menopáusica.

—Tengo ropa que puedes ponerte —dijo Valerie—. De hecho, voy a ir contigo y con la abuela. ¡Será divertido! ¿Stiva sigue dando galletitas?

Seguro que hubo un error en el hospital. No es posible que yo tenga una hermana que piense que las funerarias son divertidas.

Valerie saltó de su silla y me arrastró de la mano escaleras arriba.

—¡Sé exactamente lo que te vas a poner!

No hay nada peor que ponerse ropa de otros. Bueno, puede que el hambre en el mundo o una epidemia de tifus, pero, aparte de eso, la ropa prestada nunca sienta bien. Valerie es unos centímetros más baja que yo y pesa dos kilos menos. Calzamos exactamente el mismo pie y nuestros gustos en ropa no podían ser más opuestos. Vestirme con ropa de Valerie para ir al velatorio de la Ricci es como un Halloween en el infierno.

Valerie sacó una falda del armario.

—¡Tachán! —cantó—. ¿A que es maravillosa? Es perfecta. Y también tengo la blusa perfecta. Y los zapatos perfectos. Va todo a juego.

Valerie siempre ha ido a juego. Sus zapatos y sus bolsos siempre combinan. Sus blusas y sus faldas combinan también. Y Valerie sabe llevar un foulard sin parecer una idiota.

Al cabo de cinco minutos Valerie me había pertrechado por completo. La falda era malva y lima con un estampado de lirios rosas y amarillos. El tejido era vaporoso y el bajo me llegaba por media pantorrilla. Probablemente a mi hermana, en L. A., le quedaba genial, pero en mí parecía una cortina de ducha de los setenta. Arriba llevaba una camisa elástica de algodón blanco con mangas farol y cuello de encaje. En los pies me puso unas sandalias de tiras rosas con tacones de ocho centímetros.

Nunca en mi vida se me habría ocurrido ponerme zapatos rosas.

Me miré en el espejo de cuerpo entero e intenté no hacer una mueca.

—Fíjate —dijo la abuela cuando llegamos a la funeraria de Stiva—. Está abarrotado. Teníamos que haber venido antes. Todos los asientos buenos junto al féretro estarán ya cogidos.

Nos encontrábamos en la entrada, intentando atravesar a duras penas la multitud de deudos que entraban y salían de los velatorios. Eran exactamente las siete en punto, y si hubiéramos llegado a la funeraria de Stiva un rato antes habríamos tenido que hacer cola fuera como en un concierto de rock.

—No puedo respirar —dijo Valerie—. Me van a despachurrar como a un insecto. Mis niñas se quedarán huérfanas.

—Tienes que pisarle los pies a la gente y darle patadas en las pantorrillas —dijo la abuela—, para que se separen de ti.

Benny y Ziggy estaban de pie junto a la puerta de la sala uno. Si Eddie cruzaba la puerta ya lo tenían. Tom Bell, el encargado de llevar el caso Ricci, también estaba allí. Además de la mitad de la población del Burg.

Sentí una mano en el culo, me di la vuelta rápidamente y vi a Ronald DeChooch inclinándose hacia mí.

—Hola, nena —dijo—. Me encanta la falda vaporosa. Apuesto a que no llevas braguitas.

—Escucha, saco de mierda sin polla —le dije a Ronald DeChooch—, si vuelves a tocarme el culo buscaré a alguien para que te pegue un tiro.

—Tienes carácter —dijo Ronald—. Eso me gusta.

Mientras, Valerie había desaparecido, arrastrada por la muchedumbre que avanzaba. Y la abuela se abría camino hacia el féretro como un gusano. Un féretro cerrado es algo muy peligroso, ya que existen precedentes de tapas que se abren misteriosamente ante la presencia de la abuela. Lo mejor es no separarse de la abuela y vigilar que no saque la lima de uñas y se ponga a trabajar en la cerradura.

Constantine Stiva, el enterrador favorito del Burg, descubrió a la abuela y se lanzó a interceptarla, llegando junto a la difunta antes que ella.

—Edna —dijo agitando la cabeza y sonriendo con su sonrisa de enterrador comprensivo—, me alegro de volver a verte.

La abuela causa el caos en el negocio de Stiva una vez a la semana, pero él no iba a plantarle cara a una futura clienta que ya no era ninguna pollita y que le había echado el ojo para su descanso eterno a una caja tallada en caoba de primera clase.

—Me ha parecido que lo correcto era venir a presentarle mis respetos —dijo la abuela—. Loretta era de mi grupo de tercera edad.

El propio Stiva había tenido que interponerse entre Loretta y la abuela alguna vez.

—Por supuesto —dijo—. Eres muy amable.

—Por lo que veo es otro de esos rollos a féretro cerrado —dijo la abuela.

—Elección de la familia —dijo Stiva con la voz melosa como las natillas y la expresión complaciente.

—Supongo que es lo mejor, teniendo en cuenta que le pegaron un tiro y luego la rajaron entera en la autopsia.

Stiva mostró un destello de nerviosismo.

—Es una pena que tuvieran que hacerle la autopsia —dijo la abuela—. A Loretta le dispararon en el pecho y podía haber tenido el féretro abierto, si no fuera porque cuando te hacen la autopsia supongo que te sacan el cerebro, y supongo que eso complica bastante que te hagan un buen peinado.

Tres personas que estaban a su lado resollaron y se fueron hacia la puerta a toda prisa.

—Bueno, ¿y cómo estaba? —le preguntó la abuela a Stiva—. ¿Habrías podido hacer algo con ella de no ser por lo del cerebro?

Stiva tomó a la abuela por el codo.

—¿Por qué no vamos a la antecámara, que no está tan llena, y comemos unas galletitas?

—Es una buena idea —dijo la abuela—. Me vendría bien una galleta. De todas formas, aquí no hay nada que ver.

Les seguí y, por el camino, me detuve a charlar con Benny y Ziggy.

—No va a aparecer por aquí —les dije—. No está tan loco.

Ziggy y Benny se encogieron de hombros a la vez.

—Por si acaso —dijo Ziggy.

—¿Qué pasó ayer con El Porreta?

—Quería ver el club —dijo Ziggy—. Salió del edificio de su apartamento a respirar un poquito de aire y nos pusimos a charlar, y una cosa llevó a la otra.

—Sí, no teníamos intención de secuestrar al pobre chaval —dijo Benny—. Y no queremos que la anciana señora Morelli nos eche mal de ojo. No creemos nada de esas supersticiones antiguas, pero ¿por qué arriesgarse?

—Hemos oído decir que le echó mal de ojo a Carmine Scallari y a partir de entonces ya no pudo... humm... *funcionar* más —dijo Ziggy.

—Según cuentan, probó incluso esa nueva medicina, pero no le sirvió de nada —dijo Benny.

Ambos tuvieron un escalofrío involuntario. No querían encontrarse en la misma situación que Carmine Scallari.

Eché una mirada al vestíbulo entre Benny y Ziggy y vi a Morelli. Estaba apoyado en la pared, observando a la multitud.

Llevaba vaqueros, zapatillas de deporte negras y una camiseta negra debajo de la chaqueta de sport de mezclilla. Tenía un aspecto fuerte y demoledor. Los hombres se le acercaban para hablar de deportes y se iban al cabo de un rato. Las mujeres le observaban de lejos, preguntándose si sería tan peligroso como parecía, si era tan malo como su reputación.

Me miró desde el otro lado de la estancia y movió un dedo, haciendo el gesto internacional de «ven aquí». Cuando llegué a su lado me echó un posesivo brazo por encima y me besó en el cuello, justo debajo de la oreja.

—¿Dónde está El Porreta?

—Viendo la televisión con las niñas de Valerie. ¿Estás aquí porque esperas atrapar a Eddie?

—No. Estoy aquí porque esperaba atraparte a ti. Creo que deberías dejar que El Porreta pase la noche en casa de tus padres y tú deberías venir a mi casa.

—Tentador, pero estoy con la abuela y Valerie.

—Acabo de llegar. ¿Ha conseguido la abuela abrir el féretro?

—Stiva la ha interceptado.

Morelli pasó un dedo por el ribete de encaje de la camisa.

—Me gusta el encaje.

—¿Qué me dices de la falda?

—La falda parece una cortina de ducha. Bastante erótica. Me hace pensar en si llevarás ropa interior.

Ohdiosmio.

—Es lo mismo que me ha dicho Ronald DeChooch.

Morelli miró alrededor.

—No le he visto al llegar. No sabía que Ronald y Loretta Ricci se movieran en los mismos círculos.

—Puede que Ronald esté aquí por el mismo motivo por el que están Ziggy, Benny y Tom Bell.

La señora Dugan vino hacia nosotros, toda sonrisas.

—Enhorabuena —dijo—. Me he enterado de la boda. Estoy muy emocionada por vosotros. Y tenéis mucha suerte de haber conseguido el Salón de la PNA para el banquete. Tu abuela debe de haber tocado algunos palos para lograrlo.

¿El Salón de la PNA? Miré a Morelli y puse los ojos en blanco y él me dedicó una silenciosa sacudida de cabeza.

—Discúlpeme —le dije a la señora Dugan—. Tengo que encontrar a la abuela Mazur.

Bajé la cabeza y embestí a la multitud en busca de la abuela.

—La señora Dugan acaba de decirme que hemos alquilado el Salón de la PNA para el banquete —le susurré audiblemente—. ¿Es cierto?

—Lucille Stiller lo tenía alquilado para el cincuenta aniversario de boda de sus padres y su madre murió anoche. En cuanto nos enteramos nos lanzamos a pillarlo. ¡Estas cosas no pasan todos los días!

—No quiero dar un banquete en el Salón de la PNA.

—Todo el mundo quiere dar su banquete en el Salón de la PNA —dijo la abuela—. Es el mejor sitio del Burg.

—No quiero dar un gran banquete. Quiero una fiesta en el jardín de casa.

O nada en absoluto. ¡Si ni siquiera sé si va a haber *boda*!

—¿Y si llueve? ¿Dónde vamos a meter a toda esa gente?

—No quiero que haya mucha gente.

—Deben de ser unos cien sólo de la familia de Joe —dijo la abuela.

Joe estaba detrás de mí.

—Me va a dar un ataque de pánico —le dije—. No puedo respirar. La lengua se me está inflamando. Me voy a asfixiar.

—Puede que asfixiarte sea lo mejor que te pueda pasar —dijo Joe.

Miré el reloj. Al velatorio todavía le quedaba hora y media. Con mi suerte, en cuanto me fuera él entraría.

—Necesito aire —dije—. Me voy fuera un par de minutos.

—Todavía no he hablado con alguna gente —dijo la abuela—. Luego te veo.

Joe me siguió afuera y nos quedamos en el porche, respirando el aire del exterior, encantados de huir de los claveles y disfrutando del humo de los coches. Las farolas estaban encendidas y en la calle había un flujo constante de tráfico. Detrás de nosotros, la funeraria emitía un ruido festivo. No era música rock, pero sí muchas conversaciones y risas. Nos sentamos en un escalón y miramos el tráfico en silencio compartido. Allí estábamos, tan tranquilos, cuando el Cadillac blanco pasó por delante.

—¿Era Eddie DeChooch? —le pregunté a Joe.

—A mí me lo ha parecido —dijo él.

Ninguno de los dos se movió. No podíamos hacer gran cosa al respecto. Nuestros coches estaban aparcados a dos manzanas.

—Deberíamos hacer algo para arrestarle —le dije a Joe.

—¿Qué se te ocurre?

—Bueno, ahora ya es demasiado tarde, pero podías haberle pegado un tiro en una rueda.

—Lo recordaré la próxima vez.

Cinco minutos más tarde seguíamos allí y DeChooch volvió a pasar.

—¡Jesús! —dijo Joe—. ¿Qué le pasa a ese tío?

—A lo mejor está buscando un sitio para aparcar.

Morelli se levantó.

—Voy a por la camioneta. Tú entra y díselo a Tom Bell.

Morelli se fue y yo fui a buscar a Bell. En las escaleras me crucé con Myron Birnbaum. Un momento. Myron Birnbaum se iba. Dejaba libre la plaza de su coche y DeChooch estaba buscando donde aparcar. Y conociendo a Myron Birnbaum, podía asegurar que había aparcado cerca. No tenía más que vigilar el sitio de Birnbaum hasta que apareciese DeChooch. Él aparcaría y yo le atraparía. Caramba, *qué lista* era.

Seguí a Birnbaum y, tal y como yo esperaba, había aparcado en la esquina, a tres coches de la funeraria, limpiamente encajado entre un Toyota y un Ford SUV. Esperé a que saliera, me coloqué en el espacio vacío y empecé a echar a la gente que intentaba aparcar. Eddie DeChooch apenas veía más allá del parachoques de su coche, así que no tenía que preocuparme porque me reconociera de lejos. Mi plan era guardarle el sitio y, en cuanto viera el Cadillac, esconderme detrás del SUV.

Oí unos tacones repiqueteando en el pavimento y, al volverme, vi a Valerie trotando hacia mí.

—¿Qué está pasando? —dijo Valerie—. ¿Le estás guardando el sitio a alguien? ¿Quieres que te ayude?

Una anciana conduciendo un Oldsmobile de diez años se paró cerca del sitio reservado y puso la luz de giro a la derecha.

—Lo siento —dije con un gesto para que se fuera—, este sitio está ocupado.

La anciana respondió con un gesto para que yo me quitara de su camino.

Negué con la cabeza.

—Inténtelo en el aparcamiento.

Valerie estaba a mi lado, agitando los brazos, igual que uno de esos tíos que guían los aviones en las pistas. Iba vestida casi exactamente igual que yo, con la única diferencia de una ligera variación cromática. Sus zapatos eran de color lila.

La anciana me tocó la bocina y empezó a avanzar hacia la plaza de aparcamiento. Valerie retrocedió de un salto, pero yo me puse las manos en las caderas, le lancé a la mujer una mirada feroz y me negué a moverme.

Había otra anciana en el asiento del pasajero. Ésta bajó su ventanilla y sacó la cabeza.

—Éste es *nuestro* sitio.

—Es una operación policial —dije—. Tendrán que aparcar en otro sitio.

—¿Es usted agente de policía?

—Soy de fianzas.

—Exacto —dijo Valerie—. Es mi hermana y es agente de libertad bajo fianza.

—Ser de Fianzas no es lo mismo que ser de la Policía —dijo la mujer.

—La policía está en camino —le dije.

—A mí me parece que eres una fresca. Yo creo que le estás reservando el sitio a tu novio. Ningún policía se vestiría como tú.

El Oldsmobile ya tenía una tercera parte dentro del aparcamiento y la parte de atrás bloqueaba la mitad de la calle Hamilton. Con el rabillo del ojo vi un destello blanco y antes de que pudiera reaccionar DeChooch había chocado con el Oldsmobile. El Oldsmobile dio un salto adelante y se estrelló contra la trasera del SUV, pasando a un centímetro de mí. El Cadillac maniobró a toda prisa para separarse de la parte trasera izquierda del Oldsmobile y vi a DeChooch intentando recuperar el control. Se volvió y me miró directamente. Durante un instante todos parecimos estar suspendidos en el tiempo, y luego salió corriendo.

¡Puñetas!

Las dos ancianas abrieron con esfuerzo las puertas del Oldsmobile y salieron como pudieron.

—¡Mira mi coche! —dijo la conductora revoloteando a mi alrededor—. ¡Está hecho una ruina! Ha sido por tu culpa. Lo has hecho tú. ¡Te odio!

Y me pegó con el bolso en el hombro.

—¡Ay! —dije—. Eso duele.

Era unos centímetros más baja que yo, pero me ganaba en algunos kilos. Tenía el pelo corto y con la permanente recién hecha. Parecía tener unos sesenta años. Llevaba los labios pintados de rojo brillante, se había dibujado las cejas con lápiz negro y las mejillas iban decoradas con manchones de colorete rosado. Definitivamente, no era del Burg. Probablemente del barrio de Hamilton.

—He debido atropellarte cuando tenía la oportunidad —dijo.

Me volvió a pegar con el bolso y esta vez se lo agarré por el asa y se lo arranqué de la mano.

Oí a Valerie dar un gritito de sorpresa detrás de mí.

—¡Mi bolso! —chilló la mujer—. ¡Ladrona! ¡Socorro! ¡Me ha robado el bolso!

Alrededor de nosotras se había empezado a formar una multitud. Conductores y asistentes al funeral. La anciana asió a uno de los hombres que estaba en la primera fila.

—Me ha robado el bolso. Ha provocado el accidente y ahora me roba el bolso. Llame a la policía.

La abuela se abrió paso entre la gente.

—¿Qué ha pasado? Acabo de llegar. ¿Por qué todo este escándalo?

—Me ha robado el bolso —dijo la anciana.

—Mentira —contesté yo.

—Verdad.

—¡Mentira!

—¡Verdad! —dijo la mujer, y me dio un empujón en el hombro.

—No le ponga la mano encima a mi nieta —dijo la abuela.

—Eso. Y además es *mi* hermana —contribuyó Valerie.

—Métanse en sus asuntos —gritó la anciana a la abuela y a Valerie.

La mujer empujó a la abuela y la abuela le devolvió el empujón y, de repente, se estaban dando de bofetadas la una a la otra, con Valerie chillando a su lado.

Me adelanté para separarlas y, en medio de aquella confusión de brazos volando y gritos amenazadores, alguien me dio un golpe en la nariz. Mi campo de visión se llenó de lucecitas parpadeantes y caí sobre una rodilla. La abuela y la otra mujer dejaron de pegarse y me ofrecieron pañuelos de papel y consejos para cortar la sangre que manaba de mi nariz.

—Que alguien pida una ambulancia —gritó Valerie—. Llamad al uno uno dos. Traed un médico. Llamad al enterrador.

Llegó Morelli y me ayudó a levantarme.

—Creo que podemos tachar el boxeo de la lista de posibles profesiones alternativas.

—Empezó esa anciana.

—Por cómo te sangra la nariz yo diría que también lo ha terminado.

—Un golpe de suerte.

—Me he cruzado con DeChooch en dirección contraria a cien por hora —dijo Morelli—. No he podido girar a tiempo para seguirle.

—Es la historia de mi vida.

Cuando me dejó de sangrar la nariz Morelli nos metió a la abuela, a Valerie y a mí en mi CR-V y nos siguió hasta casa de mis padres. Allí se despidió de nosotras agitando las manos, para no estar presente cuando mi madre nos viera. Yo tenía manchas de sangre en la blusa y la falda de Valerie. La falda tenía, además, un pequeño desgarrón. La rodilla estaba desollada y sangrando. Y uno de mis ojos empezaba a ponerse morado. La abuela estaba más o menos en la misma condición, sin el ojo morado y la falda rasgada. Y algo le había pasado en el pelo, que se le había puesto de punta, lo que hacía que se pareciera a Don King.

Como las noticias vuelan en el Burg, cuando llegamos a casa mi madre ya había recibido seis llamadas de teléfono sobre el asunto y conocía hasta el menor detalle de la escaramuza. Cuando entramos en casa apretó la boca con fuerza y fue a por hielo para mi ojo.

—No ha sido para tanto —le dijo Valerie a mi madre—. Los de urgencias dijeron que no creían que Stephanie se hubiera roto la nariz. De todas maneras, tampoco pueden hacer gran cosa cuando te rompes la nariz, ¿verdad, Stephanie? Tal vez ponerte una tirita —le quitó la bolsa de hielo de las manos a mi madre y se la puso ella en la cabeza—. ¿Hay alguna bebida alcohólica en casa?

El Porreta se separó de la televisión.

—Colega —dijo—. ¿Qué ha pasado?

—Una pequeña disputa por un sitio para aparcar.

Asintió con la cabeza.

—Si es que hay que ponerse a la cola, ¿no es verdad?

Y se volvió a ver la televisión.

—No me lo vas a dejar aquí, ¿verdad? —preguntó mi madre—. No se va a quedar a vivir conmigo también éste, ¿no?

—¿Crees que resultaría? —le pregunté esperanzada.

—¡No!

—Entonces supongo que no te lo voy a dejar.

Angie retiró la mirada de la televisión.

—¿Es verdad que te ha pegado una ancianita?

—Ha sido un accidente —le dije.

—Cuando una persona recibe un golpe en la cabeza se le inflama el cerebro. Eso mata neuronas que no se vuelven a regenerar.

—¿No es demasiado tarde para que estés viendo la televisión?

—No tengo que ir a la cama porque no tengo que ir a la escuela mañana —dijo Angie—. No nos hemos matriculado en la escuela nueva. Y, además, estamos acostumbradas a acostarnos tarde. Mi padre tiene muchas cenas de negocios y nos dejan estar levantadas hasta que vuelve a casa.

—Pero ahora se ha marchado —dijo Mary Alice—. Nos ha abandonado para poder dormir con la niñera. Una vez les vi dándose un beso y papá tenía un tenedor en los pantalones y se le estaba saliendo.

—Es lo que tienen los tenedores —dijo la abuela.

Recogí mi ropa y a El Porreta y nos pusimos en marcha hacia casa. Si hubiera estado en mejores condiciones habría dirigido el coche hacia el Snake Pit, pero aquello tendría que dejarlo para otro día.

—Cuéntame otra vez por qué todo el mundo anda detrás de ese tal Eddie DeChooch —dijo El Porreta.

—Yo le busco porque no se presentó el día que le tocaba el juicio. Y la policía le busca porque creen que podría estar implicado en un asesinato.

—Y cree que yo tengo algo que le pertenece.

—Sí.

Observé a El Porreta mientras conducía y me pregunté si no habría algo suelto en su cabeza, si no emergería de pronto a la superficie alguna importante información.

—¿Y a ti qué te parece? —dijo El Porreta—. ¿Crees que Samantha puede hacer todas esas cosas mágicas sin mover la nariz?

—No —dije—. Creo que tiene que mover la nariz.

El Porreta lo pensó concienzudamente.

—Yo también lo creo.

Era lunes por la mañana y me sentía como si me hubiera atropellado un camión. Se me había hecho una postilla en la rodilla y me dolía la nariz. Salí de la cama a rastras y repté hasta el cuarto de baño. ¡Aaah! Tenía los dos ojos morados. Uno estaba considerablemente más morado que el otro. Me metí en la ducha y me quedé en ella lo que me parecieron un par de horas. Cuando salí la nariz me dolía menos, pero los ojos estaban peor que antes.

Nota mental. Dos horas de ducha caliente no son buenas para los ojos morados en primera fase.

Me revolví el pelo con el secador y lo recogí en una cola de caballo. Me vestí con el uniforme habitual de vaqueros y camiseta y fui a la cocina a hacerme el desayuno. Desde que había aparecido Valerie mi madre había estado demasiado ocupada para prepararme la bolsa de comida habitual, o sea que no había bizcocho de piña en el frigorífico. Me serví un vaso de zumo de naranja y metí una rebanada de pan en la tostadora. El apartamento estaba muy silencioso. Tranquilo. Apacible. Demasiado apacible. Demasiado tranquilo. Salí de la cocina y eché un vistazo. Todo parecía estar en orden. Salvo por la almohada y la manta revuelta en el sofá.

¡Mierda! El Porreta no estaba. ¡Joder, joder, joder!

Corrí hacia la puerta. Estaba cerrada y con el cerrojo echado. La cadena de seguridad colgaba suelta, sin cerrar. Abrí la puerta y miré afuera. No había nadie en el descansillo. Miré por la ventana de la sala al aparcamiento. El Porreta no estaba allí. Ni personajes o coches sospechosos. Llamé a casa de El Porreta. No hubo respuesta. Garabateé una nota para El Porreta diciéndole que enseguida volvía y que me esperara. Podía esperar en el descansillo o colarse en el apartamento. Al fin y al cabo, todo el mundo se colaba en mi apartamento. Pegué la nota en la puerta y me fui.

Mi primera parada fue en casa de El Porreta. Dos compañeros de piso. El Porreta no estaba. Segunda parada, la casa de Dougie. Allí no hubo suerte. Pasé por el club social, la casa de Eddie y la casa de Ziggy. Volví a mi apartamento. Ni rastro de El Porreta.

Llamé a Morelli.

—Ha desaparecido —le dije—. Cuando me levanté esta mañana había desaparecido.

—¿Y eso es malo?

—Sí, es malo.

—Tendré los ojos abiertos.

—No habrá habido nada de... uh...

—¿Cadáveres arrastrados por la marea? ¿Cuerpos encontrados en el vertedero? ¿Miembros descuartizados echados en el buzón de devolución nocturna del videoclub? No. Ha sido una noche tranquila. Ninguna de esas cosas.

Colgué y llamé a Ranger.

—Socorro —le dije.

—He oído que una ancianita te dio una paliza anoche —dijo él—. Vamos a tener que darte unas lecciones de defensa personal, cariño. No es bueno para tu imagen que una anciana te dé una paliza.

—Tengo problemas más importantes que ése. Estaba vigilando a El Porreta y ha desaparecido.

—Puede que se haya marchado, sencillamente.

—Puede que no.

—¿Se ha llevado un coche?

—Su coche sigue en el aparcamiento de mi casa.

Ranger se quedó en silencio un instante.

—Voy a hacer unas preguntas y te vuelvo a llamar.

Llamé a mi madre.

—No habrás visto a El Porreta, ¿verdad? —le pregunté.

—¿Qué? —gritó—. ¿Qué has dicho?

Pude oír a Angie y a Mary Alice correteando por detrás. Estaban gritando y parecía que daban golpes en cacerolas.

—¿Qué está pasando ahí? —grité al teléfono.

—Tu hermana se ha ido a una entrevista de trabajo y las niñas están haciendo un desfile.

—Pues parece que están haciendo la Tercera Guerra Mundial. ¿Ha pasado El Porreta por ahí esta mañana?

—No. No le he visto desde anoche. Es un poquito raro, ¿no? ¿Estás segura de que ha dejado las drogas?

Volví a dejar la nota para El Porreta pegada en la puerta y fui en el coche a la oficina. Connie y Lula estaban sentadas en la mesa de la primera, mirando la puerta de la guarida de Vinnie.

Connie me hizo un gesto para que me estuviera callada.

—Joyce está dentro con Vinnie —susurró—. Ya llevan diez minutos dale que te pego.

—Tenías que haber estado aquí cuando Vinnie se puso a mugir como una vaca. Creo que Joyce ha debido ordeñarle —dijo Lula.

Detrás de la puerta cerrada se oían gruñidos y gemidos en tono grave. Los gruñidos cesaron y Lula y Connie se estiraron expectantes.

—Ésta es mi parte favorita —dijo Lula—. Ahora empiezan con los azotes y Joyce ladra como un perro.

Me incliné igual que ellas para escuchar los azotes y los ladridos de Joyce, avergonzada pero incapaz de alejarme.

Sentí un fuerte tirón en la coleta. Ranger se me había acercado por detrás y me tenía agarrada por el pelo.

—Me alegro de verte trabajando tan duramente para encontrar a El Porreta.

—Shhh. Quiero oír a Joyce ladrando como un perro.

Ranger estaba pegado a mí y podía sentir el calor de su cuerpo contra el mío.

—No estoy seguro de que compense la espera.

Se oyeron unas palmadas y algunos gemidos y se hizo el silencio.

—Bueno, ha sido muy entretenido —dijo Lula—, pero la diversión tiene su precio. Joyce sólo entra ahí cuando quiere algo. Y en este momento sólo hay un caso pendiente que merezca la pena.

Miré a Connie.

—¿Eddie DeChooch? ¿Vinnie no le pasaría el caso de Eddie DeChooch a Joyce, verdad?

—Normalmente sólo cae tan bajo cuando hay caballos por medio —dijo Connie.

—Sí, el sexo equino es lo máximo —dijo Lula.

Se abrió la puerta y Joyce salió por ella.

—Necesito los papeles de DeChooch —dijo.

Fui hacia ella pero Ranger todavía me tenía asida del pelo, o sea que no llegué muy lejos.

—¡Vinnie! —grité—. ¡Sal ahora mismo!

La puerta del despacho de Vinnie se cerró y oímos el sonido del pestillo al desplazarse.

Lula y Connie miraron furiosas a Joyce.

—Nos va a llevar algún tiempo recopilar todos sus papeles —dijo Connie—. Puede que varios días.

—No pasa nada —dijo Joyce—. Volveré —se volvió hacia mí—. Bonitos ojos. Muy atractivo.

No me iba a quedar más remedio que hacerle otro Bob en el jardín. A lo mejor encontraba un medio de colarme en su casa y hacerle un Bob en la cama.

Ranger me soltó la coleta pero dejó la mano sobre mi cuello. Intenté parecer tranquila, pero su roce vibraba a través de mi cuerpo hasta llegar a los dedos de los pies, y a los puntos intermedios.

—Ninguno de mis contactos ha visto a nadie que se ajuste a la descripción de El Porreta —dijo Ranger—. He pensado que podíamos charlar del tema con Dave Vincent.

Lula y Connie me miraron.

—¿Qué le ha pasado a El Porreta?

—Ha desaparecido —dije—. Como Dougie.

Ocho

Ranger llevaba un Mercedes negro que parecía recién salido de un salón del automóvil. Los coches de Ranger siempre eran negros, siempre eran nuevos y siempre eran de dudosa procedencia. Tenía un buscapersonas y un teléfono móvil enganchados al salpicadero y un localizador de policía debajo de él. Y sabía, por experiencias anteriores, que llevaba una escopeta recortada y un fusil de asalto escondidos en algún lugar del coche y una semiautomática en el cinturón. Ranger es uno de los pocos civiles en Trenton con autorización para llevar armas. Tiene edificios de oficinas en Boston, una hija en Florida de un matrimonio fracasado, ha trabajado por todo el mundo como mercenario y tiene un código moral que no está completamente en sincronía con nuestro sistema legal. No tengo ni puñetera idea de quién es... pero me gusta.

El Snake Pit no estaba abierto al público, pero había varios coches aparcados en el pequeño espacio adyacente al edificio, y la puerta principal estaba abierta. Ranger aparcó junto a un BMW y entramos. Un equipo de limpieza se dedicaba a abrillantar la barra y fregar el suelo. A un lado había tres chicos musculosos, tomando café y charlando. Me imaginé que serían luchadores repasando el plan del combate. Y comprendí por qué la abuela se iba temprano del bingo para venir al Snake Pit. La posibilidad de que uno de aquellos bebedores de café perdiera la ropa interior en el barro tenía cierto interés. A decir verdad, los hombres desnudos con las bolas y los cacharros colgándoles me parecen bastante raros. Sin embargo, despiertan la curiosidad. Es lo mismo que pasa con los accidentes de coche, en los que no puedes evitar mirar aunque sepas que puedes ver algo horripilante.

Sentados a una mesa dos hombres repasaban lo que parecía ser un mapa desplegable. Ambos tenían cincuenta y tantos años, cuerpos de gimnasio y vestían pantalones de sport y jerseys ligeros. Cuando entramos levantaron la mirada. Uno de ellos saludó a Ranger.

—Dave Vincent y su contable —me dijo Ranger—. Vincent es el del jersey tostado. El que me ha saludado.

Perfecto para Princeton.

Vincent se levantó y se acercó a nosotros. Sonrió al ver mi ojo morado más de cerca.

—Tú debes de ser Stephanie Plum.

—Podría haberla reducido —dije—. Me pilló por sorpresa. Fue un accidente.

—Estamos buscando a Eddie DeChooch —le dijo Ranger a Vincent.

—Todo el mundo está buscando a DeChooch —dijo Vincent—. Ese tío está como una cabra.

—Habíamos pensado que estaría en contacto con sus socios profesionales.

Dave Vincent se encogió de hombros.

—No le he visto.

—Lleva el coche de Mary Maggie.

Vincent hizo un gesto de fastidio.

—No me meto en la vida privada de mis empleados. Si Mary Maggie quiere dejarle un coche a Chooch es asunto *suyo*.

—Pero si le está escondiendo es asunto *mío* —dijo Ranger.

Nos dimos la vuelta y nos fuimos.

—Bueno —dije una vez en el coche—. Parece que ha ido bien.

Ranger me sonrió.

—Ya veremos.

—¿Y ahora qué?

—Benny y Ziggy. Estarán en el club.

—Oh, Dios —dijo Benny cuando se asomó a la puerta—. Y ahora, ¿qué?

Ziggy estaba un paso detrás de él.

—Nosotros no hemos sido.

—¿No han sido qué? —pregunté.

—Nada —dijo Ziggy—. No hemos hecho nada.

Ranger y yo intercambiamos miradas.

—¿Dónde está? —le pregunté a Ziggy.

—¿Dónde está quién?

—El Porreta.

—¿Es una pregunta con trampa?

—No —dije—. Es una pregunta en serio. El Porreta ha desaparecido.

—¿Está segura?

Ranger y yo les devolvimos una mirada silenciosa.

—¡Mierda! —dijo Ziggy al fin.

Nos separamos de Ziggy y Benny con la misma información con la que habíamos llegado. Lo que significaba que no sabíamos nada. Eso sin mencionar que tenía la sensación de haber participado en una escena de Abbot y Costello.

—Bueno, parece habernos ido tan bien como en la entrevista con Vincent —le dije a Ranger.

Me gané otra sonrisa.

—Entra en el coche. Ahora vamos a hacerle una visita a Mary Maggie.

Le saludé en plan militar y me subí al coche. No estaba muy segura de estar avanzando nada, pero era muy agradable pasarse el día por ahí con Ranger. Pasear con Ranger me absolvía de toda responsabilidad. Estaba claro que yo era la subalterna. Y me sentía protegida. Nadie se atrevería a dispararme estando con Ranger. O, si alguien me disparaba, estaba totalmente segura de que no moriría.

Fuimos en silencio hasta el edificio de apartamentos de Mary Maggie, aparcamos a un coche de su Porsche y subimos en el ascensor hasta el séptimo piso.

Mary Maggie abrió a la segunda llamada. Al vernos se quedó sin respiración y retrocedió un paso. Normalmente, esta reacción puede considerarse como señal de temor o culpabilidad. En este caso era la reacción normal de todas las mujeres al ver a Ranger. Hay que decir en su favor que no siguió con el rubor y el tartamudeo. Trasladó su atención de Ranger a mí.

—Otra vez tú.

Le saludé agitando los dedos.

—¿Qué te ha pasado en el ojo?

—Pelea de aparcamiento.

—Parece que perdiste.

—Las apariencias engañan —dije. No necesariamente en este caso... pero a veces sí.

—Anoche DeChooch estuvo paseando con el coche por la ciudad —dijo Ranger—. Hemos pensado que a lo mejor le habías visto.

—No.

—Iba conduciendo tu coche y tuvo un accidente. Luego salió corriendo.

Por la expresión de la cara de Mary Maggie estaba claro que era la primera noticia que tenía del accidente.

—Es por culpa de la vista. No debería conducir de noche —dijo.

No jodas. Y eso sin hablar de su cabeza, por la que tendrían que prohibirle conducir a cualquier hora. El tío ese es un lunático.

—¿Hubo algún herido? —preguntó Mary Maggie.

Ranger sacudió la cabeza.

—Llámanos si sabes algo de él, ¿de acuerdo? —dije.

—Claro —contestó Mary Maggie.

—No nos va a llamar —le dije a Ranger mientras bajábamos en el ascensor.

Ranger se limitó a mirarme.

—¿Qué? —pregunté.

—Paciencia.

Las puertas del ascensor se abrieron en el garaje subterráneo y salimos de él.

—¿Paciencia? El Porreta y Dougie han desaparecido y yo tengo a Joyce Barnhardt pisándome los talones. Vamos por ahí hablando con gente, pero no descubrimos nada nuevo, no pasa nada y ni siquiera parece que a nadie le importe lo más mínimo.

—Estamos dando mensajes. Presionando. Cuando se presiona en el punto apropiado las cosas se empiezan a romper.

—Hmmm —dije con la persistente sensación de que no habíamos logrado gran cosa.

Ranger abrió el coche con el control remoto.

—No me gusta cómo ha sonado ese «hmmm».

—Ese rollo de la presión me suena un poco... oscuro.

Estábamos solos en el garaje apenas iluminado. Ranger y yo a solas bajo dos plantas de coches y hormigón. Era el escenario perfecto para un asesinato del hampa o el ataque de un violador perturbado.

—Oscuro —repitió Ranger.

Me agarró por las solapas de la chaqueta, me atrajo hacia sí y me besó. Su lengua tocó la mía y tuve un estremecimiento que estuvo a un milímetro de ser un orgasmo. Sus manos se deslizaron dentro de mi chaqueta y me rodearon la cintura. Sentía su cuerpo duro pegado a mí. Y, de repente, nada importaba, salvo tener un orgasmo provocado por Ranger. Lo estaba deseando. Ya mismo. Que le dieran a Eddie DeChooch. Uno de estos días se estrellaría contra los pilares de un paso elevado y allí acabaría todo.

—*Sí, pero ¿qué pasa con la boda?* —murmuró una vocecilla en lo más profundo de mi mente.

—*Cierra el pico* —le dije a la vocecilla—. *Eso lo pensaré después.*

—*Y ¿qué me dices de las piernas?* —preguntó la voz—. *¿Te has afeitado las piernas esta mañana?*

Caramba, ¡me costaba respirar, de tanto como necesitaba aquel puñetero orgasmo, y ahora tenía que preocuparme por los pelos de mis piernas! ¿Es que no hay justicia en este mundo? ¿Por qué a mí? ¿Por qué sólo a mí me tienen que importar los pelos de las piernas? ¿Por qué tiene que ser siempre la mujer la que se preocupe por el maldito pelo?

—Tierra a Steph —dijo Ranger.

—Si lo hacemos ahora, ¿contará como un anticipo si luego atrapamos a DeChooch?

—No lo vamos a hacer ahora.

—¿Por qué no?

—Porque estamos en un aparcamiento. Y cuando consiga sacarte de este garaje ya habrás cambiado de opinión.

Le miré entrecerrando los ojos.

—Entonces, ¿qué sentido tiene esto?

—Demostrarte que se pueden destruir las defensas de una persona si se aplica la presión en el punto justo.

—¿Me estás diciendo que sólo era una demostración? ¿Me has puesto en este... en este *estado* para reforzar un argumento?

Sus manos seguían en mi cintura, apretándome contra él.

—¿Cómo es de grave ese *estado*?

Si hubiera sido un poco más grave habría ardido por combustión espontánea.

—No es para tanto —le dije.

—Mentirosa.

—¿Y cómo es de grave *tu estado*?

—Preocupantemente grave.

—Me estás complicando la vida.

Me abrió la puerta del coche.

—Sube. Ronald DeChooch es el siguiente de la lista.

La recepción de la empresa de pavimentos estaba vacía cuando entramos Ranger y yo. Un chaval joven asomó la cabeza por una esquina y nos preguntó qué queríamos. Le dijimos que queríamos hablar con Ronald. Treinta segundos después Ronald salía de donde estuviera, al fondo de las oficinas.

—Había oído que una ancianita te había dado en un ojo, pero no sabía que hubiera hecho tan buen trabajo —me dijo Ronald—. Es un ojo morado de primera.

—¿Has visto a tu tío recientemente? —le preguntó Ranger.

—No, pero he oído decir que tuvo un accidente delante de la funeraria. No debería conducir de noche.

—El coche que conducía pertenece a Mary Maggie Mason —dije yo—. ¿La conoces?

—La he visto por ahí —miró a Ranger—. ¿Tú también estás trabajando en este caso?

Ranger hizo un casi imperceptible gesto de asentimiento con la cabeza.

—Me alegro de saberlo.

—¿Qué ha querido decir con eso? —le dije a Ranger en cuanto salimos—. ¿Ha querido decir lo que creo que ha querido decir? ¿Esa almorrana ha dicho que como estás tú en el caso han cambiado las cosas? O sea, que ahora se va a tomar la búsqueda en serio.

—Vamos a echarle un vistazo a la casa de Dougie —dijo Ranger.

La casa de Dougie no había cambiado desde la última vez que la había visitado. No había signos de un nuevo registro. Ni tampoco de que Dougie o El Porreta hubieran pasado por allí. Ranger y yo recorrimos las habitaciones una por una. Le puse a Ranger al día de mis anteriores registros y de la desaparición del asado.

—¿La desaparición del asado te parece algo relevante? —le pregunté.

—Uno de los misterios de la vida —dijo él.

Dimos la vuelta a la casa y nos metimos en el garaje de Dougie.

El perrillo escandaloso de los vecinos abandonó su puesto en el porche de los Belski y se puso a saltar a nuestro alrededor, ladrando y mordiéndonos las perneras de los pantalones.

—¿Crees que alguien se dará cuenta si le pego un tiro? —me preguntó Ranger.

—Creo que la señora Belski te perseguiría con un cuchillo de carnicero en la mano.

—¿Le has preguntado a la señora Belski si sabe quién registró la casa?

Me di un golpe en la frente con la mano plana. ¿Cómo no se me había ocurrido hablar con la señora Belski?

—No.

Los Belski llevan toda la vida viviendo en el vecindario. Ahora tienen unos sesenta y tantos años. Gente polaca, recia y muy trabajadora. El señor Belski es un jubilado de la Stucky Tool and Die Company. La señora Belski ha criado siete hijos. Y ahora tienen a Dougie de vecino. Otras personas menos tolerantes se llevarían mal con Dougie, pero los Belski han aceptado su destino como voluntad de Dios y coexisten.

La puerta de atrás de los Belski se abrió y la señora Belski asomó la cabeza.

—¿Les está molestando Spotty?

—No —le contesté—. Spotty no nos molesta nada.

—Se pone muy nervioso cuando ve desconocidos —dijo la señora Belski cruzando el patio para recoger a Spotty.

—Tengo entendido que han estado pasando muchos desconocidos por la casa de Dougie.

—Siempre hay desconocidos en casa de Dougie. ¿Estuvo usted en la fiesta de *Star Trek* que dio? —sacudió la cabeza—. Qué cosas.

—¿Y después de aquello? En los últimos dos días.

La señora Belski se agachó para recoger a Spotty y lo sostuvo en sus brazos.

—Nada que se pueda comparar con la fiesta de *Star Trek*.

Le conté a la señora Belski que habían entrado en la casa de Dougie.

—¡No! Qué horror —dijo. Miró la puerta de la casa de Dougie con preocupación—. Dougie y su amigo Walter a veces se vuelven un poquito locos, pero en el fondo son unos jóvenes muy agradables. Siempre se portan bien con Spotty.

—¿Ha visto a alguien sospechoso por la casa?

—Estuvieron dos mujeres —dijo la señora Belski—. Una sería de mi edad. O tal vez un poco mayor. De unos sesenta años. La otra era un par de años más joven. Yo volvía de pasear a Spotty y aquellas mujeres aparcaron el coche y se metieron en casa de Dougie. Tenían la llave. Supuse que eran familiares. ¿Creen que serían ladronas?

—¿Recuerda qué coche llevaban?

—La verdad es que no. A mí, todos los coches me parecen iguales.

—¿Era un Cadillac blanco? ¿O un deportivo?

—No. No era ninguna de esas dos cosas. Me acordaría de un Cadillac blanco o de un coche deportivo.

—¿Alguien más?

—Ha estado pasando por aquí un hombre mayor. Delgado. De setenta y tantos años. Ahora que lo pienso, puede que fuera en un Cadillac blanco. A Dougie viene a verle mucha gente. No me fijo en todos. Nadie me ha parecido particularmente sospechoso. Excepto esas dos señoras que tenían las llaves. Las recuerdo porque la mayor me miró y había algo especial en su mirada. Sus ojos daban miedo. Tenía una mirada fiera y enloquecida.

Le di las gracias a la señora Belski y le entregué una de mis tarjetas.

Una vez a solas con Ranger en el coche me puse a pensar en la cara que había visto El Porreta en la ventana la noche que le dispararon. Nos había parecido tan improbable que no le habíamos dado más importancia. Él no fue capaz de identificarla ni de describirla con demasiado detalle... salvo por la mirada aterradora. Y ahora la señora Belski me hablaba de una mujer de sesenta y tantos años con una mirada que daba miedo. Y además estaba la mujer que había llamado a El Porreta para acusarle de que tenía algo suyo. Tal vez aquélla fuera la mujer de la llave. ¿Y cómo había obtenido aquella llave? Tal vez se la había dado Dougie.

—Y ahora ¿qué? —le dije a Ranger.

—Ahora a esperar.

—Nunca se me ha dado muy bien esperar. Tengo otra idea. ¿Qué te parece si me pongo de cebo? ¿Qué te parece si llamo a Mary Maggie y le digo que tengo *la cosa* y que quiero canjearla por El Porreta? Y le digo que se lo comente a DeChooch.

—¿Crees que Mary Maggie es su contacto?

—Es un palo de ciego.

Morelli llamó media hora después de que Ranger me dejara en casa.

—¿Que eres qué? —gritó.

—El cebo.

—¡Jesús!

—Es buena idea —dije—. Vamos a hacer que se crean que tengo lo que sea que estén buscando...

—¿Vamos?

—Ranger y yo.

—Ranger.

Tuve una visión mental de Morelli apretando los dientes.

—No quiero que trabajes con Ranger.

—Es mi trabajo. Somos cazarrecompensas.

—Y tampoco quiero que te dediques a eso.

—Vaya, pues ¿sabes una cosa? A mí no me vuelve loca que seas policía.

—Al menos mi trabajo es legal —dijo Morelli.

—Mi trabajo es tan legal como el tuyo.

—Cuando trabajas con Ranger no lo es —dijo—. Es un chiflado. Y no me gusta cómo te mira.

—¿Cómo me mira?

—Igual que yo.

Me di cuenta de que estaba hiperventilando. Respira despacio, me dije a mí misma. Que no te entre pánico.

Me libré de Morelli, me hice un sándwich de mantequilla de cacahuete con aceitunas y llamé a mi hermana.

—Estoy preocupada con el rollo este de la boda —le dije—. Sí *tú* no has sido capaz de mantener tu matrimonio, ¿qué oportunidades tengo *yo*?

—Los hombres piensan al revés —dijo Valerie—. Yo hice todo lo que se supone que hay que hacer y me equivoqué. ¿Cómo es posible?

—¿Todavía le quieres?

—Creo que no. Lo que más deseo es darle un puñetazo en la nariz.

—Bueno —dije—. Tengo que dejarte.

Y colgué.

Acto seguido me puse a buscar en el listín de teléfonos, pero el nombre de Mary Maggie Mason no aparecía. No me sorprendió. Llamé a Connie y le pedí que me consiguiera el número. Connie tiene recursos para enterarse de números que no aparecen en la guía.

—Ya que has llamado te voy a pasar un asuntillo —dijo Connie—. Melvin Baylor. No se ha presentado a juicio esta mañana.

Melvin Baylor vive a dos manzanas de casa de mis padres. Es un tipo de cuarenta años absolutamente encantador al que desplumó una sentencia de divorcio que le dejó sin otra cosa que su ropa interior. Para añadir oprobio al dolor, dos semanas después de dicha sentencia su ex mujer, Lois, anunció su compromiso con el desempleado vecino de al lado.

La semana pasada se casaron su ex y el vecino. El vecino sigue sin empleo, pero ahora conduce un BMW y ve los concursos de la tele en una pantalla gigante. Mientras, Melvin vive en un apartamento de una habitación encima del garaje de Virgil Selig y tiene un Nova marrón de diez años. La noche de la boda de su ex, Melvin se zampó su cena habitual de cereales y leche desnatada y, sumido en una profunda depresión, se dirigió en su Nova al bar de Casey. Como no es un gran bebedor, después de tomar dos martinis Melvin estaba convenientemente borracho. Entonces se montó en su ruinoso cacharro y, por primera vez en su vida, demostró tener agallas irrumpiendo en el banquete de bodas de su ex mujer y aliviándose encima de la tarta delante de doscientas personas. Fue acogido con una calurosa ovación por parte de todos los hombres de la fiesta.

La madre de Lois, que había pagado ochenta y cinco dólares por aquella fantasía de tres pisos, hizo que detuvieran a Melvin acusado de escándalo público, actos obscenos, invasión de intimidad y destrucción de propiedad privada.

—Ahora mismo voy —dije—. Prepárame los papeles. Y me das el número de teléfono de la Mason cuando llegue.

Agarré el bolso y le grité a Rex que no tardaría mucho. Atravesé corriendo el descansillo y las escaleras, y me choqué con Joyce en el portal.

—Me han dicho que te has pasado toda la mañana preguntando por ahí sobre DeChooch —me dijo—. Ahora DeChooch es mío. Así que retírate.

—Por supuesto.

—Y quiero el expediente.

—Lo he perdido.

—¡Puta! —dijo Joyce.

—¡Guarra!

—¡Culo gordo!

—¡Chocho loco!

Joyce se dio la vuelta bruscamente y salió escopetada del edificio. La próxima vez que mi madre cocinara pollo iba a desear, con el hueso de la suerte, que Joyce pillara un herpes.

La oficina estaba tranquila cuando llegué. La puerta del despacho de Vinnie estaba cerrada. Lula estaba dormida en el sofá. Connie tenía preparados el teléfono de Mary Maggie y los papeles para la captura de Melvin.

—En su casa no contestan al teléfono —dijo Connie—, y ha llamado al trabajo diciendo que estaba enfermo. Probablemente esté escondido debajo de la cama, deseando que todo esto no sea más que una pesadilla.

Metí la orden de captura en el bolso y llamé a Mary Maggie desde el teléfono de Connie.

—He decidido hacer un trato con Eddie —le dije en cuanto contestó al teléfono—. El problema es que no sé cómo ponerme en contacto con él. He pensado que, como está usando tu coche, a lo mejor se pone en contacto contigo... para decirte que el coche está bien.

—¿Cuál es el trato?

—Tengo algo que Eddie está buscando y quiero cambiarlo por El Porreta.

—¿El Porreta?

—Eddie lo entenderá.

—Vale —dijo Mason—. Si llama se lo diré, pero no puedo garantizar que hable con él.

—Por supuesto —dije—. Por si acaso.

Lula abrió un ojo.

—Huy, huy. ¿Ya estás contando mentiras otra vez?

—Soy el cebo —dije.

—No me digas.

—¿Qué es eso que busca DeChooch? —quiso saber Connie.

—No lo sé —dije—. Eso es parte del problema.

Por lo general, la gente se va del Burg cuando se divorcia. Melvin era una excepción. Creo que en el momento de su divorcio estaba demasiado agotado y desanimado para llevar a cabo cualquier clase de pesquisa en busca de un nuevo hogar.

Aparqué delante de la casa de Selig y fui andando al garaje de la parte de atrás. Era un garaje destartalado de dos plazas con un apartamento destartalado de una plaza en el segundo piso. Subí las escaleras del apartamento y llamé a la puerta. Escuché al otro lado. Nada. Volví a llamar, apoyé la oreja en la madera deteriorada y escuché otra vez. Alguien se movía allí dentro.

—Hola, Melvin —grité—. Abre la puerta.

—Vete —dijo Melvin desde el otro lado—. No me encuentro nada bien. Vete.

—Soy Stephanie Plum —dije—. Tengo que hablar contigo.

La puerta se abrió y apareció Melvin. Estaba despeinado y tenía los ojos inyectados en sangre.

—Tenías que haber ido al juzgado esta mañana —le dije.

—No he podido. Me encontraba mal.

—Deberías habérselo dicho a Vinnie.

—Huy. No se me ha ocurrido.

Olí su aliento.

—¿Has estado bebiendo?

Se tambaleó sobre los talones y una sonrisa extraviada se extendió por su rostro.

—No.

—Hueles a jarabe para la tos.

—Licor de cereza. Me lo regalaron por Navidades.

Madre mía. No lo podía entregar en aquel estado.

—Melvin, tenemos que espabilarte.

—Estoy bien. Aunque no noto los pies —miró hacia abajo—. Hace un minuto sí los notaba.

Le saqué del apartamento, cerré la puerta detrás de nosotros y bajé las inestables escaleras delante de él para evitar que se rompiera el cuello. Le metí en mi CR-V y le puse el cinturón de seguridad. Se quedó así, pasmado, sujeto de los hombros por las correas, con la boca abierta y los ojos vidriosos. Me lo llevé a la casa de mis padres y le saqué del coche a rastras.

—Visitas, ¡qué bien! —dijo la abuela Mazur mientras me ayudaba a llevar a Melvin a la cocina.

Mi madre estaba planchando y canturreando sin melodía.

—Nunca la había oído cantar así —le dije a la abuela.

—Ha estado así todo el día —dijo ella—. Estoy empezando a preocuparme. Y lleva planchando la misma camisa desde hace una hora.

Senté a Melvin a la mesa, le di una taza de café solo y le preparé un sándwich de jamón.

—¿Mamá? —dije—. ¿Estás bien?

—Claro que sí. Estoy planchando, cariño.

Melvin levantó los ojos hacia la abuela.

—¿Sabe lo que hice? Or... riné en la tarta de boda de mi ex mujer. Me meé encima del glaseado. Delante de todo el mundo.

—Podía haber sido peor —dijo la abuela—. Podía haber hecho caca en la pista de baile.

—¿Sabe lo que pasa cuando se hace pis encima del glaseado? Se estropea completamente. Se pone todo churretoso.

—¿Y las figuritas de los novios que la coronan? —preguntó la abuela—. ¿También las meó?

Melvin sacudió la cabeza.

—No pude alcanzarlas. Sólo llegué al piso de abajo —dejó caer la cabeza sobre la mesa—. No puedo creer que me pusiera en ridículo de aquella manera.

—Si se entrena a lo mejor llega al piso superior la próxima vez —dijo la abuela.

—No voy a ir a una boda nunca más —dijo Melvin—. Ojalá estuviera muerto. Quizá debería suicidarme.

Valerie entró en la cocina con la cesta de la colada.

—¿Qué pasa?

—Que me meé en la tarta —dijo Melvin—. Estaba muy pedo. Y se quedó inconsciente con la cara encima del sándwich.

—No puedo llevármelo así.

—Puede dormir en el sofá —dijo mi madre dejando la plancha—. Que cada una le coja de una extremidad y lo llevamos entre todas.

Cuando llegué a casa Ziggy y Benny estaban en el aparcamiento.

—Hemos oído que quiere hacer un trato.

—Sí. ¿Tienen a El Porreta?

—No exactamente.

—Entonces no hay trato.

—Registramos todo el apartamento y no estaba allí —dijo Ziggy.

—Porque está en otro sitio —le contesté.

—¿Dónde?

—No se lo voy a decir hasta que vea a El Porreta.

—Podríamos hacerle mucho daño —dijo Ziggy—. Podríamos hacerla hablar.

—A mi futura abuela política no le gustaría.

—¿Sabe lo que creo? —dijo Ziggy—. Creo que nos está mintiendo con eso de que lo tiene.

Me encogí de hombros y di la vuelta para entrar en el edificio.

—Cuando encuentren a El Porreta me lo dicen y entonces negociaremos.

Desde que trabajo en esto no para de colarse gente en mi apartamento. Compro las mejores cerraduras del mercado y es inútil. Todo el mundo se me cuela. Lo aterrador del caso es que empiezo a acostumbrarme.

Ziggy y Benny no es que dejaran las cosas como las encontraban..., es que las mejoraban. Me fregaban los cacharros y limpiaban los muebles. La cocina estaba limpia como una patena.

Sonó el teléfono y era Eddie DeChooch.

—Tengo entendido que lo tiene usted.

—Sí.

—¿Está en buenas condiciones?

—Sí.

—Voy a mandar a una persona a recogerlo.

—¡Quieto! ¡Espere un momento! ¿Y qué pasa con El Porreta? El trato es que lo cambio por El Porreta.

DeChooch hizo un sonido descalificador.

—El Porreta. Ni siquiera entiendo por qué se preocupa por ese fracasado. El Porreta no entra en el trato. Le daré dinero.

—No quiero dinero.

—Todo el mundo quiere dinero. Bueno, ¿y qué le parece lo siguiente? Yo la secuestro y la torturo hasta que me lo entregue.

—Mi futura abuela política le echaría el mal de ojo.

—Ese viejo loro no es más que una chiflada. Yo no creo en esas tonterías.

DeChooch colgó.

Con el plan del cebo estaba logrando un montón de movidas, pero no conseguía ningún progreso para liberar a El Porreta. Tenía un enorme nudo en medio de la garganta. Estaba asustada. Al parecer nadie quería negociar con El Porreta. No quería que murieran ni El Porreta ni Dougie. Y peor aún, no quería ser como Valerie, lloriqueando a moco y baba.

—*¡Joder!* —grité—. *¡Joder! ¡Joder!*

Rex salió de su lata de sopa y me miró agitando los bigotes. Partí una punta de Pop Tart de fresa y se la di. Él se la metió en un carrillo y regresó a su lata. Un hámster amante de los placeres sencillos.

Llamé a Morelli y le invité a cenar.

—Pero tienes que traer tú la cena —le dije.

—¿Pollo frito? ¿Bocadillos de carne? ¿Chino? —preguntó.

—Chino.

Corrí al baño, me di una ducha, me afeité las piernas para que la estúpida voz de mi cabeza no volviera a fastidiarme las cosas y me lavé el pelo con un champú que huele a cerveza de jengibre. Revolví el cajón de la ropa interior hasta que encontré el tanga de encaje negro y el sujetador a juego. Me cubrí la ropa interior con los habituales vaqueros y camiseta y me apliqué un poco de rímel y brillo de labios. Si me iban a secuestrar y a torturar, antes iba a pasar un buen rato.

Bob y Morelli llegaron en el momento en que me estaba poniendo los calcetines.

—He traído rollitos de primavera, cosas con verduras, cosas de cerdo, cosas de arroz y una cosa que creo que era de otro pero que se ha caído en mi bolsa —dijo Morelli—. Y cerveza.

Lo pusimos todo en la mesita de café y encendimos la televisión. Morelli le lanzó un rollito a Bob. Bob lo atrapó en el aire y lo engulló de un bocado.

—Hemos estado charlando y Bob ha aceptado ser mi testigo —dijo Morelli.

—O sea, ¿que va a haber boda?

—Creí que te habías comprado un vestido.

Jugueteé con un trocito de gamba.

—Lo he devuelto.

—¿Qué ha pasado?

—No quiero una gran boda. Me parece una tontería. Pero mi madre y mi abuela no dejan de atosigarme para que la haga. De repente tenía el vestido aquel puesto. Y acto seguido ya teníamos un salón de banquetes reservado. Es como si alguien me hubiera sacado el cerebro de la cabeza.

—Quizá deberíamos casarnos por las buenas.

—¿Cuándo?

—Esta noche no puedo. Juegan los Rangers. ¿Mañana? ¿El miércoles?

—¿Lo estás diciendo en serio?

—Sí. ¿Te vas a comer el último rollito?

El corazón dejó de palpitarme en el pecho. Cuando volvió a hacerlo iba a saltos. Casada. *¡Mierda!* Estaba emocionada, ¿no? Por eso me parecía que iba a vomitar. Era de la emoción.

—¿No hacen falta análisis de sangre y certificados y no sé qué más?

Morelli dirigió su atención a mi camiseta.

—Qué bonita.

—¿La camiseta?

Pasó la punta de un dedo por el ribete de encaje del sujetador.

—Eso también.

Su mano se deslizó por debajo del tejido de algodón y en breve la camiseta había volado por encima de mi cabeza.

—Quizá deberías enseñarme lo que tienes. Convencerme de que merece la pena casarse contigo.

Levanté una ceja.

—Quizá deberías ser tú el que me convenciera.

Morelli me bajó la cremallera de los vaqueros.

—Bizcochito, antes de que acabe esta noche me vas a suplicar que me case contigo.

Sabía por anteriores experiencias que eso era cierto. Morelli sabía cómo hacer que una chica se despertara sonriendo. Mañana por la mañana puede que andar fuera difícil, pero sonreír sería sencillo.

Nueve

El busca de Morelli se disparó a las 5.30 de la mañana. Morelli miró la pantalla y suspiró.

—Un confidente.

Escruté en la oscuridad sus movimientos por la habitación.

—¿Tienes que irte?

—No. Sólo tengo que llamar por teléfono.

Salió a la sala. Hubo un momento de silencio. Y luego volvió a aparecer en la puerta del dormitorio.

—¿Te has levantado a medianoche y has recogido los restos de la comida?

—No.

—No hay comida en la mesa de café.

Bob.

Me tiré de la cama, metí los brazos en el albornoz y salí a ver la escabechina.

—He encontrado un par de asas de alambre —dijo Morelli—. Al parecer Bob se ha comido la comida y los envases.

Bob paseaba junto a la puerta. Tenía el estómago hinchado y babeaba. Perfecto.

—Tú haz la llamada y yo voy a pasear a Bob.

Volví al dormitorio, me puse unos vaqueros y una sudadera y embutí los pies en un par de botas. Le sujeté la correa a Bob y cogí las llaves del coche.

—¿Las llaves del coche?

—Por si me apetece un donut.

Un donut, lo que yo te diga. Bob iba a hacer una gigantesca caca de comida china. Y la iba a hacer en el césped de Joyce. A lo mejor hasta conseguía que vomitara.

Bajamos en el ascensor porque no quería que Bob se moviera más que lo imprescindible. Nos fuimos directamente al coche y salimos rugiendo del aparcamiento.

Bob iba con la nariz pegada al cristal. Jadeaba y regurgitaba. Tenía el estómago inflamado hasta el límite.

Apreté el pedal del acelerador casi hasta el suelo.

—Aguanta, chicarrón —le dije—. Casi hemos llegado. No nos falta nada.

Frené ruidosamente delante de la casa de Joyce. Rodeé el coche a la carrera hasta el lado del pasajero, abrí la puerta y Bob salió disparado. Se lanzó al césped de Joyce, se acuclilló e hizo una caca que parecía tener dos veces su peso corporal. Se paró un momento y vomitó una mezcla de cartón y chop suei de gambas.

—¡Buen chico! —le susurré.

Bob se sacudió y regresó al coche de un salto. Le cerré la puerta, me metí en mi lado y salimos de allí antes de que nos alcanzara la pestilencia. Otro trabajo bien hecho.

Morelli estaba ocupado con la cafetera cuando entramos en casa.

—¿No hay donuts? —preguntó.

—Se me han olvidado.

—Es la primera vez que se te olvidan los donuts.

—Estaba pensando en otras cosas.

—¿Como el matrimonio?

—En eso también.

Morelli sirvió dos tanques de café y me pasó uno.

—¿Te has dado cuenta de que el matrimonio parece mucho más apremiante por la noche que por la mañana?

—¿Quiere eso decir que ya no te quieres casar?

Morelli se apoyó en la barra y dio un sorbo de café.

—No te vas a librar tan fácilmente.

—Hay muchas cosas de las que nunca hemos hablado.

—¿Como cuáles?

—Niños. Imagínate que tenemos niños y luego resulta que no nos gustan.

—Si nos gusta Bob nos puede gustar cualquier cosa —dijo Morelli.

Bob estaba en la sala arrancando pelusa de la alfombra a lametones.

Eddie DeChooch llamó diez minutos después de que Morelli y Bob se fueran a trabajar.

—¿Qué has decidido? —preguntó—. ¿Vamos a hacer un trato?

—Quiero a El Porreta.

—¿Cuántas veces tengo que decirte que no le tengo yo? Y no sé dónde está. Y tampoco lo tiene nadie que yo conozca. Puede que se asustara y huyera.

No supe qué decir, porque era una posibilidad.

—¿Lo tienes guardado en un lugar frío, verdad? —dijo De-Chooch—. Necesito recuperarlo en buenas condiciones. Me estoy jugando el culo con esta historia.

—Sí. Está conservado en frío. No se va a creer lo bien conservado que está. En cuanto encuentre a El Porreta podrá comprobarlo —y colgué.

¿De qué demontres estaba hablando?

Llamé a Connie, pero todavía no había llegado a la oficina. Le dejé un mensaje para que me llamara y me di una ducha. Mientras estaba en la ducha hice un resumen de mi vida. Iba detrás de un anciano deprimido que me estaba haciendo quedar como una estúpida. Dos de mis amigos habían desaparecido sin dejar rastro. Tenía la pinta de haber peleado un combate con George Foreman. Tenía un vestido de novia que no quería ponerme y un salón de banquetes que no quería utilizar. Morelli quería casarse conmigo. Y Ranger quería... Diantre, no quería pensar en lo que quería Ranger. Ah, sí; además estaba Melvin Baylor que, hasta donde yo sabía, seguía en el sofá de la casa de mis padres.

Salí de la ducha, me vestí, le dediqué un mínimo esfuerzo al pelo y llamó Connie.

—¿Has sabido algo más de la tía Flo y del tío Bingo? —le pregunté—. Necesito saber qué pasó en Richmond. Necesito saber qué es lo que busca todo el mundo. Es algo que se tiene que conservar en frío. Puede que se trate de medicinas.

—¿Cómo sabes que se tiene que conservar en frío?

—Por DeChooch.

—¿Has hablado con DeChooch?

—Me ha llamado él.

A veces me costaba creer lo absurda que era mi vida. Tenía un NCT que me llamaba. ¿Descabellado o qué?

—A ver lo que puedo averiguar —dijo Connie.

Después llamé a la abuela.

—Necesito cierta información sobre Eddie DeChooch —le dije—. He pensado que tú podrías preguntar por ahí.

—¿Qué quieres saber?

—Pasó algo en Richmond y ahora está buscando una cosa. Necesito saber qué es lo que busca.

—¡Déjalo en mis manos!

—¿Sigue ahí Melvin Baylor?

—No. Se ha ido a casa.

Me despedí de la abuela y se oyó un golpe en la puerta. La abrí un poco y miré fuera. Era Valerie. Iba vestida con un traje negro de chaqueta y pantalón, una camisa blanca almidonada y corbata de hombre de rayas negras y rojas. Llevaba su corte de pelo a lo Meg Ryan pegado detrás de las orejas.

—Nuevo *look* —dije—. ¿A qué se debe?

—Es mi primer día de lesbiana.

—Sí, claro.

—Lo digo en serio. Me he dicho a mí misma, ¿por qué esperar? Voy a empezar una nueva vida. He decidido dar el salto sin pensar. Voy a buscar trabajo. Y me voy a echar novia. Quedarse en casa lloriqueando por una relación fallida no sirve de nada.

—La otra noche no creí que lo dijeras en serio. ¿Has tenido... hum, alguna experiencia lésbica?

—No, pero no creo que sea muy difícil.

—No sé si me gusta esto —dije—. Estoy acostumbrada a ser la oveja negra de la familia. Esto podría cambiar mi situación.

—No seas boba —dijo Valerie—. A nadie le importará que sea lesbiana.

Valerie llevaba en California *demasiado* tiempo.

—En fin —dijo—, ya tengo una entrevista de trabajo. ¿Estoy bien? Quiero ser clara respecto a mi orientación sexual, pero no quiero ser demasiado marimacho.

—No quieres parecer una de esas bolleras moteras.

—Exacto. Quiero el *look* chic lésbico.

Como mi experiencia con las lesbianas era muy limitada no estaba muy segura de qué era el chic lésbico. La mayoría de las lesbianas que conocía había sido por la tele.

—No estoy muy convencida del calzado—dijo—. El calzado es siempre lo más difícil.

Llevaba unas delicadas sandalias de charol negro con tacón bajo. Las uñas de los dedos de los pies iban pintadas de rojo fuerte.

—Me imagino que eso depende de si quieres llevar zapatos de hombre o de mujer —dije—. ¿Eres una lesbiana chico o una lesbiana chica?

—¿Hay dos clases de lesbianas?

—No lo sé. ¿No lo has investigado?

—No. Sencillamente supuse que las lesbianas eran unisex.

Con lo que le estaba costando ser lesbiana con la ropa puesta, no quería ni imaginarme lo que pasaría cuando se la quitara.

—Voy a solicitar un empleo en el centro comercial —dijo Valerie—. Y luego tengo otra entrevista en la ciudad. Me preguntaba si podríamos intercambiar los coches. Quiero dar buena impresión.

—¿Qué coche llevas ahora?

—El Buick del 53 de tío Sandor.

—Un coche fuerte —dije—. Muy lésbico. Mucho mejor que mi CR-V.

—No lo había pensado.

Me sentí un poco culpable porque no sabía si a las lesbianas les gustarían los Buick del 53. La verdad era que no quería dejarle mi coche. Odio el Buick del 53.

Le dije adiós con la mano y le deseé suerte mientras se alejaba por el descansillo. Rex estaba fuera de la lata y me miraba. Una de dos, o pensaba que era muy lista o pensaba que era una hermana horrorosa. Es difícil de decir cuando se trata de hámsters. Por eso son unas mascotas tan buenas.

Me colgué el bolso de cuero negro en el hombro izquierdo, agarré la cazadora vaquera y cerré la puerta. Era el momento de volver a por Melvin Baylor. Sentí una punzada de nervios. Eddie DeChooch era intranquilizador. No me gustaba la facilidad con la que disparaba sobre la gente de buenas a primeras. Y ahora que yo me contaba entre los amenazados me gustaba todavía menos.

Bajé las escaleras y atravesé apresuradamente el vestíbulo. Miré por las puertas de cristal al aparcamiento. No se veía a DeChooch por ningún lado.

El señor Morganstern salió del ascensor.

—Hola, guapa —dijo—. Vaya. Cualquiera diría que te has dado con el pomo de una puerta.

—Gajes del oficio —le contesté.

El señor Morganstern era muy viejo. Tendría unos doscientos años.

—Ayer vi marcharse a tu amiguito. Puede que esté un poco tocado de la cabeza, pero sabe viajar con clase. Y un hombre que sabe viajar con clase es normal que te guste —dijo.

—¿Qué amiguito?

—Ese tal Porreta. El que lleva traje de Superman y el pelo castaño largo.

El corazón me dio un vuelco. No se me había ocurrido pensar que uno de mis vecinos pudiera saber algo de El Porreta.

—¿Cuándo le vio? ¿A qué hora?

—A primera hora de la mañana. La panadería de la esquina abre a las seis y fui y volví andando, así que cuando vi a tu amigo calculo que serían las siete. Salía por la puerta en el momento en que entraba yo. Iba con una señora y los dos subieron a una gran limusina negra. Le deben de ir bien las cosas.

—¿Le dijo algo?

—Me dijo... *colega*.

—¿Tenía buen aspecto? ¿Parecía preocupado?

—No. Estaba como siempre. Ya sabes, como un poco ido.

—¿Cómo era la mujer?

—Guapa. Bajita, con el pelo castaño corto. Joven.

—¿Cómo de joven?

—Puede que alrededor de los sesenta.

—Supongo que la limusina no tenía ningún cartel, como el nombre de la compañía de alquiler.

—No que yo recuerde. Era sencillamente una limusina grande y negra.

Me giré en redondo, volví a subir las escaleras y me puse a llamar a las empresas de alquiler de limusinas. Tardé media hora en llamar a todas las que aparecían en el listín telefónico. Sólo dos de ellas habían tenido un servicio el día anterior a primera hora de la mañana. Ambos servicios habían ido al aeropuerto. Ninguno había sido contratado por, ni había recogido a, una mujer.

Otro callejón sin salida.

Fui en coche hasta el apartamento de Melvin y llamé a la puerta.

Melvin me abrió con una bolsa de maíz congelado en la cabeza.

—Me muero —dijo—. La cabeza me estalla. Los ojos me arden.

Tenía un aspecto horrendo. Peor que el día anterior, que ya es decir.

—Volveré más tarde —le dije—. No beba más, ¿de acuerdo?

Cinco minutos después estaba en la oficina.

—Oye —me dijo Lula—. Fíjate. Hoy tienes los ojos entre negros y verdes. Eso es buena señal.

—¿Ha pasado Joyce por aquí?

—Ha aparecido hace unos quince minutos —dijo Connie—. Estaba hecha una fiera, decía no sé qué de chop suei de gambas.

—Estaba como loca —dijo Lula—. Hablaba sin sentido. Nunca la he visto tan enfadada. Supongo que tú no sabes nada de esas gambas, ¿verdad?

—No. Ni idea.

—¿Qué tal está Bob? ¿Sabrá él algo del chop suei?

—Bob está bien. Ha tenido una pequeña indisposición de estómago esta mañana, pero ahora ya se encuentra mejor.

Connie y Lula chocaron las manos.

—¡Lo sabía! —dijo Lula.

—Voy a ir con el coche a inspeccionar unas casas —dije—. A lo mejor le apetece a alguien venir conmigo.

—Huy, huy —dijo Lula—. Tú sólo buscas compañía cuando crees que alguien va a por ti.

—Puede que Eddie DeChooch me esté buscando —probablemente también me estuvieran buscando muchos otros, pero Eddie DeChooch era el más trastornado y el que más probablemente quisiera pegarme un tiro. Aunque la vieja de los ojos aterradores empezaba a acercársele mucho.

—Supongo que podremos arreglárnoslas con Eddie DeChooch —dijo Lula sacando el bolso del último cajón del archivador—. Después de todo no es más que un viejecito deprimido.

Con pistola.

Lula y yo nos acercamos primero a ver a los compañeros de piso de El Porreta.

—¿Está El Porreta aquí?

—No. No le he visto. Puede que esté en casa de Dougie. Se pasa allí todo el tiempo.

Acto seguido fuimos a casa de Dougie. Cuando le pegaron el tiro a El Porreta me quedé con las llaves de la casa y no las había devuelto. Abrí la puerta principal y Lula y yo nos colamos dentro. No parecía notarse nada especial. Fui a la cocina y miré en el congelador y el frigorífico.

—¿De qué vas? —preguntó Lula.

—Estoy investigando.

Cuando acabamos en casa de Dougie fuimos a casa de Eddie DeChooch. Como en el caso anterior, no encontramos nada extraordinario. Sólo por probar, eché un vistazo en el congelador. Y allí encontré una pieza de carne asada.

—Ya veo que los asados te vuelven loca —dijo Lula.

—Dougie tenía un asado en el congelador y se lo robaron.

—Uh-uh.

—Podría ser éste. Éste podría ser el asado robado.

—A ver si me aclaro. ¿Tú crees que Eddie DeChooch irrumpió en casa de Dougie para robar un asado?

Al oírlo decir en voz alta, la verdad es que sonaba un poco absurdo.

—Podría ser —dije.

Pasamos con el coche junto al club social y la iglesia, cruzamos por delante del aparcamiento subterráneo de Mary Maggie, nos acercamos a Ace Pavers y acabamos en la casa de Ronald DeChooch en Trenton Norte. En el transcurso de nuestro itinerario recorrimos la mayor parte de Trenton y el Burg en su totalidad.

—Para mí es más que suficiente —dijo Lula—. Necesito comer pollo frito. Quiero un poco de ese Pollo en el Cubo, supergrasiento y superpicante. Y además quiero galletas, y ensalada de col y uno de esos batidos tan espesos que tienes que sorber hasta echar los higadillos para que suba por la pajita.

El Pollo en el Cubo está a un par de manzanas de la oficina. Tienen una gigantesca gallina giratoria empalada en un poste que brota del asfalto del aparcamiento y un pollo frito excelente.

Lula y yo compramos un cubo y lo llevamos a una de las mesas.

—Vamos a ver si lo entiendo —dijo Lula—. Eddie DeChooch se va a Richmond y recoge unos cigarrillos. Mientras De-Chooch está en Richmond, Louie D compra la granja y le roban no sé qué. No sabemos qué.

Elegí un trozo de pollo y asentí con la cabeza.

—Choochy regresa a Trenton con los cigarrillos, le deja unos cuantos a Dougie y luego le arrestan mientras intenta llevar el resto a Nueva York.

Asentí otra vez.

—Y lo siguiente es que Loretta Ricci aparece muerta y De-Chooch nos deja colgados.

—Sí. Y luego desaparece Dougie. Benny y Ziggy buscan a Chooch. Chooch busca *una cosa.* Algo que, una vez más, no sabemos lo que es. Y alguien le roba a Dougie su asado.

—Y ahora también ha desaparecido El Porreta —dijo Lula—. Chooch creyó que El Porreta tenía la *cosa.* Tú le dijiste a Chooch que la tenías *tú.* Y Chooch te ofreció cambiarla por dinero, pero no por El Porreta.

—Sí.

—Es la sarta de chorradas más disparatada que he oído en mi vida —dijo Lula, mordiendo un muslo de pollo. De repente dejó de masticar y de hablar y abrió los ojos desmesuradamente—. Arg —dijo. Luego empezó a agitar los brazos y a agarrarse el cuello.

—¿Estás bien? —le pregunté.

Siguió apretándose el cuello.

—Dele un golpe en la espalda —dijo alguien desde otra mesa.

—Eso no sirve para nada —dijo otra persona—. Hay que hacerle la cosa esa de Heimlich.

Corrí hacia Lula e intenté rodearla con los brazos para hacerle la maniobra de Heimlich, pero mis brazos no la abarcaban del todo.

Un tío grandote que estaba en la barra se nos acercó, agarró a Lula en un abrazo de oso por detrás y apretó.

—Ptuuuuu —dijo Lula. Y un trozo de pollo salió volando de su boca y le atizó en la cabeza a un niño que estaba dos mesas más allá.

—Tienes que adelgazar un poco —le dije a Lula.

—Es que tengo los huesos muy grandes —dijo ella.

El ambiente se tranquilizó y Lula sorbió su batido.

—Se me ha ocurrido una idea mientras me estaba muriendo —dijo Lula—. Está claro el siguiente paso que debes dar. Dile a Chooch que estás dispuesta a hacer el trato a cambio de dinero. Y cuando él venga a recoger esa *cosa,* le apresamos. Y una vez que le tengamos le hacemos hablar.

—Hasta el momento no se nos ha dado muy bien eso de apresarle.

—Ya, pero ¿qué tienes que perder? No hay nada que pueda llevarse.

Cierto.

—Tienes que llamar a Mary Maggie, la luchadora, y decirle que vamos a aceptar el trato —dijo Lula.

Saqué mi teléfono móvil y marqué el número de Mary Maggie, pero no obtuve respuesta. Dejé mi nombre y mi número en el contestador y le pedí que me devolviera la llamada.

Estaba guardando el móvil en el bolso cuando Joyce entró como una tromba.

—He visto tu coche en el aparcamiento —dijo Joyce—. ¿Esperas encontrar a DeChooch aquí, comiendo pollo frito?

—Acaba de irse —dijo Lula—. Podíamos haberle detenido, pero nos ha parecido demasiado fácil. Nos gustan los retos.

—Vosotras dos no sabríais qué hacer con un reto —dijo Joyce—. Sois dos fracasadas. Gordi y Lerdi. Las dos sois patéticas.

—Sí, pero no tan patéticas como para tener problemas con el chop suei —dijo Lula.

Aquello dejó a Joyce desconcertada por un momento, sin saber si Lula estaba implicada en los hechos o sencillamente la provocaba.

El busca de Joyce sonó. Joyce leyó la pantalla y sus labios se curvaron en una sonrisa.

—Tengo que irme. Tengo una pista sobre DeChooch. Es una pena que vosotras dos, nenas, no tengáis nada mejor que hacer que quedaros aquí atiborrándoos. Claro que, por lo que se ve, me imagino que es lo que mejor hacéis.

—Sí, y por lo que se ve, lo mejor que tú sabes hacer es recoger los palitos que te tiran y aullar a la luna —dijo Lula.

—Que te den —dijo Joyce, y salió disparada hacia su coche.

—Huy —dijo Lula—, esperaba algo más original. Me parece que hoy Joyce está en baja forma.

—¿Sabes lo que tendríamos que hacer? —le dije—. Deberíamos seguirla.

Lula ya estaba recogiendo los restos de la comida.

—Me lees el pensamiento —dijo Lula.

En el instante en que Joyce salía del aparcamiento, Lula y yo cruzábamos la puerta y entrábamos en el CR-V. Lula llevaba en el regazo el cubo de pollo y las galletas, colocamos los batidos en los soportes para bebidas y nos pusimos en marcha.

—Apuesto algo a que estaba mintiendo —dijo Lula—. Apuesto a que no hay ninguna pista. Probablemente va al centro comercial.

Me mantuve a un par de coches de distancia para que no me descubriera y Lula y yo no retiramos los ojos del parachoques trasero de su SUV. A través de la ventana de atrás del coche se veían dos cabezas. Alguien iba con ella en el asiento del copiloto.

—No está yendo al centro comercial —dije—. Va en dirección contraria. Parece que va al centro de la ciudad.

Diez minutos después me invadía un mal presentimiento sobre el destino de Joyce.

—Ya sé dónde va —le dije a Lula—. Va a hablar con Mary Maggie Mason. Alguien le ha dicho lo del Cadillac blanco.

Seguí a Joyce al interior del aparcamiento, a una distancia prudencial. Aparqué a dos filas de ella y Lula y yo nos quedamos quietas observando.

—Uh, uh —dijo Lula—, ahí van. Ella y su compinche. Los dos suben a hablar con Mary Maggie.

¡Mierda! Conocía a Joyce demasiado bien. Conocía su forma de trabajar. Entrarían en la casa a saco, con las armas en la mano, y revisarían cuarto por cuarto en nombre de la ley. Ése es el tipo de comportamiento que nos da mala reputación a los cazarrecompensas. Y lo que es peor, a veces da resultado. Si Eddie DeChooch estaba escondido debajo de la cama de Mary Maggie, Joyce lo encontraría.

No reconocí a su socia desde lejos. Las dos iban vestidas con pantalones de faena negros y camisetas negras con las palabras DEPARTAMENTO DE FINANZAS escritas en la espalda en letras amarillas.

—Chica —dijo Lula—, si llevan uniformes. ¿Por qué nosotras no tenemos esos uniformes?

—Porque no queremos parecer un par de idiotas.

—Sí. Ésa era la respuesta que estaba esperando.

Salí del coche y le grité a Joyce:

—¡Oye, Joyce! Espera un momento. Quiero hablar contigo.

Joyce se giró sorprendida. Al verme entrecerró los ojos y le dijo algo a su colega. No me llegó lo que se estaban diciendo. Joyce apretó el botón de subida. Las puertas del ascensor se abrieron y Joyce y su colega desaparecieron.

Lula y yo llegamos al ascensor segundos después de que las puertas se cerraran. Apretamos el botón y esperamos unos minutos.

—¿Sabes lo que creo? —dijo Lula—. Creo que este ascensor no va a bajar. Creo que Joyce lo ha dejado parado arriba.

Empezamos a subir por las escaleras, al principio deprisa, luego más lentamente.

—Les pasa algo a mis piernas —dijo Lula en el quinto piso—. Se me han vuelto como de goma. No quieren seguir funcionando.

—Sigue.

—Para ti es fácil decirlo. Tú sólo tienes que subir ese cuerpecito huesudo. Fíjate en lo que tengo que arrastrar yo.

Para mí no era fácil en absoluto. Estaba sudando y apenas podía respirar.

—Tenemos que ponernos en forma —le dije a Lula—. Deberíamos ir al gimnasio o algo así.

—Antes preferiría quemarme a lo bonzo.

Aquello también se me podía aplicar a mí.

En el séptimo piso salimos de las escaleras al descansillo. La puerta de la casa de Mary Maggie estaba abierta y ella y Joyce se estaban gritando.

—Si no sale de aquí en este instante voy a llamar a la policía —gritaba Mary Maggie.

—Yo soy la policía —le contestaba Joyce a gritos.

—¿Ah, sí? ¿Y dónde está su placa?

—La llevo aquí mismo, colgada del cuello con una cadena.

—Esa placa es falsa. La compró por correo. Se lo vuelvo a decir. Voy a llamar a la policía y a decirles que están suplantándoles.

—No estoy suplantando a nadie —dijo Joyce—. Yo no he dicho que sea de la policía de *Trenton*. Resulta que soy de la policía judicial.

—Resulta que eres de la policía *gilipollas* —dijo jadeando Lula.

Ahora, más de cerca, reconocía a la compañera de Joyce. Era Janice Molinari. Fui al colegio con Janice. Era una persona agradable. No podía evitar preguntarme qué la habría llevado a trabajar con Joyce.

—Stephanie —dijo Janice—. Cuánto tiempo sin verte.

—Desde la despedida de soltera de Loretta Beeber.

—¿Qué tal te van las cosas? —preguntó Janice.

—Bastante bien. ¿Y a ti?

—Muy bien. Mis niños ya van todos al colegio, así que he pensado en buscarme un trabajo a tiempo parcial.

—¿Cuánto tiempo llevas con Joyce?

—Dos horas más o menos —dijo Janice—. Éste es mi primer trabajo.

Joyce llevaba una cartuchera sujeta al muslo y tenía una mano metida en ella.

—¿Y tú qué haces aquí, Plum? ¿Me has seguido para aprender cómo se hacen las cosas?

—Se acabó —dijo Mary Maggie—. ¡Quiero que os vayáis todas de aquí! ¡*Pero ya!*

Joyce empujó a Lula hacia fuera.

—Ya lo has oído. Largo.

—Oye —dijo Lula a Joyce, dándole un golpe en el hombro—. ¿A quién le estás diciendo que se largue?

—Te lo estoy diciendo a ti, saco de grasa —dijo Joyce.

—Mejor ser un saco de grasa que vómito de chop suei y caca de perro —dijo Lula.

Joyce se quedó sin respiración.

—¿Cómo sabes eso? Yo no te lo he contado —abrió los ojos desencajada—. ¡Eres tú! ¡Tú eres la que me hace eso!

Además de la pistola, Joyce llevaba un cinturón de faena con esposas, un spray de autodefensa, la pistola eléctrica y una porra. Sacó del cinturón la pistola eléctrica y se dispuso a utilizarla.

—Vas a pagar por esto —dijo Joyce—. Te voy a freír. Te voy a dar con esto hasta que me quede sin batería y tú no seas más que un charco viscoso de grasa derretida.

Lula se miró las manos. No tenía el bolso en ninguna de ellas. Los habíamos dejado en el coche. Se tocó los bolsillos. Allí tampoco llevaba nada.

—Uh, uh —dijo Lula.

Joyce se lanzó sobre ella y Lula chilló, se dio la vuelta y salió corriendo por el pasillo en dirección a las escaleras. Joyce corrió detrás de ella. Y las demás seguimos a Lula y Joyce. Yo la primera, después Mary Maggie y detrás Janice. Puede que Lula no fuera la mejor *subiendo* escaleras, pero una vez que adquiría inercia bajándolas era imposible alcanzarla. Lula era como un tren de mercancías en movimiento.

Lula llegó al garaje y se lanzó sobre la puerta. Estaba a punto de llegar al coche cuando Joyce la alcanzó y le aplicó la pistola eléctrica. Lula frenó en seco, se tambaleó un segundo y se desplomó como un saco de cemento húmedo. Joyce alargó la mano para darle otra descarga a Lula pero yo la ataqué por detrás. La pistola eléctrica saltó por los aires y nosotras caímos rodando al suelo. En aquel momento, Eddie DeChooch entró en el aparcamiento subterráneo conduciendo el Cadillac blanco de Mary Maggie.

Janice fue la primera que lo vio.

—Oye, ¿no es ése el vejete del Cadillac blanco? —preguntó.

Joyce y yo levantamos las cabezas para mirar. DeChooch recorría el subterráneo en busca de un sitio donde aparcar.

—¡Vete! —le gritó Mary Maggie a DeChooch—. ¡Sal del garaje!

Joyce se levantó del suelo tambaleándose y corrió hacia DeChooch.

—¡Detenle! —le gritó a Janice—. ¡No dejes que se escape!

—¿Detenerle? —preguntó Janice, que estaba junto a Lula—. ¿Está loca o qué? ¿Cómo cree que le puedo detener?

—No quiero que le pase nada al coche —nos gritó Mary Maggie a Joyce y a mí—. Era el coche de mi tío Ted.

Lula estaba a cuatro patas y babeaba.

—¿Qué? —dijo—. ¿Quién?

Janice y yo la ayudamos a levantarse. Mary Maggie seguía dando gritos a DeChooch y DeChooch seguía sin verla.

Dejé a Lula con Janice y corrí hacia mi Honda. Puse en marcha el motor y me dirigí hacia DeChooch. No sé cómo se me ocurrió que podría alcanzarle, pero me pareció que era lo que tenía que hacer.

Joyce se puso delante de DeChooch, apuntándole con la pistola, y le gritó que se detuviera. DeChooch pisó el acelerador y se abalanzó sobre ella. Joyce se tiró de lado y disparó un tiro que no le dio a DeChooch pero rompió la ventanilla trasera.

DeChooch giró a la izquierda por una de las filas de coches aparcados. Yo le seguí mientras él, cegado por el pánico, tomaba las curvas sobre dos ruedas. Estábamos dando vueltas. DeChooch no era capaz de encontrar la salida.

Mary Maggie seguía gritando. Y Lula agitaba los brazos, ya de pie.

—¡Espérame! —vociferaba Lula, como si quisiera salir corriendo pero no supiera en qué dirección.

En una de las vueltas me acerqué a Lula y ella subió al coche de un salto. La puerta de atrás estaba abierta por los golpes y Janice se coló en el asiento trasero.

Joyce se había ido a por su coche y lo había colocado tapando parcialmente la salida. Tenía abierta la puerta del lado del conductor y ella estaba de pie detrás de la puerta apuntando con la pistola.

DeChooch encontró por fin el callejón correcto y se lanzó a por la salida. Se dirigía directamente hacia Joyce. Ella disparó, la bala falló y ella saltó a un lado mientras DeChooch salía a toda velocidad, arrancando la puerta del coche de Joyce de sus goznes y lanzándola por los aires.

Me dirigí a la salida detrás de DeChooch. La chapa de la parte delantera derecha del Cadillac había sufrido algunos daños, pero estaba claro que a Choochy no le preocupaba demasiado. Giró en Spring Street conmigo pegada a su parachoques. Siguió por Spring hasta Broad y, de repente, nos encontramos con un atasco.

—Ya lo tenemos —gritó Lula—. ¡Todas fuera del coche!

Lula, Janice y yo saltamos del coche y fuimos decididas a detenerle. DeChooch puso la marcha atrás del Cadillac y embistió a mi CR-V, incrustándolo contra el coche de atrás. Maniobró con el volante y salió en diagonal, arañando el parachoques del coche que tenía delante.

Durante todo aquel rato Lula no dejaba de gritarle.

—Tenemos la *cosa* —decía—. Y queremos el dinero. ¡Hemos decidido que queremos el dinero!

Al parecer, DeChooch no oía nada. Hizo un giro de ciento ochenta grados y se marchó, dejándonos tiradas.

Lula, Janice y yo le vimos desaparecer calle abajo y después nos fijamos en el CR-V. Estaba arrugado como un acordeón.

—Esto sí que me pone de mala leche —dijo Lula—. Me ha derramado todo el batido, y me había costado una pasta.

—A ver si me entero —dijo Vinnie—. ¿Me estás diciendo que DeChooch te destrozó el coche y le rompió una pierna a Barnhardt?

—En realidad la pierna se la rompió la puerta del coche —dije—. Cuando salió volando hizo una especie de voltereta por el aire y le cayó encima de la pierna.

—Ni nos habríamos enterado de no ser porque la ambulancia tuvo que maniobrar a nuestro lado, camino del hospital. Acababa de llegar la grúa para llevarse nuestro coche cuando llegó la ambulancia y allí estaba Joyce, totalmente inmovilizada por correas —dijo Lula.

—Bueno, y ahora ¿dónde está DeChooch? —quiso saber Vinnie.

—No tenemos una respuesta precisa para esa pregunta —dijo Lula—. Y dado que nos hemos quedado sin medio de locomoción, no podemos averiguarlo.

—¿Y qué pasa con *tu* coche? —le preguntó Vinnie a Lula.

—Está en el taller. Le están haciendo una revisión, y luego me lo van a pintar. No me lo entregan hasta la semana que viene.

Vinnie se giró hacia mí.

—¿Y el Buick? Siempre llevas el Buick cuando tienes problemas con los coches.

—El Buick lo tiene mi hermana.

Diez

—Puedes llevarte la moto que tengo ahí atrás —dijo Vinnie—. La acepté como pago de una fianza. Un tío estaba escaso de fondos y me pagó con la moto. Ya tengo el garaje lleno de mierdas y no tengo sitio para una moto.

La gente limpiaba las casas al mismo tiempo que pagaba sus fianzas. Vinnie aceptaba equipos de música, televisiones, abrigos de visón, ordenadores y aparatos de gimnasia. Una vez aceptó para pagar la fianza de Madame Zaretsky su látigo y su perro amaestrado.

Normalmente estaría feliz ante la perspectiva de llevar una moto. Me saqué el carnet hace un par de años, cuando salía con un chico que tenía una tienda de motos. De vez en cuando he deseado hacerme con una moto, pero nunca he tenido dinero para comprármela. El problema es que no es el vehículo ideal para una cazarrecompensas.

—No quiero la moto —dije—. ¿Qué voy a hacer con una moto? No puedo traer a un NCT en moto.

—Exacto, y además, ¿qué hago yo? —dijo Lula—. ¿Cómo vas a meter a una mujer de figura ampulosa como yo en una moto? ¿Y mi pelo? Tendría que ponerme uno de esos cascos y me chafaría el pelo.

—Lo tomas o lo dejas —dijo Vinnie.

Solté un profundo suspiro y puse los ojos en blanco.

—¿La moto trae cascos?

—Están en el almacén.

Lula y yo salimos a ver la moto.

—Va a ser algo bochornoso —dijo Lula, abriendo la puerta del almacén—. Va a ser un... espera un momento, fíjate. ¡Hostia! No es cualquier motocicleta de mierda. Es una señora *máquina.*

Era una Harley-Davidson FXDL Dyna Low Rider. Negra, con llamaradas verdes pintadas y los tubos de escape rectificados. Lula tenía razón. No era una moto cualquiera. Era un sueño erótico.

—¿Sabes manejarla? —preguntó Lula.

Le sonreí.

—Ah, sí —dije—. *Desde luego que sí.*

Lula y yo nos ajustamos los cascos y sacamos la moto. Metí la llave en el contacto, pisé el pedal y la Harley rugió debajo de mí.

—Houston, hemos despegado —dije. Y tuve un pequeño orgasmo.

Recorrí el callejón de detrás de la oficina un par de veces, para tomarle el pulso a la moto y, luego, me dirigí al edificio de apartamentos de Mary Maggie. Quería volver a intentar hablar con ella.

—Parece que no está en casa —dijo Lula tras la primera vuelta por su garaje—. No veo su Porsche.

No me sorprendía. Seguramente estaba en algún lugar comprobando los daños sufridos por su Cadillac.

—Esta noche tiene combate —le dije a Lula—. Podemos hablar con ella allí.

Cuando entré en el aparcamiento de mi edificio me fijé en los coches. No vi ni Cadillacs blancos, ni limusinas negras, ni el coche de Benny y Ziggy, ni el Porsche del MMM-ÑAM, ni el coche supercaro y probablemente robado de Ranger. Sólo la camioneta de Joe.

Cuando entré en casa Joe estaba tirado en el sofá viendo la televisión con una cerveza en la mano.

—He oído que te has cargado el coche —dijo.

—Sí, pero estoy bien.

—También había oído eso.

—DeChooch está como una cabra. Dispara a la gente. La atropella intencionadamente. ¿Qué le pasa? No es un comportamiento normal..., ni siquiera para un antiguo hampón. Vamos, entiendo que está deprimido... pero ¡joder! —fui a la cocina y le di a Rex un trozo de galleta que me había guardado durante el almuerzo.

Morelli entró en la cocina detrás de mí.

—¿Cómo has llegado a casa?

—Vinnie me ha dejado una moto.

—¿Una moto? ¿Qué clase de moto?

—Una Harley. Una Dyna Low Rider.

Sus ojos y su boca se fruncieron en una sonrisa.

—¿Vas por ahí en una Harley?

—Sí. Y ya he tenido mi primera experiencia sexual en ella.

—¿Tú sola?

—Sí.

Morelli soltó una risotada y se acercó a mí, aplastándome contra el mostrador; sus manos rodearon mis costillas, su boca rozó mi oreja, mi cuello.

—Apuesto a que puedo mejorarlo.

El sol se había puesto y el dormitorio estaba a oscuras. Morelli dormía a mi lado. Incluso dormido, Morelli irradiaba energía controlada. Su cuerpo era esbelto y duro. Su boca, suave y sensual. Los rasgos de su cara se habían vuelto más angulosos con la edad. Sus ojos más recelosos. Como poli había visto muchas cosas. Tal vez demasiadas.

Eché una mirada al reloj. Las ocho. *¡Las ocho!* ¡Caray! Yo también me había quedado dormida. ¡Un momento antes estábamos haciendo el amor y de repente eran las ocho!

Sacudí a Morelli para que se despertara.

—¡Son las ocho de la noche! —dije.

—¿Uh?

—¡Bob! ¿Dónde está Bob?

Morelli saltó de la cama.

—¡Mierda! Me vine aquí directamente del trabajo. ¡Bob no ha cenado!

La idea implícita era que a estas alturas Bob se habría comido cualquier cosa... el sofá, la televisión, los rodapiés.

—Vístete —dijo Morelli—. Le damos de comer a Bob y salimos a cenar una pizza. Luego puedes pasar la noche en mi casa.

—No puedo. Tengo que trabajar esta noche. Lula y yo no hemos conseguido hablar con Mary Maggie y vamos a ir al Snake Pit. Tiene un combate a las diez.

—No tengo tiempo para discutir —dijo Morelli—. Probablemente Bob se ha comido un trozo de pared. Vente cuando acabes en el Snake Pit.

Me agarró, me dio un beso y salió corriendo al pasillo.

—De acuerdo —dije. Pero Morelli ya se había ido.

No estaba muy segura de qué se ponía una para ir al Pit, pero un peinado de zorra parecía una buena idea, así que me puse los rulos calientes y me hice un cardado. Aquello aumentó mi estatura de un metro sesenta y cinco a un metro setenta. Me emperifollé con una buena capa de maquillaje, añadí, para mayor efecto, una falda elástica negra y tacones de diez centímetros, y me sentí muy guerrera. Agarré la cazadora de cuero y las llaves del coche del mostrador de la cocina. Un momento. Aquéllas no eran las llaves del coche. Eran las llaves de la moto. ¡Mierda! Nunca lograría meter el cardado en el casco.

Que no cunda el pánico, me dije. Piénsalo un momento. ¿De dónde puedes sacar un coche? Valerie. Valerie tiene el Buick. La llamo y le digo que voy a ir a un sitio en el que hay mujeres semidesnudas. Eso es lo que quieren ver las lesbianas, ¿no?

Diez minutos más tarde, Valerie me recogía en el aparcamiento. Seguía llevando el pelo pegado para atrás y no llevaba nada de maquillaje, salvo el carmín rojo sangre. Llevaba zapatos de hombre con puntera reforzada, un traje pantalón mil rayas y camisa blanca abierta en el cuello. Me resistí al impulso de mirar si por la camisa abierta le asomaba pelo del pecho.

—¿Qué tal te ha ido hoy? —le pregunté.

—¡Me he comprado unos zapatos nuevos! Míralos. ¿A que son estupendos? Me parece que son unos zapatos perfectos para una lesbiana.

Había que reconocerle una cosa a Valerie. No dejaba nada a medias.

—Me refiero al trabajo.

—Lo del trabajo no ha salido bien. Supongo que era de esperar. Si no tienes éxito a la primera... —puso todo su peso sobre el volante y logró que el Buick tomara la curva—. Pero he matriculado a las niñas en el colegio. Supongo que eso es algo positivo.

Lula nos esperaba en la acera, enfrente de su casa.

—Ésta es mi hermana Valerie —le dije a Lula—. Viene con nosotras porque tiene el coche.

—Parece que hace las compras en la sección de caballeros.

—Está haciendo un período de prueba.

—Oye, a mí plin —dijo Lula.

El aparcamiento del Snake Pit estaba abarrotado, así que dejamos el coche en la misma calle, a quinientos metros. Cuando llegamos a la puerta los pies me estaban matando y pensaba que ser lesbiana tenía sus ventajas. Los zapatos de Valerie parecían deliciosamente cómodos.

Nos dieron una mesa del fondo y pedimos las bebidas.

—¿Cómo vamos a conseguir hablar con Mary Maggie? —quiso saber Lula—. Desde aquí casi no podemos ni ver.

—Ya he inspeccionado el local. Sólo hay dos puertas; cuando Mary Maggie acabe con su número en el barro, cada una de nosotras se pondrá en una puerta y la pillaremos al salir.

—Me parece un buen plan —dijo Lula, y se bebió su copa de un trago y pidió otra.

Había algunas mujeres con sus parejas, pero la mayor parte del local estaba lleno de hombres de caras serias, con la esperanza de que uno de los tangas se rompiera en el fragor de la pelea, que supongo que es el equivalente a placar a un defensa de rugby.

Valerie miraba con los ojos muy abiertos. Era difícil saber si reflejaban excitación o histeria.

—¿Estás segura de que aquí conoceré a alguna lesbiana? —gritó por encima de aquel alboroto.

Lula y yo echamos un vistazo alrededor. No vimos ninguna lesbiana. Al menos ninguna que fuera vestida como Valerie.

—Nunca se sabe cuándo van a aparecer las lesbianas —dijo Lula—. Creo que lo mejor es que te tomes otra copa. Estás un poco pálida.

Cuando pedimos las siguientes copas le mandé una nota a Mary Maggie. Le dije en qué mesa estábamos y que quería que le pasara a DeChooch un mensaje de mi parte.

Media hora después aún no había recibido respuesta de Mary Maggie. Lula se había empujado cuatro Cosmopolitans y estaba preocupantemente sobria y Valerie había tomado dos Chablís y parecía *muy* contenta.

En el cuadrilátero, las mujeres se zurraban unas a otras. De vez en cuando metían en el lodo a algún desdichado borracho, que patinaba fuera de control hasta que tragaba un litro de barro y el árbitro le echaba de allí. Se daban tirones de pelo, se propinaban bofetadas y resbalaban sin cesar. Me imagino que el barro es resbaladizo. Hasta el momento ninguna había perdido el tanga, pero se veían abundantes pechos desnudos a punto de estallar por los implantes de silicona rebozados en barro. En conjunto, la cosa no resultaba muy atractiva y yo me alegré de tener un trabajo en el que la gente me pegara tiros. Era mejor que revolcarse en el barro medio desnuda.

Anunciaron el combate de Mary Maggie y ella apareció vestida con un bikini plateado. Estaba empezando a descubrir unas ciertas señas de identidad. Porsche plateado, bikini plateado. El público la vitoreó. Mary Maggie es famosa. Luego salió otra mujer. Se llamaba Animal y, entre nosotras, me preocupé por la integridad de Mary Maggie. Los ojos de Animal eran rojos brillantes y, aunque era difícil de decir desde lejos, estoy bastante segura de que tenía serpientes entre el pelo.

El árbitro tocó la campana y las dos mujeres se movieron en círculo y, luego, se embistieron la una a la otra. Tras un rato de empujarse sin mucho éxito, Mary Maggie resbaló y Animal cayó encima de ella.

Esto puso en pie a toda la sala, incluidas Lula, Valerie y yo. Todas gritábamos, animando a Mary Maggie a que destripara a Animal. Por supuesto, Mary Maggie tenía demasiada clase para destripar a Animal, de modo que se limitaron a revolcarse en el barro durante unos minutos y luego empezaron a provocar al público en busca de borrachos para pelear.

—Tú —dijo Mary Maggie señalándome.

Miré alrededor esperando ver a mi lado a un tío cachondo agitando en la mano un billete de veinte.

Mary Maggie agarró el micrófono.

—Esta noche tenemos una invitada muy especial. Está con nosotros la Cazarrecompensas. También conocida como La Destroza Cadillacs. También conocida como La Acosadora.

¡Madre mía!

—¿Quieres hablar conmigo, Cazarrecompensas? —preguntó Mary Maggie—. Pues sube aquí.

—Puede que más tarde —dije, pensando que la personalidad de Mary Maggie en el escenario no tenía nada que ver con el ratón de biblioteca que había conocido antes—. Ya hablaremos después del espectáculo —le dije—. No quiero quitarte tu valioso tiempo en escena.

De repente estaba volando por el aire en manos de dos tíos enormes. Me llevaban, todavía sentada en mi silla, a dos metros de suelo, al escenario.

—¡Socorro! —grité—. ¡Socorro!

Me colocaron encima del cuadrilátero. Mary Maggie sonrió. Animal rugió y giró la cabeza. Entonces volcaron la silla y sufrí una caída libre sobre el barro.

Animal me puso de pie tirándome del pelo.

—Relájate —dijo—. Esto no te va a doler.

Entonces me arrancó la camisa. Menos mal que llevaba el sujetador de encaje bueno de Victoria's Secret.

Al segundo siguiente las tres rodábamos por el barro hechas una pelota. Mary Maggie Mason, Animal y yo. Y entonces intervino Lula.

—Eh —dijo Lula—. Sólo hemos venido a hablar y le estáis destrozando la falda a mi amiga. Os vamos a cobrar la cuenta de la tintorería.

—¿Ah, sí? Pues cobra esto —dijo Animal mientras tiraba del pie de Lula, haciéndola caer de culo en el barro.

—Ahora sí que me he cabreado —dijo Lula—. Estaba intentando explicarte las cosas, pero ahora sí que me has cabreado.

Conseguí ponerme de pie mientras Lula peleaba con Animal. Estaba limpiándome el barro de los ojos cuando Mary Maggie Mason saltó sobre mí y me volvió a tirar boca abajo en el barro.

—¡Socorro! —grité—. ¡*Socorro!*

—Deja de meterte con mi amiga —dijo Lula. Y agarró a Mary Maggie del pelo y la lanzó fuera del cuadrilátero como si fuera una muñeca de trapo. ¡*Zas!* Directamente encima de una mesa cercana al ring.

Otras dos luchadoras salieron de entre bambalinas y se metieron en el cuadrilátero. Lula despidió a una y se sentó encima de la otra. Animal saltó sobre Lula desde las cuerdas, ella soltó un alarido que helaba la sangre y rodó por el barro con Animal.

Mary Maggie había vuelto al ring. La otra luchadora también había vuelto al ring. Además se añadió un tipo borracho. Éramos siete en el barro, rodando entrelazados. Yo me aferraba a cualquier cosa que encontrara, intentando no escurrirme en el barro, y, no sé cómo, me agarré al tanga de Animal. De pronto todo el mundo silbaba y aullaba y los árbitros se metieron en el ring y nos separaron.

—Eh —dijo Lula, sin bajar la guardia—. He perdido un zapato. Será mejor que alguien encuentre mi zapato o no pienso volver aquí nunca más.

El encargado sujetaba a Lula de un brazo.

—No se preocupe. De eso nos encargamos nosotros. Venga por aquí. Por esta puerta.

Y antes de que nos diéramos cuenta de lo que estaba pasando, estábamos en la calle. Lula con un zapato y yo sin camisa.

La puerta se volvió a abrir y Valerie salió disparada junto con nuestros abrigos y bolsos.

—Esa tal Animal era muy rara —dijo Valerie—. Cuando le arrancaste las bragas, estaba calva por ahí abajo.

Valerie me dejó en casa de Morelli y se despidió de mí agitando la mano.

Morelli abrió la puerta y dijo lo que era obvio.

—Estás cubierta de barro.

—La cosa no salió exactamente como estaba planeada.

—Me gusta esa moda de no llevar camisa. Me podría acostumbrar a ella.

Me desnudé en el vestíbulo y Morelli se llevó mi ropa directamente a la lavadora. Cuando regresó, yo seguía allí de pie. Llevaba unos tacones de diez centímetros, barro y nada más.

—Me gustaría darme una ducha —le dije—, pero si no quieres que deje un reguero de barro por las escaleras puedes echarme un cubo de agua por encima en el patio de atrás.

—Sé que probablemente esto es enfermizo —dijo Morelli—. Pero se me está poniendo dura.

Morelli vive en unas casas adosadas en Slater, no muy lejos del Burg. Heredó esta casa de su tía Rose y la convirtió en su hogar. ¿Quién lo iba a suponer? El mundo está lleno de misterios. Su casa era muy parecida a la de mis padres, estrecha y con pocos lujos, pero llena de recuerdos y aromas entrañables. En el caso de Morelli, los aromas eran los de la pizza recalentada, perro y pintura reciente. Morelli estaba arreglando los marcos de las ventanas poco a poco.

Estábamos sentados a la mesa de su cocina... yo, Morelli y Bob. Morelli se estaba comiendo una tostada de canela y pasas y bebiendo café. Bob y yo nos comíamos todo lo demás que había en el frigorífico. No hay nada como un desayuno abundante después de una noche de lucha libre en el barro.

Yo llevaba puesta una camiseta de Morelli, unos pantalones de chándal prestados e iba descalza, puesto que mis zapatos seguían empapados por dentro y por fuera y probablemente los tendría que tirar a la basura.

Morelli se había vestido para ir a trabajar con su ropa de policía de paisano.

—No lo entiendo —le dije a Morelli—. Ese tío va por ahí en un Cadillac blanco y la policía no le detiene. ¿Cómo es eso?

—Probablemente no sale tanto por ahí. Se le ha visto un par de veces, pero no por alguien en condiciones de seguirle. Una vez Mickey Green, mientras patrullaba en moto. Otra, un coche de policía atascado en el tráfico. Y no es un caso prioritario. No sería lo mismo si hubiera alguien asignado con dedicación plena a buscarle.

—Es un asesino. ¿Eso no es prioritario?

—No se le busca exactamente por asesinato. Loretta Ricci murió de un ataque cardíaco. En este momento sólo se le busca para interrogarle.

—Creo que robó un asado del frigorífico de Dougie.

—Ah, eso le sube de categoría. Seguro que eso le pone en la lista de más buscados.

—¿No te parece extraño que robara un asado?

—Cuando llevas en la policía tanto tiempo como yo, nada te parece demasiado extraño.

Morelli se acabó el café, enjuagó la taza y la puso en el lavaplatos.

—Tengo que irme. ¿Te quedas aquí?

—No. Necesito que me lleves a mi apartamento. Tengo que hacer cosas y visitar a alguna gente —y no me vendrían mal un par de zapatos.

Morelli me dejó frente a la puerta de mi edificio. Entré descalza, con la ropa de Morelli y la mía en la mano. El señor Morganstern estaba en el portal.

—Debe de haber sido una noche memorable —dijo—. Le doy diez dólares si me cuenta los detalles.

—De ninguna manera. Es usted demasiado joven.

—¿Y si le doy veinte? Pero tendrá que esperar a primeros de mes, cuando reciba el cheque de la Seguridad Social.

Diez minutos después salía por la puerta ya vestida. Quería alcanzar a Melvin Baylor antes de que se fuera a trabajar. En honor a la Harley, me había puesto vaqueros, camiseta y la chupa de cuero. Salí rugiendo del aparcamiento y pillé a Melvin intentando abrir su coche. La cerradura estaba oxidada y Melvin no conseguía girar la llave. Por qué razón se empeñaba en cerrar aquel coche se escapaba a mi comprensión. Nadie querría robarlo. Iba vestido con traje y corbata y, salvo por los oscuros círculos que rodeaban sus ojos, tenía mucho mejor aspecto.

—Detesto molestarle —le dije—, pero tiene que ir al juzgado a renovar la fecha de juicio.

—¿Y qué pasa con el trabajo? Tengo que ir a trabajar.

Melvin Baylor era un hombrecito encantador. Cómo tuvo el valor de mear en la tarta de bodas era un misterio.

—Tendrá que llegar tarde. Voy a llamar a Vinnie para que nos espere en el ayuntamiento y con un poco de suerte no tardaremos mucho.

—No puedo abrir el coche.

—Pues ha tenido suerte, porque le voy a llevar en mi moto.

—Odio este coche —dijo Melvin. Retrocedió y le propinó una patada a la puerta del coche, de la que cayó un trozo de metal oxidado. Agarró el espejo retrovisor, lo arrancó y lo tiró al suelo—. ¡Puto coche! —dijo lanzando el retrovisor de una patada al otro lado de la calle.

—Ha estado bien —dije—. Pero ahora deberíamos irnos.

—No he terminado —dijo Melvin intentando abrir el maletero, con la misma falta de éxito—. *¡Joder!* —gritó. Se subió por el parachoques al maletero y se puso a pegar saltos. Luego subió al techo y allí siguió saltando.

—Melvin —dije—, creo que está un poquito fuera de control.

—Odio mi vida. Odio mi coche. Odio este traje —se bajó del coche, medio cayéndose, y volvió a intentar abrir el maletero. Esta vez lo consiguió. Rebuscó un poco en su interior y sacó un bate de béisbol—. ¡Ajá! —dijo.

¡Ay, madre!

Melvin se retiró y le atizó al coche con el bate. Y le atizó otra vez y otra vez, rompiendo a sudar. Destrozó una ventanilla y los cristales saltaron por los aires. Retrocedió y se miró una mano. Tenía un gran corte. Había sangre por todas partes.

¡Mierda! Me bajé de la moto y senté a Melvin en el bordillo. Todas las amas de casa del vecindario estaban en la calle contemplando el espectáculo.

—Necesito una toalla —dije. Luego llamé a Valerie y le dije que trajera el Buick a casa de Melvin.

Valerie llegó al cabo de un par de minutos. Melvin tenía la mano envuelta en una toalla, pero el traje y los zapatos estaban salpicados de sangre. Valerie salió del coche, vio a Melvin y se desplomó, crac, en el césped de los Selig. Dejé a Valerie tirada en el césped y me llevé a Melvin a urgencias. Le dejé ingresado y volví a la casa de los Selig. No tenía tiempo para esperar a que le cosieran. A no ser que la pérdida de sangre le provocara un shock, probablemente estaría allí durante horas antes de que le viera un médico.

Valerie estaba de pie junto al bordillo, con expresión confusa.

—No sabía qué hacer —me dijo—. No sé conducir la moto.

—No te preocupes. Te devuelvo el Buick.

—¿Qué le pasaba a Melvin?

—Una explosión de temperamento. Se recuperará.

Lo siguiente de la lista era pasarme por la oficina. Yo creía que me había vestido para la ocasión, pero Lula me dejó como una aficionada. Llevaba botas de la tienda Harley, pantalones de cuero, chaleco de cuero y las llaves en una cadena sujeta al cinturón. Y colgada en el respaldo de la silla tenía una chaqueta de cuero con flecos en las mangas y el escudo de Harley cosido en la espalda.

—Por si tenemos que salir en la moto —dijo.

«Aterradora motorista negra vestida de cuero provoca el caos en las autopistas. Kilómetros de atasco debido a conductores con tortícolis.»

—Será mejor que te sientes para que te cuente lo que sé de DeChooch —me dijo Connie.

Miré a Lula.

—¿Tú ya sabes lo de DeChooch?

La cara de Lula se iluminó con una sonrisa.

—Sí. Connie me lo ha contado al llegar esta mañana. Y tiene razón, será mejor que te sientes.

—Esto sólo lo sabe la gente de la familia —dijo Connie—. Se ha mantenido en estricto secreto, o sea, que tienes que guardártelo para ti sola.

—¿De qué familia estamos hablando?

—De *la* familia.

—Entendido.

—Pues ésta es la cosa...

Lula ya se estaba riendo, incapaz de contenerse.

—Lo siento —dijo—. Es que me parto. Cuando lo oigas te caerás de la silla, ya verás.

—Eddie DeChooch se comprometió a hacer contrabando de cigarrillos —dijo Connie—. Pensó que era una operación pequeña y que la podría llevar a cabo él solo. Alquiló un camión y lo condujo hasta Richmond, donde recogió los cartones de cigarrillos. Mientras está allí Louie D tiene un ataque cardíaco fatal. Como probablemente sepas, Louie D es de Jersey. Ha vivido en Jersey toda su vida, hasta que, hace un par de años, se trasladó a Richmond para ocuparse de ciertos negocios. Por eso, cuando Louie estira la pata, DeChooch coge el teléfono y lo notifica inmediatamente a la familia de Jersey.

»A la primera persona que llama DeChooch es a Anthony Thumbs —Connie hizo una pausa, se inclinó hacia delante y bajó la voz—. ¿Sabes a quién me refiero cuando hablo de Anthony Thumbs?

Asentí. Anthony Thumbs controla Trenton. Lo que dudo que sea un gran honor, dado que Trenton no es exactamente el centro de las actividades del hampa. Su verdadero nombre es Anthony Thumbelli, pero todo el mundo le llama Anthony Thumbs. Puesto que Thumbelli no es un apellido italiano muy frecuente, me imagino que fue fabricado en Ellis Island, como el apellido de mi abuelo Plum fue abreviado de Plumerri por un funcionario desbordado de trabajo.

Connie continuó.

—Anthony Thumbs nunca le ha tenido mucho cariño a Louie D, pero Louie D está muy bien relacionado, de alguna manera poco clara, y Anthony sabe que la cúpula de la familia está en Trenton. Así que Anthony Thumbs hace lo más sensato como cabeza de familia y le dice a DeChooch que acompañe al cuerpo de Louie D hasta Jersey para que lo entierren. Lo que pasa es que Anthony Thumbs, que no se distingue por ser el hombre más elocuente de la tierra, le dice a Eddie DeChooch, que no oye nada: "Tráeme a ese cabrón aquí". Cito textualmente. Anthony Thumbs le dice a Eddie DeChooch "Tráeme a ese cabrón aquí".

»DeChooch sabe que entre Louie D y Anthony Thumbs no existía precisamente amor. Y cree que es una *vendetta* y piensa que Anthony Thumbs le ha dicho: "Tráeme el *corazón* a mí".

Me quedé boquiabierta.

—¿Qué?

Connie sonreía y por las mejillas de Lula corrían lágrimas de risa.

—Me encanta esta parte —dijo Lula—. Me encanta esta parte.

—Lo juro por Dios —dijo Connie— DeChooch creyó que Anthony Thumbs quería el corazón de Louie D. Total, que DeChooch se cuela en la funeraria por la noche y, haciendo un trabajo fino de carnicería, raja a Louie D y le saca el corazón. Al parecer, tuvo que romperle un par de costillas. El director de la funeraria... —Connie tuvo que detenerse un instante para recomponerse—. El director de la funeraria dijo que nunca había visto un trabajo tan profesional.

Lula y Connie se reían tanto que tuvieron que apoyarse en el escritorio con ambas manos para no caer rodando por el suelo.

Me puse una mano sobre la boca, sin saber si unirme a la risa del grupo o seguir mi propio impulso y vomitar.

Connie se sonó la nariz y se secó las lágrimas con un pañuelo de papel limpio.

—Vale. Total, que DeChooch mete el corazón en una nevera portátil con un poco de hielo y se pone en camino hacia Trenton con los cigarrillos y el corazón. Le lleva la nevera a Anthony Thumbs y le dice, henchido de orgullo, que le ha traído el corazón de Louie D.

»Como es lógico, Anthony se pone como una fiera y le dice a DeChooch que se lleve el puto corazón a Richmond y que haga que el enterrador se lo devuelva a Louie D.

»Les hacen jurar silencio a todos, porque no sólo es una situación embarazosa, además es una peligrosa falta de respeto entre dos facciones de la familia que, incluso en los mejores momentos, no se llevan demasiado bien. Y para colmo, la mujer de Louie D, que es una mujer muy religiosa, está alucinando porque han profanado el féretro de su marido. Sophia DeStephano se ha erigido en protectora del alma inmortal de Louie y está decidida a enterrarle completo, caiga quien caiga. Le ha dado un ultimátum a DeChooch: o devuelve el corazón de Louie o lo convierte en hamburguesas.

—¿En hamburguesas?

—Una de las actividades de Louie es una planta procesadora de carne.

No pude controlar un escalofrío.

—Y aquí es donde las cosas se ponen confusas. DeChooch, no se sabe cómo, pierde el corazón.

Era tan alucinante que no estaba segura de si Connie me estaba contando la verdad o si ella y Lula se habían inventado todo aquello para gastarme una broma.

—¿Perdió el corazón? —dije—. ¿Cómo pudo perder el corazón?

Connie levantó las palmas de las manos como si no se lo acabara de creer.

—Eso es lo que me ha contado la tía Flo, y es todo lo que ella sabe.

—No me extraña que DeChooch esté deprimido.

—Claro... —dijo Lula.

—¿Y qué tiene que ver Loretta Ricci con todo esto?

Connie volvió a levantar las manos.

—No lo sé.

—¿Y El Porreta y Dougie?

—Tampoco lo sé —dijo Connie.

—O sea, que lo que busca DeChooch es el corazón de Louie D.

Connie no dejaba de sonreír. Aquello le encantaba.

—Eso parece.

Me quedé pensando un minuto.

—En algún momento, DeChooch supuso que el corazón lo tenía Dougie. Y luego, que lo tenía El Porreta.

—Sí —dijo Lula—, y ahora cree que lo tienes *tú*.

Una miríada de puntitos negros me nublaron la vista, y en mi cabeza se pusieron a sonar campanas.

—Huy, huy —dijo Lula—, no tienes muy buena pinta.

Puse la cabeza entre las piernas e intenté respirar profundamente.

—¡Cree que tengo el corazón de Louie D! —dije—. Cree que voy por ahí con un corazón. Dios mío, ¿qué clase de persona se pasea por ahí con el corazón de un muerto? Creía que se trataba de drogas. Creía que estábamos negociando con cocaína de El Porreta. ¿Cómo voy a hacer un trato con un corazón?

—No me parece que eso deba preocuparte —dijo Lula—, puesto que DeChooch no tiene ni a El Porreta ni a Dougie.

Le conté a Connie lo de la limusina y El Porreta.

—¿A que es increíble? —dijo Lula—. A El Porreta lo ha secuestrado una ancianita. Puede que fuera la mujer de Louie D intentando recuperar el corazón de su marido.

—Más vale que no haya sido la mujer de Louie D —dijo Connie—. En comparación con ella la madre de Morelli parece cuerda. Por ahí se cuenta que una vez pensó que una de sus vecinas la despreciaba, y al día siguiente encontraron a aquella mujer muerta, con la lengua cortada.

—¿Le dijo a Louie que la matara?

—No —dijo Connie—. Louie no estaba en casa en aquel momento. Estaba en viaje de negocios.

—Dios mío.

—De todas formas no creo que haya sido Sophia, porque he oído que lleva encerrada en casa desde que murió Louie, encendiendo velas y maldiciendo a DeChooch —Connie reflexionó un instante—. ¿Sabes quién más pudo secuestrar a El Porreta? La hermana de Louie D, Estelle Colucci.

En cualquier caso, secuestrar a El Porreta no era muy difícil. Basta con ofrecerle un porro para que te siga hasta los confines de la Tierra.

—Tal vez deberíamos ir a hablar con Estelle Colucci —le dije a Lula.

—Estoy dispuesta a todo —dijo Lula.

Benny y Estelle Colucci vivían en una casa de dos pisos del Burg primorosamente limpia. En realidad, todas las casas del Burg están primorosamente limpias. Es imprescindible para la supervivencia. El gusto en la decoración puede variar, pero las ventanas tienen que estar bien limpias siempre.

Aparqué la moto enfrente de la casa de los Colucci, llegué hasta la puerta y llamé. Nadie respondió. Lula se metió entre los arbustos que había debajo de las ventanas y echó una mirada dentro.

—No se ve a nadie —dijo—. No hay luces encendidas. La tele está apagada.

Luego probamos en el club. Benny no estaba. Seguí dos calles más en dirección a Hamilton y reconocí el coche de Benny en la esquina de Hamilton con Grand, aparcado delante del

Tip Top Sandwich Shop. Lula y yo husmeamos a través de la cristalera. Benny y Ziggy estaban desayunando dentro.

El Tip Top es un café oscuro y estrecho que ofrece comidas caseras a precios razonables. El linóleo verde y negro del suelo está agrietado, las lámparas del techo dan una luz mortecina por la grasa que las cubre y los asientos de polipiel de las mesas están reparados con cinta de embalar. Mickey Spritz fue cocinero del ejército durante la guerra de Corea. Abrió el Tip Top cuando volvió del frente, hace treinta años, y desde entonces no ha cambiado nada. Ni el suelo, ni los asientos, ni el menú. Mickey y su mujer se encargan de la cocina. Y un deficiente mental, Pookie Potter, sirve las mesas y lava los platos.

Benny y Ziggy estaban concentrados comiéndose su desayuno cuando Lula y yo nos acercamos a ellos.

—¡Demontres! —dijo Benny, levantando la mirada de los huevos y viendo a Lula con su modelo de cuero—. ¿De dónde saca a esta gente?

—Hemos pasado por su casa —le dije a Benny—. No había nadie.

—Claro. Porque estoy aquí.

—¿Y Estelle? Estelle tampoco estaba en casa.

—Ha habido un fallecimiento en la familia —dijo Benny—. Estelle va a estar fuera de la ciudad un par de días.

—Me imagino que se refiere a Louie D —dije—. Y a la pifia.

Había logrado captar la atención de Benny y Ziggy.

—¿Sabe lo de la pifia? —preguntó Benny.

—Sé lo del corazón.

—¡Santo Cristo Bendito! —dijo Benny—. Creí que estaba tirándose un farol.

—¿Dónde está El Porreta?

—Ya le he dicho que no sé dónde está, pero, joder, mi mujer me está volviendo loco con el rollo del corazón. Tiene que darme el corazón. No oigo hablar de otra cosa... que tengo que conseguir el corazón. Soy humano, ¿sabe lo que quiero decir? No puedo soportarlo más.

—Benny tampoco está muy bien —dijo Ziggy—. También tiene sus enfermedades. Debería darle el corazón para que pueda descansar. Sería lo mejor que podría hacer.

—Y piense en Louie D, enterrado sin corazón —dijo Benny—. No está bien. Uno debe tener el corazón cuando lo entierran.

—¿Cuándo se fue Estelle a Richmond?

—El lunes.

—El mismo día en que desapareció El Porreta —dije.

Benny se me acercó.

—¿Qué está sugiriendo?

—Que Estelle secuestró a El Porreta.

Benny y Ziggy se miraron el uno al otro. No habían considerado aquella posibilidad.

—Estelle no hace ese tipo de cosas —dijo Benny.

—¿Cómo se fue a Richmond? ¿Alquiló una limusina?

—No. Se llevó su coche. Iba a Richmond a visitar a la mujer de Louie D, Sophia, y luego se iba a Norfolk. Tenemos una hija allí.

—Me imagino que no llevará una foto de Estelle encima.

Benny sacó la cartera y me enseñó una fotografía de Estelle. Era una mujer de aspecto agradable, con la cara redonda y el pelo corto y canoso.

—Bueno, yo tengo el corazón y ahora les corresponde a ustedes averiguar quién tiene a El Porreta —le dije a Benny.

Lula y yo nos fuimos.

—¡Hostia! —dijo Lula cuando estuvimos en la moto—. Te has portado muy fríamente con ellos. Me has hecho creer que de verdad sabías lo que hacías. Vamos, como que casi me he creído que tenías el corazón.

Lula y yo regresamos a la oficina y mi teléfono móvil sonó en el momento en que cruzábamos la puerta.

—¿Está tu abuela contigo? —me preguntó mi madre—. Se fue a la panadería esta mañana a primera hora, a comprar unos bollos, y todavía no ha vuelto.

—No la he visto.

—Tu padre ha salido a buscarla, pero no la ha podido encontrar. Y yo he llamado a todas sus amigas. Hace horas que desapareció.

—¿Cuántas horas?

—No lo sé. Un par de horas. Pero es que no suele hacer algo así. Siempre vuelve a casa directamente desde la panadería.

—De acuerdo —dije—, me voy a buscar a la abuela. Llámame si aparece.

Corté la comunicación y el teléfono sonó otra vez inmediatamente.

Era Eddie DeChooch.

—¿Sigues teniendo el corazón? —quería saber.

—Sí.

—Bueno, pues yo tengo algo para negociar.

Tuve una mala sensación en el estómago.

—¿El Porreta?

—Inténtalo de nuevo.

Se oyeron unos ruidos y la abuela se puso al teléfono.

—¿Qué es todo ese rollo del corazón? —preguntó la abuela.

—Es bastante complicado. ¿Estás bien?

—Hoy tengo un poco de artritis en la rodilla.

—No. Me refiero a si Choochy te está tratando bien.

Oí como DeChooch apuntaba a la abuela lo que tenía que decir. «Dile que estás secuestrada —decía—. Dile que te voy a volar la cabeza si no me da el corazón».

—No le voy a decir tal cosa —dijo la abuela—. ¿Cómo le sonaría? Y tampoco te hagas ideas raras. El que me hayas secuestrado no significa que sea fácil. No voy a hacer nada contigo a no ser que tomes precauciones. No les voy a dar la menor oportunidad a esas enfermedades.

DeChooch volvió a coger el teléfono.

—Éste es el trato: lleva el teléfono móvil y el corazón de Louie D al Centro Comercial Quaker Bridge y yo te llamaré a las siete en punto. Si metes en esto a la policía, tu abuela morirá.

Once

—¿De qué iba eso? —preguntó Lula.

—DeChooch tiene a la abuela Mazur en su poder. Quiere cambiarla por el corazón. Tengo que llevarle el corazón al Centro Comercial Quaker Bridge y él me llamará a las siete con nuevas instrucciones. Me ha dicho que la matará si aviso a la policía.

—Los secuestradores siempre dicen eso —dijo Lula—. Viene en el manual del secuestrador.

—¿Qué vas a hacer? —preguntó Connie—. ¿Tienes alguna idea de quién tiene el corazón?

—Espera un momento —dijo Lula—. El corazón de Louie D no tiene su nombre grabado encima. ¿Por qué no nos hacemos con otro corazón? ¿Cómo se iba a dar cuenta Eddie De-Chooch de que no es el de Louie D? Estoy segura de que podríamos darle a Eddie DeChooch un corazón de vaca y no se enteraría. Lo único que tenemos que hacer es ir a una carnicería y pedir un corazón de vaca. No iremos a una carnicería del Burg porque podrían contarlo por ahí. Iremos a otra carnicería. Conozco un par de ellas en la calle Stark. O podríamos probar en Price Chopper. Tienen un departamento de carnes muy bueno.

—Me sorprende que DeChooch no lo haya pensado antes. Nadie ha visto el corazón de Louie D salvo DeChooch. Y él no ve una mierda. Probablemente DeChooch se llevó el asado del frigorífico de Dougie creyendo que era el corazón.

—Lula ha tenido una buena idea —dijo Connie—. Puede funcionar.

Levanté la cabeza de entre las piernas.

—¡Es espeluznante!

—¡Sí! —dijo Lula—. Eso es lo mejor.

Miró el reloj de la pared.

—Es hora de comer. Vamos a por una hamburguesa y luego iremos a comprar el corazón.

Llamé a mi madre por el teléfono de Connie.

—No te preocupes por la abuela —dije—. Ya sé dónde está y la iré a recoger esta noche.

Y colgué antes de que pudiera hacer preguntas.

Después de comer, Lula y yo fuimos al Price Chopper.

—Queremos un corazón —le dijo Lula al carnicero—. Y tiene que estar en buenas condiciones.

—Lo siento —dijo él—, no tenemos corazones. ¿No prefieren otra pieza de casquería? Hígado, por ejemplo. Tenemos unos hígados de ternera muy buenos.

—Tiene que ser corazón —dijo Lula—. ¿Sabe dónde podríamos conseguir uno?

—Por lo que yo sé, los mandan todos a una fábrica de comida de perro en Arkansas.

—No tenemos tiempo para irnos a Arkansas —dijo Lula—. Pero gracias.

De camino a la salida nos detuvimos en un departamento de cosas para el cámping y compramos una pequeña nevera portátil blanca y roja.

—Es perfecta —dijo Lula—. Ya sólo necesitamos el corazón.

—¿Crees que tendremos más suerte en la calle Stark?

—Conozco algunas carnicerías de allí que venden cosas de las que preferirías no saber nada —dijo Lula—. Si no tienen un corazón, nos conseguirán uno sin hacer preguntas.

En la calle Stark había zonas que hacían que Bosnia pareciera bonita. Lula trabajaba en la calle Stark cuando era puta. Era una calle larga, de negocios deprimidos, viviendas deprimidas y gente deprimida.

Tardamos casi media hora en llegar allí, callejeando por el centro, disfrutando de los tubos de escape rectificados y de la atención que exige una moto como aquélla.

Era un soleado día de abril, pero la calle Stark parecía tenebrosa. Hojas de periódico revoloteaban por la calle y se pegaban a los bordillos y a las escaleras de cemento de los edificios sórdidos. Las fachadas de ladrillo estaban llenas de eslóganes de pandillas pintados con spray. De vez en cuando se veía un edificio incendiado y desolado, con las ventanas ennegrecidas y tapadas con tablones. Pequeños comercios se agazapaban entre las casas alineadas. Bar & Parrilla de Andy, Garaje de la calle Stark, Electrodomésticos Stan, Carnicería de Omar.

—Ésa es —dijo Lula—. La carnicería de Omar. Si se usa para comida de perro, Omar lo vende para sopa. Lo único que necesitamos es asegurarnos de que el corazón no esté latiendo todavía cuando nos lo dé.

—¿Puedo dejar la moto aparcada en la calle con tranquilidad?

—¡Dios mío, no! Apárcala en la acera, cerca del escaparate, para que podamos vigilarla.

Detrás del mostrador había un negro inmenso. Llevaba el pelo muy corto y jaspeado de gris. Su delantal blanco de carnicero estaba salpicado de sangre. Llevaba una gruesa cadena de oro al cuello y un solo pendiente con un brillante. Al vernos sonrió de oreja a oreja.

—¡Lula! Qué guapa estás. No te veía desde que dejaste de trabajar en la calle. Me gustan los cueros.

—Éste es Omar —me dijo Lula—. Es tan rico como Bill Gates. Sigue llevando esta carnicería porque le gusta meter la mano en el culo de las gallinas.

Omar echó la cabeza para atrás y se rió, y el sonido era igual que el eco de la Harley entre las fachadas de los edificios de la calle Stark.

—¿Qué puedo hacer por ti? —le preguntó Omar a Lula.

—Necesito un corazón.

Omar no pestañeó. Me imagino que le pedirían corazones todo el tiempo.

—Muy bien —dijo—. ¿Qué clase de corazón necesitas? ¿Qué vas a hacer con él? ¿Sopa? ¿Lo vas a freír en rodajas?

—¿Supongo que no tendrás ningún corazón humano, verdad?

—Hoy no. Sólo los traigo por encargo.

—Entonces, ¿cuál es el que más se parece?

—El de cerdo. Apenas se pueden distinguir.

—Vale. Me llevo uno.

Omar fue al mostrador del fondo y rebuscó en una cubeta de órganos. Sacó uno y lo puso en la báscula, sobre un trozo de papel encerado.

—¿Qué te parece?

Lula y yo miramos por los lados de la báscula.

—No sé mucho de corazones —le dijo Lula a Omar—. A lo mejor tú nos puedes ayudar. Estamos buscando un corazón que le encaje a un *cerdo* de unos cien kilos que acaba de tener un ataque al corazón.

—¿Un cerdo de qué edad?

—Sesenta y muchos, puede que setenta años.

—Un cerdo muy viejo —dijo Omar. Volvió al mostrador y sacó un segundo corazón—. Éste lleva algún tiempo en la cubeta. No sé si el cerdo tuvo un ataque al corazón, pero no tiene muy buena pinta —lo apretó con un dedo—. No es que le falte nada, pero da la impresión de que llevaba mucho tiempo trabajando, ¿sabéis lo que quiero decir?

—¿Cuánto cuesta? —preguntó Lula.

—Tienes suerte. Éste está en oferta. Puedo dártelo a mitad de precio.

Lula y yo intercambiamos miradas.

—Vale, me lo llevo —dije.

Omar miró por encima del mostrador la nevera de Lula.

—¿Quieres que te envuelva a Porky o prefieres que te lo ponga en hielo?

Mientras volvíamos a la oficina me paré en un semáforo y un tío en una Harley Fat Boy se detuvo a mi lado.

—Bonita moto —dijo—. ¿Qué lleváis en la nevera?

—El corazón de un cerdo —le dijo Lula.

El semáforo se abrió y los dos arrancamos.

Cinco minutos después estábamos en la oficina, enseñándole el corazón a Connie.

—Madre mía, parece auténtico —dijo Connie.

Lula y yo la miramos levantando las cejas.

—No es que yo lo sepa —dijo Connie.

—Va a resultar bien —dijo Lula—. Lo único que tenemos que hacer es cambiarlo por la abuela.

Tenía retortijones de miedo en el estómago. Breves temblores nerviosos me cortaban la respiración. No quería que le pasara nada malo a la abuela.

Cuando éramos pequeñas, Valerie y yo nos peleábamos todo el rato. A mí siempre se me ocurrían ideas peregrinas y Valerie se chivaba a mi madre. «Stephanie está en el techo del garaje intentando volar», le gritaba Valerie a mi madre entrando a la carrera en la cocina. O «Stephanie está en el patio de atrás intentando hacer pis de pie, como los chicos». Después de que mi madre me hubiera reñido, y cuando no me veía nadie, yo le daba a Valerie un buen pescozón. *¡Zas!* Y entonces nos peleábamos. Y entonces mi madre me volvía a reñir a mí. Y entonces yo me iba de casa.

Siempre me iba a casa de la abuela Mazur. La abuela Mazur nunca me juzgaba. Ahora sé por qué. La abuela Mazur estaba tan loca como yo.

La abuela Mazur me recibía sin una sola palabra de recriminación. Sacaba las cuatro banquetas de la cocina a la sala de estar, las colocaba formando un cuadrado y las cubría con una sábana. Me daba una almohada y algunos libros para leer y me decía que me metiera en la tienda que había montado. Al cabo de un par de minutos deslizaba por debajo de la sábana un plato de galletas o un sándwich.

En algún momento de la tarde, antes de que el abuelo regresara del trabajo, mi madre me venía a buscar y todo volvía a la normalidad.

Y ahora la abuela estaba con el trastornado de Eddie De-Chooch. Y a las siete la iba a cambiar por un corazón de cerdo.

—¡Agh! —dije.

Lula y Connie me miraron.

—Pensaba en voz alta —les dije—. Quizás debería llamar a Joe o a Ranger para que me ayuden.

—Joe es policía —dijo Lula—. Y DeChooch ha dicho que nada de policía.

—No tendría por qué enterarse de que Joe está allí.

—¿Crees que le iba a gustar el plan?

Ése era el problema. Tenía que contarle a Joe que iba a canjear a la abuela por un corazón de cerdo. Era distinto desvelar un plan como aquél una vez que todo hubiera acabado y hubiera salido bien. Por el momento sonaba como cuando quería volar desde el techo del garaje.

—Puede que a él se le ocurra un plan mejor —dije.

—DeChooch sólo quiere una cosa —dijo Lula—. Y tú la tienes en esa nevera.

—¡Lo que tengo en esa nevera es un *corazón de cerdo*!

—Bueno, sí, *técnicamente* es así —dijo Lula.

Probablemente Ranger sería la mejor opción. Ranger se llevaba bien con todos los chiflados del mundo... como Lula, la abuela y yo.

Ranger no contestaba a su teléfono móvil, así que llamé a su buscapersonas y me devolvió la llamada en menos de un minuto.

—Tenemos un problema nuevo en el asunto DeChooch —le dije—. Tiene a la abuela.

—Una pareja divina —dijo Ranger.

—¡Estoy hablando en serio! He corrido la voz de que yo tenía lo que DeChooch estaba buscando. Y como no tiene a El Porreta ha secuestrado a la abuela para tener algo que canjear. Hemos quedado a las siete para hacer el trueque.

—¿Qué piensas darle a DeChooch?

—El corazón de un cerdo.

—Me parece justo —dijo Ranger.

—Es una historia muy larga.

—Y ¿qué puedo hacer por ti?

—Podrías cubrirme las espaldas por si algo sale mal.

Luego le conté el plan.

—Dile a Vinnie que te ponga un micrófono —dijo Ranger—. Yo me pasaré por la oficina esta tarde para recoger el receptor. Enciende el micro a las seis y media.

—¿El precio sigue siendo el mismo?

—Esto es cortesía de la casa.

Después de que me pusieran el micro, Lula y yo decidimos ir al centro comercial. Lula necesitaba unos zapatos y yo necesitaba dejar de pensar en la abuela.

Quaker Bridge es un centro comercial de dos plantas próximo a la autopista 1, entre Trenton y Princeton. Tiene todas las tiendas típicas de los centros comerciales, más un par de grandes almacenes flanqueando cada extremo, con un Macy's en el centro. Aparqué la moto cerca de la puerta del Macy's, porque tenían una oferta de zapatos.

—Fíjate —me dijo Lula en el departamento de zapatería—. Somos la única pareja que lleva una nevera de cámping.

A decir verdad, yo llevaba la nevera como si me fuera la vida en ello, sujetándola contra el pecho con ambas manos. Lula seguía vestida de cuero. Yo llevaba botas y vaqueros, los dos ojos morados y una nevera. Y la gente, por mirarnos, se estrellaba contra maniquíes y expositores.

Regla número uno de los cazarrecompensas... pasar inadvertido.

Mi móvil sonó y casi se me cae la nevera al suelo.

Era Ranger.

—¿Qué demonios haces? Estáis llamando tanto la atención que tenéis un guarda de seguridad detrás de vosotras. Probablemente cree que lleváis una bomba en la nevera.

—Estoy un poco nerviosa.

—No jodas.

Y colgó.

—Escucha —le dije a Lula—, ¿por qué no comemos un trozo de pizza y nos relajamos hasta que llegue la hora?

—Me parece bien —dijo Lula—. De todas maneras, no veo ningún zapato que me guste.

A las seis y media escurrí el hielo derretido de la nevera y le pedí al chaval de la pizzería un poco de hielo nuevo.

Me dio un vaso lleno.

—La verdad es que lo necesito para la nevera —dije—. Necesito algo más que un vaso.

Miró la nevera por encima del mostrador.

—No creo que me permitan dar tanto hielo.

—Si no nos das el hielo vamos a tener un problema con el corazón —le dijo Lula—. Tiene que estar frío.

El chaval le echó una nueva mirada a la nevera.

—¿El corazón?

Lula levantó la tapa de la nevera y le enseñó el corazón.

—¡Hostias!, señora —dijo el chaval—. Llévense todo el hielo que quieran.

Llenamos la nevera sólo hasta la mitad, para que el corazón se viera fresco y bien en su lecho de hielo nuevo. Luego me fui al lavabo de señoras y encendí el micrófono.

—Probando —dije—. ¿Me escuchas?

Un segundo después sonaba mi móvil.

—Te escucho —dijo Ranger—. Y también a la señora del retrete de al lado.

Dejé a Lula en la pizzería y fui andando hasta el corazón del centro comercial, delante del Macy's. Me senté en un banco, con la nevera encima de las piernas y el teléfono móvil en el bolsillo de la chaqueta, para tenerlo a mano.

Sonó exactamente a las siete en punto.

—¿Estás lista para recibir instrucciones? —preguntó De-Chooch.

—Estoy lista.

—Pasa por debajo del primer paso elevado de la autopista 1 en dirección sur...

Y en ese mismo instante el guarda de seguridad me dio unos golpecitos en el hombro.

—Disculpe, señora —dijo—, pero voy a tener que pedirle que me deje echarle un vistazo al contenido de esa nevera.

—¿Quién está ahí? —quiso saber DeChooch—. ¿Quién es?

—Nadie —le dije a DeChooch—. Siga con las instrucciones.

—Voy a tener que pedirle que se aleje de la nevera —dijo el guardia—. *Ahora mismo.*

Con el rabillo del ojo vi que se acercaba otro guardia.

—Escuche —le dije a DeChooch—. Tengo un pequeño problema en este momento. ¿Podría volver a llamarme dentro de unos diez minutos?

—Esto no me gusta —dijo DeChooch—. Se acabó. No hay trato.

—¡No! ¡Espere!

Colgó.

Mierda.

—¿Qué le *pasa* a usted? —le dije al guardia—. ¿No ha visto que estaba hablando por teléfono? ¿Esto es tan importante que no podía esperar dos segundos? ¿Es que no les enseñan nada en la escuela de polis de alquiler?

Había sacado la pistola.

—Limítese a alejarse de la caja.

Yo sabía que Ranger estaría observando desde algún sitio, y seguramente le estaría costando aguantar la risa.

Dejé la nevera en el banco y me retiré unos pasos.

—Ahora alargue el brazo derecho y abra la tapa para que pueda ver lo que hay —dijo el guardia.

Hice lo que me pedía.

Él se inclinó sobre la nevera y miró dentro.

—¿Qué demonios es eso?

—Es un corazón. ¿Pasa algo? ¿Es ilegal llevar un corazón a un centro comercial?

Ahora ya eran dos guardias. Se miraron el uno al otro. El manual de poli de alquiler no decía nada sobre esto.

—Sentimos haberla molestado —dijo el guardia—. Parecía sospechosa.

—Subnormal —le solté.

Luego cerré la tapa, agarré la nevera y volví a toda prisa a la pizzería, donde estaba Lula.

—Ah-ah —dijo Lula—. ¿Cómo es que todavía tienes esa nevera? Tendrías que volver con la abuela.

—La he pifiado.

Ranger me esperaba junto a la moto.

—Si alguna vez necesito que me rescaten, hazme un favor y no te comprometas a hacerlo tú —dijo. Metió la mano por debajo de mi camiseta y apagó el micrófono—. No te preocupes. Volverá a llamar. ¿Cómo podría resistirse a un corazón de cerdo? —Ranger echó una mirada al interior de la nevera y sonrió—. Es un corazón de cerdo de verdad.

—Se supone que es el corazón de Louie D —le dije—. De-Chooch se lo quitó por error. Y luego, no se sabe cómo, lo perdió mientras volvía de Richmond.

—Y tú le vas a dar un corazón de cerdo —dijo Ranger.

—Teníamos poco tiempo —dijo Lula—. Intentamos conseguir uno normal, pero sólo los sirven por encargo.

—Bonita moto —me dijo Ranger—. Te pega.

Y sin más, se metió en su coche y desapareció.

Lula se abanicó.

—Ese hombre está *buenísimo*.

Llamé a mi madre en cuanto llegué al apartamento.

—No te preocupes por la abuela —le dije—. Va a pasar la noche con una amistad.

—¿Por qué no me ha llamado?

—Imagino que pensaría que bastaba con hablar conmigo.

—Qué cosa tan rara. ¿Esa amistad es un hombre?

—Sí.

Oí el ruido de un plato al romperse y mi madre colgó el teléfono.

Había dejado la nevera encima del mostrador de la cocina. Ojeé su contenido y lo que vi no me hizo muy feliz. El hielo se estaba derritiendo y el corazón no tenía muy buena pinta. Sólo podía hacer una cosa. Congelar aquel puñetero cacharro.

Con mucho cuidado, lo recogí con las manos y lo metí en una bolsa de plástico. Tuve un par de arcadas, pero no poté, y me sentí muy orgullosa por ello. Después lo metí en el congelador.

En el contestador había dos mensajes de Joe. En los dos decía «Llámame».

No era algo que me apeteciera hacer. Me haría preguntas que yo no deseaba contestar. Sobre todo después de que el intercambio del corazón de cerdo hubiera sido un fiasco. Dentro de mi cabeza había una irritante vocecilla que repetía en un susurro: *Si hubieras llamado a la policía las cosas podrían haber salido mejor.*

¿Y qué sería de la abuela? Aún estaba con Eddie DeChooch. Con el loco y deprimido Eddie DeChooch.

¡A la mierda! Marqué el número de Joe.

—Necesito que me ayudes —dije—. Pero no puedes ser policía.

—Tal vez deberías deletrearme eso que has dicho.

—Te voy a contar una cosa, pero tienes que prometerme que no se lo dirás a nadie y que no lo convertirás en asunto oficial de la policía.

—No puedo hacerlo.

—*Tienes* que hacerlo.

—¿De qué se trata?

—Eddie DeChooch ha secuestrado a mi abuela.

—Sin ánimo de ofender, DeChooch tendrá suerte si sobrevive.

—Me vendría bien algo de compañía. ¿Puedes venir a pasar la noche aquí?

Joe y Bob llegaban media hora después. Bob recorrió el apartamento olisqueando los asientos de las sillas y husmeando en las papeleras, y acabó instalándose delante de la puerta del frigorífico.

—Está a dieta —dijo Morelli—. Hoy hemos ido al veterinario para que le pusiera una inyección y me ha dicho que está demasiado gordo —encendió la televisión y sintonizó un partido de los Rangers—. ¿Quieres contarme qué pasa?

Rompí a llorar.

—DeChooch tiene a la abuela en su poder y yo lo he jodido todo. Ahora estoy asustada. No he sabido nada más de él. ¿Y si ha matado a la abuela? —sollozaba de manera incontrolable. Con unos sollozos desmesurados y estúpidos que me hacían moquear y me ponían la cara hinchada y churretosa.

Morelli me rodeó con los brazos.

—¿Cómo lo has jodido todo?

—Tenía el corazón en la nevera y un guardia de seguridad me detuvo y DeChooch dijo que no quería seguir con el trato.

—¿El corazón?

Señalé la cocina.

—Está en el congelador.

Morelli me soltó y se dirigió al congelador. Oí cómo abría la puerta. Pasó un momento.

—Tienes razón —dijo—. Aquí hay un corazón.

La puerta del congelador se cerró con un bufido.

—Es un corazón de cerdo —le dije.

—Es un alivio.

Le conté toda la historia.

El problema con Morelli es que puede ser un poco complicado de entender. Fue un niño difícil y un adolescente rebelde. Supongo que se ceñía a lo que se esperaba de él. Los hombres Morelli tenían cierta reputación de temerarios. Pero, cuando tenía veintitantos años, Morelli encontró su propio camino. Por eso ahora es difícil saber dónde empieza el nuevo Morelli y dónde acaba el viejo Morelli.

Yo sospechaba que el nuevo Morelli pensaría que la idea de engañar a DeChooch con un corazón de cerdo era una chaladura. Más aún, sospechaba que esto avivaría las llamas de sus temores de que estaba a punto de casarse con Lucy Ricardo, la famosa protagonista de *Te quiero Lucy*.

—Lo del corazón de cerdo ha sido una idea muy inteligente por tu parte —dijo Morelli.

Casi me caigo del sofá.

—Si me hubieras llamado a mí en lugar de a Ranger, habría acordonado la zona.

—Ahora me doy cuenta —dije—. No quería hacer nada que ahuyentara a DeChooch.

Los dos pegamos un brinco cuando sonó el teléfono.

—Te voy a dar otra oportunidad —dijo DeChooch—. Si la jodes esta vez, adiós a tu abuela.

—¿Está bien?

—Me está volviendo loco.

—Quiero hablar con ella.

—Podrás hablar con ella cuando me entregues el corazón. Éste es el nuevo plan: lleva el corazón y el teléfono móvil al restaurante de Hamilton Township.

—¿Al Silver Dollar?

—Sí. Te llamaré mañana a las siete de la tarde.

—¿Por qué no podemos hacer el intercambio antes?

—Me encantaría hacer el cambio antes, créeme, pero no puedo. ¿El corazón sigue estando en buen estado?

—Lo tengo en hielo.

—¿En cuánto hielo?

—Está congelado.

—Imaginé que tendrías que hacer algo así. Pero asegúrate de que no se le salte algún fragmento. Tuve mucho cuidado al sacarlo. No quiero que ahora tú me lo estropees.

Cortó la comunicación y yo me sentí enferma.

—*Agh*.

Morelli me pasó un brazo por encima de los hombros.

—No te preocupes por tu abuela. Es como ese Buick del 53. Aterradoramente indestructible. Puede que incluso inmortal.

Negué con la cabeza.

—No es más que una viejecita.

—Me sentiría mucho mejor si lograra creerme eso de verdad —dijo Morelli—. Pero creo que estamos ante una generación de mujeres y de coches que desafían las reglas de la ciencia y de la lógica.

—Estás pensando en tu propia abuela.

—Nunca le he dicho esto a nadie, pero en ocasiones me preocupa que realmente pueda echarle el mal de ojo a la gente. A veces me da un miedo atroz.

Rompí a reír. No pude evitarlo. Morelli siempre se había tomado las amenazas y las predicciones de su abuela con la misma naturalidad.

Me puse la sudadera con el número 35 encima de la camiseta y vimos juntos el partido de los Rangers. Después del partido sacamos a pasear a Bob y nos metimos en la cama.

Crack. Arañazo, arañazo. *Crack.*

Morelli y yo nos miramos. Bob estaba escarbando, tirando los platos del mostrador de la cocina en busca de migajas.

—Está hambriento —dijo Morelli—. Tal vez deberíamos encerrarle en el dormitorio con nosotros para que no se coma una silla.

Morelli salió de la cama y regresó con Bob. Cerró la puerta con pestillo y volvió a meterse en la cama. Y Bob saltó a la cama junto a nosotros. Anduvo en círculos cinco o seis veces, escarbó en el edredón, dio unas vueltas más, parecía aturdido.

—Es encantador —le dije a Morelli—. De una forma prehistórica.

Bob dio algunas vueltas más y se empotró entre Morelli y yo. Reposó la cabeza en una esquina de la almohada de Morelli, soltó un suspiro de resignación y se durmió al instante.

—Tienes que hacerte con una cama más grande —dijo Morelli.

Y tampoco tenía que preocuparme por el control de natalidad.

Morelli se levantó de la cama al despuntar el alba.

Yo abrí un ojo.

—¿Qué haces? Apenas ha amanecido.

—No puedo dormir. Bob me está despachurrando. Además, le prometí al veterinario que me ocuparía de que Bob haga algo de ejercicio, así que nos vamos a correr.

—Eso está bien.

—Tú también —dijo Morelli.

—Ni hablar.

—Tengo este perro por tu culpa. O sea que vas a sacar el culo de la cama y a correr con nosotros.

—¡Ni hablar!

Morelli me agarró de un tobillo y me arrastró fuera de la cama.

—No me obligues a ponerme brusco —dijo.

Los dos, de pie, nos quedamos mirando a Bob. Era el único que seguía en la cama. Aún tenía la cabeza apoyada en la almohada, pero su expresión era de preocupación. Bob no era un tipo de perro madrugador. Y tampoco era un gran deportista.

—Levántate —le dijo Morelli a Bob.

Bob apretó los ojos, haciéndose el dormido.

Morelli intentó sacarle de la cama a la fuerza y Bob soltó un gruñido desde lo más profundo de la garganta, realmente amenazador.

—¡Mierda! —dijo Morelli—. ¿Cómo lo haces tú? ¿Cómo consigues que vaya a cagar al jardín de Joyce tan temprano?

—¿Te has enterado de eso?

—Gordon Skyer vive enfrente de Joyce. Y yo juego a la raqueta con Gordon.

—Le soborno con comida.

Morelli se fue a la cocina y regresó con una bolsa de zanahorias.

—Mira lo que he encontrado —dijo—. Tienes comida sana en el frigorífico. Estoy impresionado.

No quería desilusionarle, pero las zanahorias eran para Rex. Las zanahorias sólo me gustan rebozadas en una espesa masa y fritas en abundante aceite, o formando parte de un pastel de zanahoria con montones de crema de queso.

Morelli le ofreció una zanahoria a Bob y éste le lanzó una mirada tipo «debes de estar de cachondeo».

Empezaba a sentir lástima por Morelli.

—Bueno —dije—, vámonos a la cocina a entrechocar algunos cacharros. Bob no podrá resistirse.

Cinco minutos más tarde estábamos arreglados, y Bob llevaba su collar y tenía su cadena enganchada.

—Espera un momento —dije—. No podemos salir todos y dejar el corazón sin vigilar. En este apartamento entra la gente cuando quiere.

—¿Qué gente?

—Benny y Ziggy para empezar.

—La gente no puede meterse en tu casa sin más ni más. Es ilegal. Es allanamiento de morada.

—Qué tontería —dije—. El primer par de veces me pilló por sorpresa, pero con el tiempo te acostumbras —saqué el corazón del congelador—. Se lo voy a dejar al señor Morganstern. Se levanta muy temprano.

—Tengo el congelador estropeado —le dije al señor Morganstern—, y no quiero que esto se me descongele. ¿Me lo puede guardar hasta la hora de la cena?

—Por supuesto —dijo él—. Parece un corazón.

—Es una dieta nueva. Hay que comer un corazón una vez a la semana.

—¿En serio? Tal vez debería probarlo. Últimamente me he encontrado algo flojucho.

Morelli me esperaba en el aparcamiento. Trotaba sin moverse del sitio y Bob tenía los ojos brillantes y sonreía, una vez al aire libre.

—¿Ha evacuado?

—Ya me he ocupado de todo.

Morelli y Bob arrancaron con paso ágil y yo troté torpemente detrás de ellos. Puedo andar seis kilómetros con zapatos de tacón de diez centímetros, y yendo de compras acabo con Morelli, pero no me gusta correr. Bueno, si fuéramos a unas rebajas de bolsos, puede que sí.

Poco a poco me fui quedando más y más atrás. Cuando Morelli y Bob doblaron una esquina y desaparecieron de mi vista, acorté por un jardín y salí a la panadería Fararro. Me compré una caracola de almendras y me encaminé a casa, andando pausadamente mientras disfrutaba de mi bollo. Ya casi estaba en el aparcamiento de casa cuando vi a Morelli y a Bob bajando St. James. Inmediatamente, me puse a trotar y a jadear.

—¿Dónde os habéis metido, chicos? —dije—. Os he perdido.

Morelli sacudió la cabeza con desagrado.

—Qué pena. Tienes azúcar en la camiseta.

—Habrá caído del cielo.

—Patético —dijo Morelli.

Al regresar nos encontramos con Benny y Ziggy en el descansillo.

—Al parecer han estado corriendo —dijo Ziggy—. Es muy sano. Debería hacerlo más gente.

Morelli le puso una mano en el pecho a Ziggy para detenerle.

—¿Qué hacen aquí?

—Hemos venido a ver a la señorita Plum, pero no había nadie.

—Bueno, pues aquí está. ¿No quieren hablar con ella?

—Por supuesto —dijo Ziggy—. ¿Le ha gustado la mermelada?

—Está riquísima. Muchas gracias.

—No habrán entrado en el apartamento ahora, ¿verdad? —preguntó Morelli.

—Nunca haríamos algo así —dijo Benny—. Le tenemos demasiado respeto, ¿verdad, Ziggy?

—Sí, es verdad —dijo Ziggy—. Pero si quisiera, podría hacerlo. Todavía tengo el «toque».

—¿Ha tenido ocasión de hablar con su mujer? —le pregunté a Benny—. ¿Está en Richmond?

—Hablé con ella anoche. Y está en Norfolk. Me dijo que las cosas van tan bien como cabría esperar. Estoy seguro de que usted entenderá que esto ha sido un golpe para todos los afectados.

—Una tragedia. ¿No ha habido noticias de Richmond?

—Lamentablemente, no.

Benny y Ziggy se dirigieron al ascensor y Morelli y yo entramos detrás de Bob a la cocina.

—Han estado aquí dentro, ¿no es cierto? —dijo Morelli.

—Sí. Buscando el corazón. La mujer de Benny está convirtiendo su vida en un infierno mientras no aparezca ese corazón.

Morelli midió una taza de comida y se la dio a Bob. Bob la devoró y buscó más.

—Lo siento, amigo —dijo Morelli—. Esto es lo que pasa cuando uno se pone gordo.

Metí el estómago, sintiéndome culpable por la caracola. Comparada con Morelli yo era una vaca. Morelli tenía los abdominales como una tabla de lavar. Morelli podía hacer flexiones de verdad. Montones. Mentalmente, yo también podía hacer flexiones. En la vida real, las flexiones seguían muy de cerca al placer de correr.

Doce

Eddie DeChooch tenía a la abuela en algún sitio. Probablemente no en el Burg, porque a estas alturas ya me habría enterado de algo. Pero era en el área de Trenton. Las dos llamadas de teléfono eran locales.

Joe había prometido no hacer un informe, pero yo sabía que se pondría a trabajar de tapadillo. Se dedicaría a hacer preguntas y pondría en danza a un montón de polis a buscar a DeChooch con más dedicación. Connie, Vinnie y Lula también recurrieron a todos sus informadores. Pero yo no esperaba ningún resultado. Eddie DeChooch trabajaba solo. Podía ir a visitar al padre Carolli de vez en cuando. Y podía dejarse caer por un velatorio ocasionalmente. Pero era un solitario. Yo estaba absolutamente convencida de que nadie conocía su guarida. Con la posible excepción de Mary Maggie Mason.

Dos días antes DeChooch había ido a ver a Mary Maggie por alguna razón.

Recogí a Lula en la oficina y fuimos en la moto hasta el edificio de apartamentos de Mary Maggie. Era media mañana y el tráfico estaba muy tranquilo. Las nubes se acumulaban sobre nuestras cabezas. Se esperaba que lloviera a última hora. En

Jersey a nadie le importaba un pito. Era jueves. Que lloviera. En Jersey sólo nos preocupaba el tiempo del fin de semana.

La Low Rider recorrió rugiendo el garaje subterráneo; las vibraciones retumbaban contra las paredes y el techo de cemento. No vimos el Cadillac blanco, pero el Porsche plata con la matrícula MMM-ÑAM ocupaba su puesto habitual. Aparqué la Harley dos calles más abajo.

Lula y yo nos miramos. No teníamos ninguna gana de subir.

—Me da no sé qué hablar con Mary Maggie —dije—. Aquella movida en el barro no fue precisamente un momento glorioso para mí.

—Fue culpa suya. Ella empezó.

—Podía haberlo resuelto mejor, pero me pilló por sorpresa —dije.

—Sí —dijo Lula—. Me di cuenta por cómo gritabas «¡Socorro!» sin parar. Sólo espero que no quiera demandarme por romperle la espalda, o algo por el estilo.

Llegamos a la puerta de la casa de Mary Maggie y nos quedamos calladas. Respiré profundamente y llamé al timbre. Mary Maggie abrió la puerta y, nada más vernos, intentó cerrarla de golpe. Regla número dos del cazarrecompensas: si una puerta se abre, mete la bota a toda prisa.

—¿Qué pasa ahora? —dijo Mary Maggie, intentando quitar mi bota de en medio.

—Quiero hablar contigo.

—Ya has hablado conmigo.

—Necesito hablar contigo otra vez. Eddie DeChooch ha secuestrado a mi abuela.

Mary Maggie dejó de pelearse con mi bota y me miró.

—¿Lo dices en serio?

—Tengo algo que quiere. Y ahora él tiene algo que quiero yo.

—No sé qué decir. Lo siento.

—Esperaba que pudieras ayudarme a encontrarla.

Mary Maggie abrió la puerta y Lula y yo nos invitamos a entrar. No es que pensara que me iba a encontrar a la abuela escondida en el armario, pero tenía que echar un vistazo. El apartamento era bonito pero no demasiado grande. Era un espacio abierto con salón, comedor y cocina. Un dormitorio. Un baño completo y un servicio. Estaba elegantemente decorado con muebles clásicos. Colores suaves. Grises y beiges. Y, por supuesto, había libros por todas partes.

—Sinceramente, no sé dónde está —dijo Mary Maggie—. Me pidió prestado el coche. Lo ha hecho otras veces. Si el dueño del club te pide algo prestado lo más sensato es dejárselo. Además, es un ancianito muy agradable. Cuando os fuisteis de aquí me acerqué a casa de su sobrino y le dije que quería que me devolviera el coche. Eddie lo traía para devolvérmelo cuando tú y tu amiga le tendisteis la emboscada en el garaje. Desde entonces no he vuelto a saber nada más de él.

Lo malo era que yo la creía. Lo bueno, que Ronald DeChooch estaba en contacto con su tío.

—Lo siento por tu zapato —le dijo Mary Maggie a Lula—. Lo buscamos por todas partes pero no pudimos encontrarlo.

—Bah —dijo Lula.

Lula y yo no dijimos nada hasta que llegamos al garaje.

—¿Qué te parece? —me preguntó ella.

—Me parece que tenemos que hacerle una visita a Ronald DeChooch.

Arranqué la moto, Lula se montó detrás y salimos del garaje como una exhalación en dirección al local de Ace Paver.

—Tenemos suerte de tener un buen trabajo —dijo Lula cuando nos detuvimos ante el edificio de ladrillos donde Ronald DeChooch tenía su negocio—. Podríamos trabajar en

un sitio como éste, oliendo todo el día a alquitrán, con pego-
tes de pastuja negra siempre pegada a las suelas de los zapatos.

Me bajé de la moto y me quité el casco. El aire estaba im-
pregnado del denso olor del asfalto caliente, y más allá de la
verja cerrada las apisonadoras ennegrecidas y los camiones tiz-
nados soltaban ondulantes oleadas de calor. No había obreros
a la vista, pero era evidente que el equipo acababa de volver de
un trabajo.

—Vamos a ser profesionales pero contundentes —le dije
a Lula.

—Lo que quieres decir es que no vamos a pasarle ni una a ese
capullo de mierda de Ronald DeChooch.

—Has vuelto a ver lucha libre —le dije a Lula.

—La tengo grabada para poder ver a La Roca siempre que
quiera —dijo ella.

Lula y yo sacamos pecho y entramos en la oficina sin llamar
a la puerta. No nos iban a achicar una pandilla de tarados jugando a las cartas. Esta vez íbamos a sacarles respuestas. Íbamos a hacer que nos respetaran.

Cruzamos el pequeño vestíbulo de entrada y, otra vez sin
llamar, entramos directamente al despacho. Al abrir la puerta
de par en par nos dimos de cara con Ronald DeChooch, que
estaba jugando a «esconder el salami» con la secretaria.

En realidad, no nos dimos de cara, porque DeChooch estaba de espaldas a nosotras. Más exactamente, nos daba su culo
grande y peludo porque se lo estaba haciendo a lo perro con
aquella pobre mujer. Él llevaba los pantalones por las rodillas
y ella estaba doblada sobre la mesa de las cartas, aferrándose
a ella como si le fuera la vida en ello.

Hubo un momento de embarazoso silencio; luego Lula rompió a reír.

—Deberías considerar la posibilidad de hacerte la cera en el culo —le dijo Lula a DeChooch—. Qué trasero tan *feo*.

—¡Dios! —dijo DeChooch, subiéndose los pantalones—. Uno no puede ni tener intimidad en su despacho.

La mujer se incorporó de un salto, se arregló la falda e intentó meter los pechos en el sujetador. Apartaba la mirada con una expresión de mortal bochorno, con las braguitas en la mano. Espero que la estuvieran compensando bien.

—¿Qué pasa ahora? —dijo DeChooch—. ¿Habéis venido por algo en especial o solamente a ver el espectáculo?

—Tu tío ha secuestrado a mi abuela.

—¿Qué?

—Se la llevó ayer. Quiere el corazón como rescate.

La expresión de sorpresa de sus ojos llegó al máximo.

—¿Sabes lo del corazón?

Lula y yo intercambiamos miradas.

—Yo... hum, yo tengo el corazón —dije.

—¡Dios santo! ¿Cómo coño te has hecho con el corazón?

—Cómo se haya hecho con él no tiene importancia—dijo Lula.

—Exacto —dije yo—. Lo que importa es que acabemos de arreglar todo esto. Primero quiero que mi abuela vuelva a casa, luego, que vuelvan El Porreta y Dougie.

—Lo de tu abuela puede que consiga solucionarlo —dijo Ronald—. No sé dónde se esconde mi tío Eddie, pero hablo con él de vez en cuando. Tiene un teléfono móvil. Lo de los otros dos ya es otra cosa. No sé nada de ellos. Que yo sepa, nadie sabe nada de ellos.

—Eddie dijo que me llamaría esta tarde, a las siete. No quiero que nada salga mal. Le voy a dar el corazón y quiero que devuelva a mi abuela. Si le pasara algo malo a mi abuela o si no me la entrega a cambio del corazón, las cosas se van a poner feas.

—Entendido.

Lula y yo nos fuimos. Cerramos las dos puertas detrás de nosotras, subimos a la Harley y arrancamos. A dos manzanas de distancia tuve que pararme, porque nos estábamos riendo tanto que temía que nos cayéramos de la moto.

—¡Ha sido genial! —dijo Lula—. Si quieres que un hombre te preste atención, píllale con los pantalones bajados.

—¡Nunca había visto a nadie haciéndolo! —le dije a Lula. Mi cara estaba ardiendo por la risa—. Ni siquiera me he mirado en un espejo.

—A nosotras no nos gusta mirarnos en los espejos —dijo Lula—. A los hombres les encanta. Se miran a sí mismos haciendo guarrerías y creen que son Rex, el Caballo Maravilla. Las mujeres se miran y piensan en que tienen que renovar la inscripción del gimnasio.

Estaba intentando recuperarme de la risa cuando mi madre me llamó al móvil.

—Está pasando algo raro —dijo mi madre—. ¿Dónde está tu abuela? ¿Por qué no ha vuelto a casa?

—Volverá esta noche.

—Eso dijiste anoche. ¿Quién es el hombre con el que está? Esto no me gusta ni un poquito. ¿Qué va a decir la gente?

—No te preocupes. La abuela se está comportando con mucha discreción. Pero es que tenía que hacerlo —no sabía qué más decir, así que me puse a hacer ruidos por el teléfono—. Vaya —grité—, me parece que te estoy perdiendo. Voy a colgar.

Lula miraba por encima de mi hombro.

—Tengo una buena vista de la calle —me dijo—, y un coche grande negro acaba de salir del aparcamiento de la empresa de pavimentos. Y tres hombres acaban de salir por la puerta y juraría que nos están señalando.

Miré hacia allí para ver qué pasaba. Desde aquella distancia era imposible verlo con detalle, pero uno de ellos podría estar señalándonos. Aquellos hombres se metieron en el coche y giraron hacia nosotras.

—A lo mejor Ronald ha olvidado decirnos algo.

Yo sentía algo raro dentro del pecho.

—Podría habernos llamado.

—La otra opción es que quizá no deberías haberle dicho que tenías el corazón.

Mierda.

Lula y yo nos subimos a la moto a toda prisa, pero el coche estaba ya a una manzana y seguía acercándose.

—Agárrate —grité, y salimos disparadas. Aceleré en la curva y la tomé muy abierta. Todavía no era tan buena con la moto como para arriesgarme.

—¡Joder! —gritó Lula—. Los tienes pegados al culo.

Con la visión periférica vi que el coche se acercaba a mi lado. Íbamos por una calle de dos carriles y nos faltaban dos manzanas para llegar a Broad. Las calles adyacentes estaban vacías, pero Broad estaría abarrotada a estas horas. Si lograba llegar a Broad conseguiría despistarles. El coche nos adelantó, se separó un poco de nosotras e hizo un giro para bloquear la calle, cortándonos el paso. Las puertas del Lincoln se abrieron, los cuatro hombres se apearon de él y yo frené poco a poco. Sentí la mano de Lula en mi hombro y por el rabillo del ojo alcancé a ver su Glock.

Se hizo un gran silencio.

Por fin, uno de los hombres se acercó.

—Ronnie nos ha pedido que te entregue su tarjeta por si necesitas ponerte en contacto con él. Lleva el número de su teléfono móvil.

—Gracias —dije, recogiendo la tarjeta—. Ha sido una buena idea pensar en esto.

—Sí. Es un tío muy listo.

Luego, se montaron en el coche y se fueron.

Lula volvió a ponerle el seguro a la pistola.

—Creo que me he manchado los pantalones —dijo.

Ranger estaba en el despacho cuando llegamos.

—Esta noche a las siete —le dije—. En el restaurante Silver Dollar. Morelli lo sabe pero ha prometido no avisar a la policía.

Ranger se quedó mirándome.

—¿También me necesitas esta vez?

—No me vendría mal.

Se levantó.

—Ponte el micrófono. Enciéndelo a las seis y media.

—¿Y qué hago yo? —preguntó Lula—. ¿Estoy invitada?

—Tú vienes de escolta —dije—. Necesito que alguien lleve la nevera.

El restaurante Silver Dollar se encuentra en Hamilton Township, no muy lejos del Burg, y todavía más cerca de mi apartamento. Está abierto las veinticuatro horas del día y tiene una carta que se tardaría doce horas en leer. Dan de desayunar a cualquier hora y sirven un delicioso y grasiento queso a la parrilla a las dos de la mañana. Está rodeado por toda la fealdad que hace de Jersey una ciudad tan genial. Tiendas de veinticuatro horas, oficinas de bancos, almacenes de ultramarinos, videoclubes, galerías comerciales y tintorerías. Y luces de neón y semáforos hasta donde alcanza la vista.

Lula y yo llegamos allí a las seis y media con el corazón congelado traqueteando en la nevera portátil y el micrófono molestándome y rascándome por debajo de la camisa de franela de cuadros. Nos sentamos a una mesa y pedimos unas hamburguesas con queso y patatas fritas y nos quedamos mirando por la ventana el tráfico que discurría por delante.

Hice la prueba con el micrófono y Ranger me devolvió la llamada para confirmar su funcionamiento. Estaba cerca... en algún sitio. Vigilaba el restaurante. Y era invisible. Joe también andaba por allí. Probablemente se habían puesto en contacto. Ya les había visto trabajar juntos en otras ocasiones. Los hombres como Ranger y Joe tenían normas que regían sus comportamientos. Normas que yo nunca he entendido. Normas que permitían a dos hombres rivales colaborar en aras de un bien común.

El restaurante todavía estaba abarrotado con los clientes del segundo turno. Los del primer turno eran las personas mayores que venían por los precios especiales de primera hora. A las siete el sitio empezaba a vaciarse. Aquello no era Manhattan, donde la gente cena en plan elegante a las ocho o las nueve. En Trenton se trabajaba mucho, y la mayoría de la gente estaba en la cama a las diez de la noche.

Mi móvil sonó a las siete y el corazón me hizo unos pasos de claqué al escuchar la voz de DeChooch.

—¿Tienes el corazón ahí? —preguntó.

—Sí. Lo tengo aquí mismo, a mi lado, en la nevera. ¿Cómo está la abuela? Quiero hablar con ella.

Se oyeron unos ruidos y unas palabras sofocadas y la abuela se puso al teléfono.

—¿Qué tal? —dijo la abuela.

—¿Estás bien?

—Estoy chanchi piruli.

Parecía demasiado feliz.

—¿Has bebido algo?

—Eddie y yo puede que hayamos tomado un par de cócteles antes de cenar, pero no te preocupes... estoy despejada como un gato.

Lula, que estaba sentada frente a mí, sonreía y sacudía la cabeza. Yo sabía que Ranger estaría haciendo lo mismo en algún lugar.

Volvió a ponerse Eddie.

—¿Estás preparada para que te dé las instrucciones?

—Sí.

—¿Sabes cómo llegar a Nottingham Way?

—Sí.

—Muy bien. Ve por Nottingham hasta la calle Mulberry y gira en Cherry.

—Un momento. Su sobrino Ronald vive en Cherry.

—Sí. Le vas a llevar el corazón a Ronald. Él se encargará de que vuelva a Richmond.

Maldición. Me iban a devolver a la abuela, pero no iba a conseguir atrapar a Eddie DeChooch. Tenía la esperanza de que Ranger o Joe lo pillaran al hacer el intercambio.

—¿Y qué pasa con la abuela?

—Tan pronto como me llame Ronald dejo a tu abuela en libertad.

Guardé el móvil en el bolsillo de la cazadora y les conté el plan a Lula y a Ranger.

—Es muy precavido para ser un vejete —dijo Lula—. No es un mal plan.

Ya había pagado la comida, así que deje algo de propina y Lula y yo nos levantamos. El negro y verde que rodeaba mis ojos se había transformado en amarillo, que ahora ocultaba tras unas gafas oscuras. Lula no llevaba sus cueros. Llevaba botas, vaqueros y una camiseta con un estampado de vacas que anunciaba el helado de Ben & Jerry. Éramos un par de mujeres normales que han salido a cenar una hamburguesa. Incluso la nevera portátil parecía inocua. No daba motivos para sospechar que contuviera un corazón para canjear por mi abuela.

Y todas aquellas personas que picoteaban patatas fritas y ensalada de col o pedían arroz con leche de postre, ¿qué secretos tendrían? ¿Quién podría estar seguro de que no fueran espías, o criminales, o ladrones de joyas? Eché una mirada alrededor. Y ya puestos, ¿quién podría estar seguro de que fueran humanos?

Tardé un rato en llegar a la calle Cherry. Estaba preocupada por la abuela y nerviosa ante la perspectiva de entregarle a Ronald un corazón de cerdo. O sea que fui conduciendo con mucha calma. Tener un accidente con la moto se cargaría gran parte del esfuerzo invertido en el rescate. De todas formas hacía una noche muy agradable para pasear en la Harley. Sin bichos ni lluvia. Notaba la presencia de Lula detrás de mí, fuertemente aferrada a la nevera.

La casa de Ronald DeChooch tenía la luz del porche encendida. Supongo que me estaba esperando. Confiaba en que tuviera espacio en el congelador para un órgano. Dejé a Lula en la moto, con su Glock en la mano, me acerqué andando a la puerta con la nevera y llamé al timbre.

Ronald abrió la puerta y me miró primero a mí y luego a Lula.

—¿También dormís juntas?

—No —dije—. Yo duermo con Joe Morelli.

Aquello dejó a Ronald un tanto desarmado, ya que Morelli es un poli antivicio y Ronald es un mercader de vicio.

—Antes de entregarte esto quiero que llames y hagas que deje libre a la abuela —dije.

—Por supuesto. Pasa.

—Prefiero quedarme aquí. Y quiero oír cómo la abuela me dice que se encuentra bien.

Ronald se encogió de hombros.

—Lo que tú quieras. Enséñame el corazón.

Retiré la tapa y Ronald miró en el interior.

—Dios —dijo—, está congelado.

Yo también miré en el interior de la nevera. Lo que vi era una bola repugnante de hielo marrón envuelta en plástico.

—Sí —le respondí—, empezaba a ponerse un poco raro. No se puede llevar un corazón por ahí durante mucho tiempo, ¿sabes? Tuve que congelarlo.

—Pero lo viste antes de que estuviera congelado, ¿verdad? ¿Estaba bien?

—No soy precisamente una experta en este tipo de cosas.

Ronald desapareció y regresó con un teléfono inalámbrico.

—Toma —dijo alargándome el teléfono—. Aquí tienes a tu abuela.

—Estoy en Quaker Bridge con Eddie —dijo la abuela—. He visto en Macy's una chaqueta de punto que me gusta, pero tengo que esperar a que me llegue el cheque de la Seguridad Social.

Eddie se puso al teléfono.

—La voy a dejar en la pizzería del centro comercial. Puedes recogerla cuando quieras.

Lo repetí para que lo oyera Ranger:

—Vale, a ver si lo he entendido. Va a dejar a la abuela en la pizzería del centro comercial Quaker Bridge.

—Sí —dijo Eddie—, ¿qué pasa? ¿Llevas un micrófono?

—¿Quién, yo?

Le devolví el teléfono a Ronald y le entregué la nevera.

—Yo que tú metería el corazón en el congelador, por ahora; y para el viaje a Richmond lo mejor sería llevarlo en hielo seco.

Asintió con la cabeza.

—Eso haré. No me gustaría devolverle a Louie D un corazón lleno de gusanos.

—Sólo por curiosidad morbosa —dije—, ¿fue idea tuya traer el corazón aquí?

—Tú dijiste que no querías que nada saliera mal.

Mientras volvía a la moto saqué el móvil y llamé a Ranger.

—Ya voy para allá —dijo él—. Estoy a unos diez minutos de Quaker Bridge. Te llamo en cuanto la tenga.

Asentí con la cabeza y corté la comunicación, incapaz de decir una palabra. A veces la vida es la hostia.

Lula vive en un diminuto apartamento en una parte del gueto que es bastante agradable para ser un gueto. Recorrí la avenida Brunswick, callejeé un poco, crucé las vías del tren y llegué al barrio de Lula. Las calles eran estrechas y las casas pequeñas. Probablemente se había construido en su día para albergar a los inmigrantes que se traían a trabajar a las fábricas de porcelana y a las metalúrgicas. Lula vivía en medio de un edificio, en el segundo piso de una de aquellas casas.

Mi teléfono sonó en el mismo momento en que apagaba el motor.

—Tengo a tu abuela a mi lado, cariño —dijo Ranger—. La voy a llevar a casa. ¿Te apetece una pizza?

—De pepperoni, doble de queso.

—Tanto queso te va a matar —dijo Ranger antes de cortar.

Lula se bajó de la moto y me miró.

—¿Te encuentras bien?

—Sí. Estoy de maravilla.

Se acercó a mí y me dio un abrazo.

—Eres una buena persona.

Le devolví la sonrisa, parpadeé con fuerza y me sequé la nariz con la manga. Lula también era una buena persona.

—Ah-ah —dijo Lula—. ¿Estás llorando?

—No. Creo que se me ha metido un bicho un par de manzanas atrás.

Tardé diez minutos más en llegar a casa de mis padres. Aparqué una calle antes y apagué las luces. De ninguna manera iba a entrar antes que la abuela. Probablemente, a estas alturas mi madre estaba desquiciada. Sería mejor explicarle que habían secuestrado a la abuela una vez que ella estuviera ya allí, en carne y hueso.

Me senté en el bordillo y aproveché la espera para llamar a Morelli. Le localicé en su teléfono móvil.

—La abuela está a salvo —le dije—. Ahora está con Ranger. Él la ha recogido en el centro comercial y la está trayendo a casa.

—Ya lo sabía. Estaba detrás de ti en casa de Ronald. Me quedé allí hasta que Ranger me confirmó que tenía a tu abuela. Ahora ya me voy a casa.

Morelli me pidió que pasara la noche en su casa, pero le dije que no. Tenía cosas que hacer. La abuela había regresado, pero El Porreta y Dougie seguían perdidos.

Al cabo de un rato, unos faros parpadearon al final de la calle y el reluciente Mercedes de Ranger se detuvo suavemente delante de la casa de mis padres. Ranger ayudó a salir a mi abuela y me sonrió.

—Tu abuela se ha comido tu pizza. Me imagino que ser rehén da mucha hambre.

—¿Vas a entrar conmigo?

—Antes tendrías que matarme.

—Necesito hablar contigo. No tardaré mucho. ¿Me esperas?

Nuestras miradas se quedaron fijas y el silencio se hizo denso entre nosotros.

Mentalmente, me humedecí los labios y me abaniqué. Sí. Me esperaría.

Me giré para dirigirme a casa y él me hizo volver. Sus manos se deslizaron por debajo de mi camisa y yo me quedé sin respiración.

—El micro —dijo, despegando el esparadrapo, rozando con la cálida punta de los dedos la parte de mi pecho no cubierta por el sujetador.

La abuela ya había cruzado la puerta cuando la alcancé.

—Chica, estoy deseando ir mañana al salón de belleza y contarle a todo el mundo lo que me ha pasado.

Mi padre levantó la mirada del periódico y mi madre tuvo un estremecimiento incontrolable.

—¿Quién ha estirado la pata? —preguntó la abuela a mi padre—. No he visto un periódico desde hace un par de días. ¿Me he perdido algo importante?

Mi madre entornó los ojos.

—¿Dónde estabas?

—Que me aspen si lo sé —dijo la abuela—. Cuando entré y cuando salí llevaba un saco en la cabeza.

—La han secuestrado —le dije a mi madre.

—¿Qué quieres decir con... secuestrado?

—Resulta que yo tenía una cosa que Eddie DeChooch quería y secuestró a la abuela para cambiarla.

—Gracias a Dios —dijo mi madre—. Creí que se había liado con un hombre.

Mi padre reanudó la lectura de su periódico. Otro día cualquiera en la vida de la familia Plum.

—¿Le sacaste algo a Choochy? —le pregunté a la abuela—. ¿Tienes alguna idea de dónde pueden es r El Porreta y Dougie?

—Eddie no sabe nada de ellos. Él también quería encontrarles. Dice que Dougie es el culpable de todo. Dice que Dougie le robó el corazón. Aunque, la verdad, todavía no me he enterado de qué va todo ese asunto del corazón.

—¿Y no tienes ni idea de dónde te ha tenido encerrada?

—Me ponía una bolsa por la cabeza cuando entrábamos y salíamos. Al principio no me di cuenta de que estaba secuestrada. Creía que era un rollo de perversión sexual. Lo que sí sé es que fuimos en coche un buen rato y luego entramos en un garaje. Lo sé porque oí las puertas del garaje abrirse y cerrarse. Luego entramos en la planta baja de la casa. Era como si el garaje diera a un sótano, pero a un sótano acondicionado. Había un salón con televisión, dos dormitorios y una cocinita. Y otra habitación con la caldera, la lavadora y la secadora. Y no se podía ver nada de fuera, porque sólo había esas ventanitas de sótano que tenían las contraventanas cerradas por el exterior —la abuela bostezó—. Bueno, me voy a la cama. Estoy hecha polvo y mañana me espera un día muy duro. Tengo que sacarle todo el partido al secuestro. Tengo que contárselo a un montón de gente.

—Pero no cuentes nada del corazón —le dije a la abuela—. Lo del corazón es un secreto.

—Me parece bien, puesto que, después de todo, no sabría qué contar sobre eso.

—¿Vas a presentar una denuncia?

La abuela pareció sorprendida.

—¿Contra Choochy? No, por Dios. ¿Qué pensaría la gente?

Ranger me esperaba apoyado en el coche. Iba todo vestido de negro. Pantalones de vestir negros, náuticos negros con pinta de ser muy caros, camiseta de manga corta negra, chaqueta negra de cachemir. Yo sabía que la chaqueta no era para abrigarse. La chaqueta ocultaba la pistola. Aunque eso daba igual. Era una chaqueta muy bonita.

—Seguramente Ronald llevará el corazón a Richmond mañana —le dije a Ranger—. Y me preocupa que descubran que no es el de Louie D.

—¿Y?

—Y me da miedo que se les ocurra mandar un mensaje haciéndoles algo terrible a El Porreta o a Dougie.

—¿Y?

—Y creo que El Porreta y Dougie están en Richmond. Creo que la hermana y la mujer de Louie D están trabajando juntas. Y creo que tienen a El Porreta y a Dougie.

—Y te gustaría rescatarles.

—Sí.

Ranger sonrió.

—Puede ser divertido.

Ranger tiene un sentido del humor un poco raro.

—Connie me ha proporcionado la dirección de la casa de Louie D. Se supone que su mujer lleva encerrada allí desde que él murió. Estelle Colucci, la hermana de Louie, también está con ella. Se fue a Richmond el mismo día que desapareció El Porreta. Me da la sensación de que esas dos señoras secuestraron a El Porreta y se lo llevaron a Richmond. Y apostaría a que Dougie también está en Richmond. Es posible que Estelle y Sophia se hartaran de que Benny y Ziggy no dieran una y decidieran tomar cartas en el asunto.

Desgraciadamente, mi teoría se iba poniendo más y más confusa a partir de ese punto. Uno de los motivos de dicha confusión era que Estelle Colucci no se ajustaba a la descripción de la mujer con la mirada extraviada. De hecho, ni siquiera se ajustaba a la descripción de la mujer de la limusina.

—¿Quieres pasar antes por casa para algo? —preguntó Ranger—. ¿O quieres que nos vayamos ahora mismo?

Le eché una mirada a la moto. Tenía que dejarla en algún sitio. Seguramente no era una buena idea decirle a mi madre que me iba a Richmond con Ranger. Y no me sentía del todo a gusto con la idea de dejar la moto en el aparcamiento de casa. Los ancianos del edificio tienen cierta tendencia a arrollar cualquier cosa que sea menor que un Cadillac. Y Dios sabe que no quería dejársela a Morelli. Él se empeñaría en ir a Richmond.

Morelli era posiblemente tan competente como Ranger en este tipo de asuntos. De hecho, es posible que fuera aún mejor que Ranger, porque no estaba tan loco como él. El problema era que aquello no era una operación policial. Era una operación de cazarrecompensas.

—Tengo que hacer algo con la moto —le dije a Ranger—. No quiero dejarla aquí.

—No te preocupes por eso. Le diré a Tank que se ocupe de ella hasta que volvamos.

—Necesitará las llaves.

Ranger me miró como si me faltara un hervor.

—Vale —dije—. ¿En qué estaría pensando?

Tank no necesitaba las llaves. Tank era uno de los compinches de Ranger y los compinches de Ranger tenían mejores dedos que Ziggy.

Salimos del Burg en dirección sur y entramos en la autopista de peaje por Bordentown. Empezó a llover unos minutos más tarde, al principio como una ligera bruma, arreciando a medida que íbamos recorriendo kilómetros. El Mercedes zumbaba siguiendo la línea de la carretera. La noche nos envolvió en una oscuridad sólo rota por las luces del salpicadero.

Toda la comodidad de un útero materno con la tecnología de la cabina de mandos de un reactor. Ranger pulsó un botón del CD y la música clásica inundó el aire. Una sinfonía. No eran Godsmack, pero no estaba mal.

Según mis cálculos, sería un viaje de unas cinco horas. Ranger no era de los que pierden el tiempo charlando. Ranger se reservaba su vida y sus pensamientos para él solo. De modo que recliné el asiento y cerré los ojos.

—Si te cansas y quieres que conduzca yo, avísame —dije.

Me relajé en mi asiento y me puse a pensar en Ranger. Cuando nos conocimos era sólo músculos y fanfarronería callejera.

Hablaba y andaba como se habla y se anda en la parte hispana del gueto, siempre vestido con sudaderas y ropa militar. Y ahora vestía de cachemir y escuchaba música clásica más cercana a la facultad de derecho de Harvard que a Coolio.

—No tendrás por casualidad un hermano gemelo, ¿verdad? —le pregunté.

—No —contestó con suavidad—. No hay otro como yo.

Trece

Me desperté cuando el coche dejó de moverse. Ya no llovía, pero estaba muy oscuro. Miré el reloj digital del salpicadero. Eran casi las tres. Ranger observaba la gran casa colonial de ladrillo rojo de enfrente.

—¿La casa de Louie D? —pregunté.

Ranger asintió.

Era una casa muy grande con un pequeño terreno. Las casas que la rodeaban eran similares. Todas eran construcciones relativamente nuevas. No tenían ni setos ni árboles viejos. Dentro de veinte años sería un barrio precioso. En aquel momento resultaba demasiado nuevo, demasiado desnudo. En la casa de Louie D no se veía ninguna luz. Ni ningún coche aparcado junto a la acera. En esta clase de barrios los coches se aparcaban en los garajes o los paseos traseros.

—Quédate aquí —dijo Ranger—. Tengo que echar un vistazo.

Le vi cruzar la calle y desaparecer entre las sombras de la casa. Abrí un poco la ventanilla y me esforcé para oír cualquier ruido, pero no oí nada. Ranger perteneció a los cuerpos especiales en otros tiempos y no ha perdido ni una sola de sus facultades. Se mueve como un gigantesco gato mortífero. Yo, por mi parte, me muevo como un búfalo acuático. Supongo que por eso me quedé en el coche.

Apareció por el extremo opuesto de la casa y regresó al Mercedes. Se sentó al volante y giró la llave de contacto.

—Está cerrada a cal y canto —dijo—. La alarma está conectada y la mayoría de las ventanas tienen echadas unas gruesas cortinas. No se ve mucho. Si supiera más de la casa y su rutina entraría y echaría un vistazo. Pero me resisto a hacerlo sin saber cuánta gente hay en la casa —se separó del bordillo y condujo calle abajo—. Estamos a quince minutos del distrito financiero. El ordenador me dice que allí hay una galería comercial, algunos establecimientos de comida rápida y un motel. Le pedí a Tank que nos reservara habitaciones. Puedes dormir un par de horas y darte una ducha. Sugiero que llamemos a la puerta de la señora D a las nueve y nos colemos en la casa con buenas maneras.

—Me parece bien.

Tank había reservado las habitaciones en un clásico motel de dos plantas de una cadena hotelera. No era lujoso, pero tampoco era inmundo. Las dos habitaciones estaban en la segunda planta. Ranger abrió la puerta de la mía y encendió la luz, sometiéndola a un rápido reconocimiento. Todo parecía estar en orden. No había ningún psicópata agazapado en los rincones.

—Vendré a buscarte a las ocho y media —dijo—. Podemos desayunar y acercarnos a saludar a las señoras.

—Estaré lista.

Me arrastró hacia él, acercó su boca a la mía y me besó. Un beso lento y profundo. Sentía sus manos firmes sobre mi espalda. Yo me agarré a su camisa y me arrimé a él. Y sentí la respuesta de su cuerpo.

Una visión de mí misma vestida de novia inundó mi cabeza.

—¡Mierda! —dije.

—Ésa no suele ser la reacción habitual cuando beso a una mujer —dijo Ranger.

—Vale, te voy a contar la verdad. Me encantaría dormir contigo, pero tengo un puñetero vestido de novia...

Ranger deslizó los labios por mi mandíbula hasta la oreja.

—Podría hacerte olvidar ese vestido.

—Sí que podrías. Pero eso me causaría un montón de problemas.

—Tienes un conflicto moral.

—Sí.

Me besó de nuevo. Esta vez más suavemente. Retrocedió y una sonrisa desprovista de humor se dibujó en las comisuras de sus labios.

—No quiero agobiarte con tu conflicto moral, pero será mejor que seas capaz de atrapar a Eddie DeChooch tú solita, porque si te ayudo cobraré mi tarifa.

Y se fue. Cerró la puerta al salir y pude oír cómo caminaba por el pasillo y entraba en su habitación.

Caray.

Me tumbé en la cama completamente vestida, con las luces encendidas y los ojos bien abiertos. Cuando el corazón dejó de saltarme en el pecho y los pezones empezaron a relajarse me levanté y me lavé la cara. Puse el despertador a las ocho. Yupi, cuatro horas de sueño. Apagué la luz y me metí en la cama. No podía dormir. Demasiada ropa. Me levanté, me desnudé hasta quedarme en braguitas y volví a meterme en la cama. Nada; así tampoco podía dormir. Demasiado poca ropa. Me volví a poner la camiseta, volví a meterme entre las sábanas y me sumergí en el mundo de los sueños inmediatamente.

Cuando Ranger llamó a la puerta de mi habitación a las ocho y media, ya estaba tan arreglada como me era posible. Me había dado una ducha y había hecho lo que podía con el pelo, sin gel. Llevo montones de cosas en el bolso. Quién iba a suponer que iba a necesitar gel.

Ranger tomó café, fruta y un bollo de cereal integral para desayunar. Yo me comí un Egg McMuffin, un batido de chocolate y patatas fritas. Y como pagaba Ranger me regalaron una figurita articulada de Disney.

En Richmond hacía más calor que en Jersey. Algunos árboles y algunas azaleas tempranas estaban floreciendo. El cielo estaba limpio y se esforzaba por ponerse azul. Iba a ser un buen día para importunar a un par de ancianitas.

En las carreteras principales el tráfico era denso, pero desapareció en cuanto entramos en el barrio de Louie D. Los autobuses escolares ya habían completado sus rutas y los vecinos adultos se iban a sus clases de yoga, al mercado para gourmets, al club de tenis, al gimnasio o al trabajo. Aquella mañana se respiraba un aire de actividad frenética en el vecindario. Con la sola excepción de la casa de Louie D. Ésta tenía exactamente el mismo aspecto que a las tres de la madrugada. Oscura y silenciosa.

Ranger llamó a Tank, quien le dijo que Ronald había salido de su casa a las ocho con la nevera portátil. Tank le había seguido hasta Whitehorse y había regresado una vez que se hubo asegurado de que se dirigía a Richmond.

—¿Y qué piensas de la casa? —le pregunté a Ranger.

—Pienso que parece ocultar un secreto.

Los dos nos bajamos del coche y nos acercamos a la puerta. Ranger llamó al timbre. Al cabo de un momento una mujer de sesenta y pocos años abrió la puerta. Su pelo castaño era corto y enmarcaba un rostro alargado y estrecho en el que destacaban unas espesas cejas negras. Iba vestida de negro. Un vestido camisero negro sobre una constitución frágil y huesuda, chaqueta de punto negra, mocasines negros y medias oscuras. No llevaba maquillaje ni más joyas que una sencilla cruz de plata colgada del cuello. Círculos oscuros rodeaban sus ojos mortecinos, como si no hubiera dormido desde hacía mucho tiempo.

—¿Sí? —dijo sin vitalidad. En sus labios finos y descoloridos no se mostró sonrisa alguna.

—Estoy buscando a Estelle Colucci —dije.

—Estelle no está aquí.

—Su marido me dijo que estaba pasando unos días aquí.

—Pues su marido estaba equivocado.

Ranger se adelantó y la mujer le cortó el paso.

—¿Es usted la señora DeStefano? —preguntó Ranger.

—Soy Christina Gallone. Sophia DeStefano es mi hermana.

—Necesitamos hablar con la señora DeStefano —dijo Ranger.

—No recibe visitas.

Ranger la empujó hacia el interior de la casa.

—Yo creo que sí.

—¡No! —dijo Christina, tirando de Ranger—. No se encuentra bien. ¡Tienen que marcharse!

Una segunda mujer salió de la cocina al vestíbulo. Era mayor que Christina, pero tenían cierto parecido. Llevaba el mismo vestido sencillo, los mismos zapatos y la misma cruz de plata. Era más alta y su pelo castaño estaba veteado de gris. Tenía en su cara mayor vitalidad, pero sus ojos, aterradoramente vacíos, absorbían la luz sin devolver nada a cambio. Mi primera impresión fue que se estaba medicando. Mi segunda idea fue que estaba loca. Y estaba bastante segura de encontrarme delante de la mujer que le había disparado a El Porreta.

—¿Qué pasa aquí? —preguntó.

—¿Señora DeStefano? —preguntó Ranger.

—Sí.

—Nos gustaría hablar con usted sobre la desaparición de dos jóvenes.

Las hermanas se miraron la una a la otra y a mí se me erizó el cabello de la nuca. La sala de estar se encontraba a mi izquierda. Era oscura e impenetrable, decorada formalmente, con mesas de caoba brillante y tapicerías de densos brocados. Las cortinas estaban echadas y no dejaban entrar la luz del sol. A mi derecha había un pequeño despacho. La puerta estaba parcialmente abierta, desvelando un escritorio desordenado. También en el despacho estaban echadas las cortinas.

—¿Qué quieren saber? —dijo Sophia.

—Se llaman Walter Dunphy y Douglas Kruper, y nos gustaría saber si ustedes les han visto.

—No conozco a ninguno de los dos.

—Douglas Kruper ha violado su libertad bajo fianza —dijo Ranger—. Tenemos motivos para pensar que se encuentra en esta casa y, como agentes de detención de Vincent Plum, estamos autorizados a efectuar un registro.

—No harán nada por el estilo. O se marchan inmediatamente o llamo a la policía.

—Si se va a sentir más cómoda teniendo presente a la policía durante el registro, no dude en hacer esa llamada.

Hubo una nueva comunicación silenciosa entre las hermanas. Christina retorcía la falda entre sus dedos.

—No me gusta nada esta intromisión —dijo Sophia—. Me parece una falta de respeto.

Huy-huy, pensé. Me quedo sin lengua... como la pobre vecina de Sophia.

Ranger fue hacia un lado y abrió la puerta del armario de los abrigos. Llevaba la pistola en la mano, a un costado.

—Estese quieto —dijo Sophia—. No tiene derecho a registrar esta casa. ¿Sabe quién soy yo? ¿Se da cuenta de que soy la viuda de Louie DeStefano?

Ranger abrió otra puerta. Un tocador.

—Le ordeno que desista o aténgase a las consecuencias.

Ranger abrió la puerta del despacho y encendió la luz, sin perder a las mujeres de vista mientras registraba la casa.

Yo seguí su ejemplo y atravesé la sala y el comedor encendiendo luces. Recorrí la cocina. En un pequeño pasillo que salía de la cocina había una puerta cerrada con llave. La despensa o el sótano, probablemente. No estaba muy animada a descubrirlo. No tenía un arma. Y aunque la hubiera tenido, no me habría servido de gran cosa.

Sofía entró en la cocina de repente.

—¡Fuera de ahí! —me dijo, agarrándome de las muñecas y tirando de mí—. Salga ahora mismo de mi cocina.

Me liberé de su presa y, con un movimiento que sólo puedo describir como serpenteante, Sophia abrió un cajón de la cocina y sacó una pistola. Se giró, apuntó y le disparó a Ranger. Y luego se volvió hacia mí.

Sin pensar, actuando absolutamente impulsada por el miedo cerval, me lancé sobre ella y la tiré al suelo. La pistola se alejó deslizándose y yo me arrastré tras ella. Ranger la alcanzó antes que yo. La recogió con calma y se la metió en el bolsillo.

Yo estaba de pie, sin saber muy bien qué hacer. La manga de la chaqueta de cachemir de Ranger estaba empapada en sangre.

—¿Llamo para pedir ayuda? —le pregunté.

Dejó caer la chaqueta con un movimiento de hombros y se miró el brazo.

—No es grave —dijo—. De momento, tráeme una toalla —luego se llevó una mano a la espalda y sacó las esposas—. Espósalas juntas.

—No me toque —dijo Sophia—. Si me toca la mato. Le saco los ojos con las uñas.

Cerré una de las esposas alrededor de la muñeca de Christina y la arrastré hacia Sophia.

—Deme la mano —le dije a Sophia.

—Nunca —dijo, y me escupió.

Ranger se acercó.

—Dele la mano o le pego un tiro a su hermana.

—¿Louie? ¿Me oyes, Louie? —gritó Sophia mirando hacia arriba, presumiblemente a un punto más allá del techo—. ¿Ves lo que está ocurriendo? ¿Ves este ultraje? Jesús, Dios mío —gimoteó—. Jesús, Dios mío.

—¿Dónde están? —preguntó Ranger—. ¿Dónde están esos dos hombres?

—Son míos —dijo Sophia—. No los voy a entregar. Al menos hasta que obtenga lo que quiero. Ese subnormal de DeChooch le encargó a su esbirro que me trajera el corazón. ¿Y sabéis lo que me trajo ese gilipollas? Una nevera vacía. Creían que iba a colar. Él y su amiguito.

—¿Dónde están? —preguntó Ranger de nuevo.

—Están donde tienen que estar. En el infierno. Y allí se van a quedar hasta que me digan lo que hicieron con el corazón. Quiero saber quién tiene el corazón.

—Lo tiene Ronald DeChooch —dije—. En este momento viene hacia aquí.

Sophia entornó los ojos.

—Ronald DeChooch —escupió en el suelo—. Esto es lo que pienso de Ronald DeChooch. Creeré que tiene el corazón de Louie cuando lo vea.

Obviamente no estaba al tanto de toda la historia, incluida mi intervención.

—Tiene que dejar libre a mi hermana —rogó Christina—. Ya ven que no está bien.

—¿Llevas unas esposas? —me preguntó Ranger.

Rebusqué por el bolso y saqué unas esposas.

—Espósalas al refrigerador —dijo Ranger—, y luego a ver si encuentras un botiquín de primeros auxilios.

Ambos habíamos tenido anteriormente experiencias personales con heridas por armas de fuego, de manera que sabíamos lo que había que hacer. Encontré el botiquín en el baño del piso superior, le puse a Ranger una gasa estéril en el brazo y se la sujeté con una venda y esparadrapo.

Ranger intentó abrir la puerta del pasillo de la cocina.

—¿Dónde está la llave?

—Vete al infierno —dijo Sophia estrechando sus ojos de serpiente.

Ranger le dio una patada a la puerta y ésta se abrió de golpe. Tenía un pequeño descansillo y unos escalones que bajaban al sótano. Estaba negro como la pez. Ranger encendió la luz y empezó a bajar los escalones con la pistola preparada. Era el clásico sótano sin habilitar, con el surtido habitual de cajas y herramientas y cosas demasiado buenas para tirar a la basura, pero nada prácticas para usar. Un par de muebles de jardín parcialmente cubiertos con sábanas viejas. Un rincón dedicado a la caldera y al calentador de agua. Un rincón dedicado a la lavandería. Y un rincón estaba tapiado de arriba abajo con bloques de cemento prefabricados, formando una pequeña estancia interior de unos tres por tres metros. Su puerta era metálica y estaba cerrada con candado.

Miré a Ranger.

—¿Un refugio antiatómico? ¿Una bodega? ¿Un almacén refrigerado?

—El infierno —dijo Ranger. Me quitó de en medio y disparó dos tiros, destrozando el candado.

Empujamos la puerta y el hedor de miedo y excrementos nos hizo retroceder. La pequeña estancia estaba a oscuras, pero unos ojos nos miraban desde el rincón más profundo. El Porreta y Dougie se abrazaban el uno al otro. Estaban desnudos y sucios, con el pelo enredado y los brazos salpicados de llagas abiertas. Estaban esposados a una mesa de metal anclada a la pared. El suelo estaba cubierto de botellas de agua y bolsas de pan vacías.

—Colega —dijo El Porreta.

Noté que las piernas me flaqueaban y caí sobre una rodilla.

Ranger me levantó agarrándome con una mano por debajo del brazo.

—Ahora no —dijo—. Vete a por las sábanas de los muebles.

Otro par de disparos. Ranger les estaba liberando de la mesa.

El Porreta estaba mejor que Dougie. Dougie llevaba más tiempo en aquel cuarto. Había perdido peso y tenía los brazos ulcerados con marcas de quemaduras.

—Creí que iba a morir aquí —dijo Dougie.

Ranger y yo nos miramos. Si no hubiéramos intervenido, lo más probable era que así hubiera sido. Sophia no los iba a dejar en libertad después de secuestrarles y torturarles. Les envolvimos en las sábanas y les llevamos al piso de arriba. Fui a la cocina para llamar a la policía y no pude creer lo que vi. Un par de esposas colgando del refrigerador. La puerta del refrigerador manchada de sangre. Las mujeres habían desaparecido.

Ranger se colocó detrás de mí.

—Probablemente sacaron las manos de las esposas —dijo.

Marqué el 911 y al cabo de diez minutos un coche patrulla aparcaba enfrente de la casa. Le seguía un segundo coche y una ambulancia.

No nos fuimos de Richmond hasta primera hora de la noche. El Porreta y Dougie habían sido rehidratados y tratados con antibióticos. El brazo de Ranger estaba suturado y cubierto. Pasamos largo rato con la policía. Algunas partes de la historia eran difíciles de explicar. Nos olvidamos de mencionar el corazón de cerdo que estaba en camino desde Trenton. Y no enturbiamos más las aguas con el secuestro de la abuela. Encontraron el Corvette de Dougie en el garaje de Sophia. Lo mandarían a Trenton a lo largo de la semana.

Ranger me dio las llaves del Mercedes cuando salimos del hospital.

—No llames la atención —dijo—. No me gustaría que la policía mirara este coche muy de cerca.

Dougie y El Porreta, vestidos con chándales y deportivas nuevas, se instalaron en el asiento de atrás, limpios y aliviados de haber salido del sótano.

El viaje de vuelta fue silencioso. Dougie y El Porreta se quedaron dormidos al instante. Ranger se sumió en sus pensamientos. Si yo hubiera estado más despejada tal vez hubiera dedicado el tiempo a repasar mi vida. Pero tal como estaba la cosa, necesitaba concentrarme en la carretera y esforzarme en no caer en piloto automático.

Abrí la puerta de mi apartamento medio esperando encontrarme a Benny y Ziggy. Sin embargo, sólo encontré tranquilidad. Una tranquilidad maravillosa. Cerré la puerta con pestillo y me desplomé en el sofá.

Me desperté tres horas más tarde y me dirigí tambaleándome a la cocina. Dejé caer una galleta y una uva en la jaula de Rex y le pedí perdón. No sólo era una golfa que coqueteaba con dos hombres a la vez, además era una mala madre hámster.

El contestador parpadeaba furiosamente. La mayoría de los mensajes eran de mi madre. Dos, de Morelli. Uno era de la tienda de novias de Tina anunciándome que el vestido ya había llegado. Un mensaje de Ranger decía que Tank había dejado la moto en mi aparcamiento y me aconsejaba que tuviera cuidado. Sophia y Christina andaban por ahí.

El último mensaje era de Vinnie. «Enhorabuena, has rescatado a tu abuela. Y ahora me cuentan que has traído a El Porreta y a Dougie. ¿Sabes quién falta? Eddie DeChooch. El tío al que *yo* quiero que encuentres. Porque es el tío que me va a arruinar si no consigues arrastrar su decrépito culo a la cárcel. Es un viejo, por Dios bendito. Está ciego. No oye. No puede mear sin ayuda. Y tú no eres capaz de atraparle. ¿Qué es lo que pasa?»

Mierda. Eddie DeChooch. Me había olvidado de él por completo. Andaba por ahí, en una casa con un garaje que daba a un sótano habilitado. Y por el número de habitaciones que había descrito la abuela, era una casa bastante grande. No como las que había en el Burg. Y tampoco como las del barrio de Ronald. ¿Con qué más contaba? Con nada. No tenía ni idea de cómo encontrar a Eddie DeChooch. Para decir la verdad, ni siquiera *tenía ganas* de encontrar a Eddie DeChooch.

Eran las cuatro de la madrugada y estaba extenuada. Apagué el timbre del teléfono, me arrastré hasta el dormitorio, me metí debajo de las mantas y no desperté hasta las dos de la tarde.

Tenía una película puesta en el vídeo y un cuenco de palomitas encima de las rodillas cuando sonó el busca.

—¿Dónde estás? —preguntó Vinnie—. Te he llamado a casa y no me has contestado.

—Le he bajado el timbre al teléfono. Necesito un día libre.

—Pues se acabó el día libre. Acabo de localizar una llamada en el rastreador de la policía —me dijo—. Un tren de mercancías que venía de Filadelfia ha arrollado un Cadillac blanco en el paso a nivel de la calle Deeter. Ha sucedido hace apenas unos minutos. Al parecer el coche está hecho una chatarra. Quiero que vayas allí a la carrera. Con un poco de suerte puede que quede algún trocito identificable de lo que fue DeChooch.

Miré el reloj de la cocina. Eran casi las siete. Veinticuatro horas antes estaba en Richmond, a punto de volver para casa. Era como una pesadilla. Me costaba creerlo.

Agarré el bolso y las llaves de la moto y engullí las sobras de un sándwich. DeChooch no era precisamente mi persona favorita, pero tampoco tenía especial interés en que le atropellara un tren. Por otro lado, aquello mejoraría mi vida. Levanté los ojos al cielo mientras atravesaba el vestíbulo corriendo. Iba a ir al infierno de cabeza por tener aquel pensamiento.

Tardé veinte minutos en llegar a la calle Deeter. Gran parte de la zona estaba invadida por coches de policía y vehículos de urgencias. Aparqué a tres manzanas de allí y me acerqué andando. Según me acercaba iba viendo más y más cordón policial. No tanto para preservar la escena del crimen, como para alejar a los mirones. Rebusqué entre la multitud a ver si descubría alguna cara conocida, alguien que me colara al otro lado. Entre varios policías de uniforme distinguí a Carl Costanza. Habían acudido a la llamada de emergencia y ahora se encontraban un paso más allá de los mirones, contemplando el siniestro y sacudiendo las cabezas. El jefe Joe Juniak estaba entre ellos.

Me abrí paso hasta Carl y Juniak, intentando no mirar demasiado de cerca el coche despachurrado para no ver miembros cercenados tirados por ahí.

—Hola —dijo Carl al verme—. Te estaba esperando. Es un Cadillac blanco. Bueno, lo era.

—¿Se ha identificado?

—No. Las matrículas no están visibles.

—¿Había alguien en el coche?

—Es difícil de decir. El coche se ha quedado reducido a sesenta centímetros de altura. El tren lo ha machacado por completo. Los bomberos han traído su aparato de infrarrojos para ver si detectan calor humano.

No pude reprimir un escalofrío.

—¡Puag!

—Sí. Te entiendo muy bien. He sido el segundo en llegar aquí. Le eché una mirada al coche y los cojones se me pusieron de corbata.

Desde donde me encontraba no podía ver el coche demasiado bien. Ahora que conocía la magnitud del accidente incluso me alegraba. El tren de mercancías que lo había arrollado no parecía haber sufrido el menor daño. Por lo que se podía ver, ni siquiera había descarrilado.

—¿Ha llamado alguien a Mary Maggie Mason? —pregunté—. Si es el coche que llevaba Eddie DeChooch Mary Maggie es la propietaria.

—Dudo que alguien la haya llamado —dijo Costanza—. Me parece que todavía no estamos tan organizados.

Yo tenía la dirección y el teléfono de Mary Maggie en algún sitio. Revolví entre monedas sueltas, envoltorios de chicles, limas de uñas, caramelos de menta y otras zurrapas variadas que se acumulan en el fondo de mi bolso y al final encontré lo que buscaba.

Mary Maggie contestó al segundo timbrazo.

—Soy Stephanie Plum —le dije—. ¿Te han devuelto ya el coche?

—No.

—Es que ha habido un accidente con un Cadillac blanco. He pensado que podrías acercarte hasta aquí e identificar el coche.

—¿Ha habido heridos?

—Todavía es pronto para saberlo. Están revisando el coche en este momento.

Le di la dirección y le dije que yo saldría a su encuentro.

—He oído que Mary Maggie y tú sois amigas —dijo Costanza—. Me han dicho que rodáis juntas por el barro.

—Sí —dije—. Estoy pensando en cambiar de carrera.

—Será mejor que te lo vuelvas a pensar. Me han contado que el Snake Pit va a cerrar. Corre el rumor de que llevaba años en números rojos.

—Eso es imposible. Estaba hasta los topes.

—Esa clase de locales saca el dinero de la bebida y la gente ya no bebe como antes. Toman la consumición mínima con la incluida en la entrada y nada más. Saben que si beben demasiado puede que les pillen y que les quiten el carnet de conducir. Por eso se retiró del negocio Pinwheel Soba. Abrió un local en South Beach donde tiene una clientela más activa. A Dave Vincent no le importa. Esto no era más que una tapadera para él. Su dinero sale de actividades que no te gustaría conocer.

—¿O sea, que Eddie DeChooch no está ganando nada con este negocio?

—No lo sé. Estos fulanos tienen muchos chanchullos, pero no creo que esté sacando gran cosa.

Tom Bell era el encargado del caso de Loretta Ricci y, al parecer, también se ocupaba de éste. Era uno de los policías de paisano que daban vueltas alrededor del coche y de la locomotora. Se dio la vuelta y se dirigió a nosotros.

—¿Había alguien en el coche? —le pregunté.

—No lo sé. La máquina del tren emite tanto calor que no podemos sacar nada en claro del termógrafo. Tendremos que esperar a que se enfríe la máquina o retirar el coche de las vías y abrirlo. Y eso tardará un buen rato. Parte de la carrocería está atrapada debajo del tren. Estamos esperando a que nos llegue el equipamiento necesario. Y contestando a tu siguiente pregunta, no hemos podido leer las matrículas, o sea, que no sabemos si es el coche que llevaba DeChooch.

Ser la chica de Morelli tiene sus compensaciones. Se me conceden ciertos privilegios, como que, de vez en cuando, contesten a mis preguntas.

El paso a nivel de la calle Deeter tiene barreras y campana. Nos encontrábamos a casi cien metros de allí, porque el tren había empujado al coche a esa distancia. El tren era largo y se perdía más allá de la calle Deeter. Desde donde estábamos podía ver que las barreras estaban bajadas. Supongo que es posible que hubieran funcionado mal y que las hubieran bajado después del accidente. Pero lo que yo creía era que el coche había sido aparcado en las vías intencionadamente para que el tren se lo llevara por delante.

Vi a Mary Maggie al otro lado de la calle y la saludé con la mano. Se abrió paso entre los curiosos y llegó a mi lado. Desde lejos, echó una primera mirada al coche y se puso pálida.

—Oh, Dios mío —dijo con los ojos desorbitados y la impresión claramente visible en su rostro.

Presenté a Mary Maggie a Tom y le expliqué su posible relación de pertenencia.

—Si nos acercamos más, ¿cree que podría confirmarnos si es su coche? —preguntó Tom.

—¿Hay alguien dentro?

—No lo sabemos. No hemos visto nada. Es posible que esté vacío. Pero la verdad es que no lo sabemos.

—Me estoy mareando —dijo Mary Maggie.

Todo el mundo se movilizó. Agua, amoniaco, bolsa de papel. No sé de dónde sacaron todo aquello. Los polis pueden ser muy eficientes cuando tienen delante a una luchadora con náuseas.

Una vez que Mary Maggie dejó de sudar y recobró el color de sus mejillas, Bell la acompañó hasta el coche. Costanza y yo les seguimos un par de pasos atrás. No tenía especial interés en ver la escabechina, pero tampoco quería perderme nada.

Todos nos detuvimos a unos tres metros del coche. El tren estaba parado, pero Bell tenía razón: la máquina emitía un calor sofocante. El impresionante tamaño del tren resultaba abrumador incluso estando inmóvil.

Mary Maggie miró a los restos del coche y se tambaleó.

—Es mi coche —dijo—. Creo.

—¿Cómo lo sabe? —le preguntó Bell.

—Puedo ver parte del tejido de la tapicería. Mi tío hizo tapizar los asientos en azul. No era el color normal de la tapicería.

—¿Algo más?

Mary Maggie negó con la cabeza.

—Creo que no. No queda mucho que ver.

Volvimos a nuestro sitio y nos reunimos de nuevo. Aparecieron unos camiones con pesada maquinaria de rescate y se pusieron a trabajar en el Cadillac. Tenían preparada una grúa, pero empezaron a cortar el coche con sopletes de acetileno para separarlo del tren. Empezaba a oscurecer y trajeron focos para iluminar la zona, lo que dio a la escena el aspecto de un estremecedor decorado de cine.

Noté un tirón en la manga y al volverme me encontré con la abuela Mazur, de puntillas para ver mejor el accidente. Mabel Pritchet estaba con ella.

—¿Habías visto alguna vez una cosa igual? —dijo la abuela—. Oí en la radio que un tren había atropellado un Cadillac blanco y le pedí a Mabel que me trajera en su coche. ¿Es el coche de Chooch?

—No lo sabemos con certeza, pero creemos que podría serlo.

Le presenté a la abuela a Mary Maggie.

—Es un verdadero placer —dijo la abuela—. Soy una gran admiradora de la lucha libre —volvió a mirar el Cadillac—. Sería una pena que DeChooch estuviera ahí dentro. Es tan mono —la abuela se inclinó hacia Mary Maggie por delante de mí—. ¿Sabes que he estado secuestrada? Llevaba la cabeza cubierta con una bolsa y todo.

—Ha debido de ser aterrador —dijo Mary Maggie.

—Bueno, al principio pensé que Choochy sólo quería probar alguna guarrada. Tiene problemas con el pene, ¿sabes? No le reacciona. Se le queda fláccido como si estuviera muerto. Pero luego resultó que me había secuestrado. Vaya historia, ¿eh? Primero anduvimos un rato en coche. Y luego oí cómo entrábamos en un garaje con puerta automática. Y el garaje daba a uno de esos sótanos habilitados con un par de dormitorios y un cuarto de la tele. Y en el cuarto de la tele había unas sillas tapizadas con estampado de leopardo.

—Yo conozco esa casa —dijo Mary Maggie—. Una vez fui a una fiesta allí. También hay una cocinita en el sótano, ¿verdad? Y el cuarto de baño está empapelado con pájaros tropicales.

—Exacto —dijo la abuela—. Era todo de tema selvático. Chooch me dijo que Elvis también tenía una habitación selvática.

No podía creer lo que estaba oyendo. Mary Maggie conocía el escondite de DeChooch. Y ahora probablemente no me serviría para nada.

—¿De quién es esa casa? —pregunté.

—De Pinwheel Soba.

—Creía que se había mudado a Florida.

—Y así es, pero sigue teniendo la casa. Tiene familia aquí, así que pasa una parte del año en Florida y otra parte en Trenton.

Se oyó un ruido de metal desgarrado y el Cadillac quedó separado del tren. Observamos en silencio durante unos tensos minutos, mientras abrían la capota del coche. Tom Bell se acercó a él. Después de un instante se volvió hacia mí y vocalizó la palabra «vacío».

—No está dentro —dije, y todas lloramos de alivio. No sé muy bien por qué. Eddie DeChooch tampoco era una persona tan adorable. Pero puede que nadie sea tan malo como para merecer que un tren le convierta en pizza.

Llamé a Morelli en cuanto llegué a casa.

—¿Te has enterado de lo de DeChooch?

—Sí, me ha llamado Tom Bell.

—Ha sido una cosa muy rara. Yo creo que él dejó el coche para que se lo llevara el tren.

—Tom también lo cree.

—¿Para qué querría hacer algo así?

—¿Porque está loco?

Yo no creía que DeChooch estuviera loco. ¿Quieren ver a alguien loco? Ahí está Sophia. DeChooch tenía problemas físicos y emocionales. Y su vida se le estaba yendo de las manos. Le habían salido mal algunas cosas y él, al intentar arreglarlas, las había empeorado más. Ahora caía en la cuenta de cómo estaba relacionado todo, salvo lo de Loretta Ricci y el Cadillac en las vías del tren.

—Ha pasado una cosa buena esta noche —dije—. La abuela se presentó allí y se puso a hablar con Mary Maggie sobre su secuestro. La abuela le describió la casa donde la llevó DeChooch y Mary Maggie dijo que le parecía que era la casa de Pinwheel Soba.

—Soba vivía en Ewing, al lado de la avenida Olden. Tenemos su ficha.

—Eso tiene sentido. He visto a DeChooch por aquella zona. Siempre supuse que iba a casa de Ronald, pero puede que fuera a casa de Soba. ¿Puedes darme la dirección?

—No.

—¿Por qué no?

—No quiero que vayas por allí a meter las narices. DeChooch no está bien de la cabeza.

—Es mi trabajo.

—No me hables de tu trabajo.

—Al principio no te parecía que mi trabajo fuera tan malo.

—Aquello era distinto. Entonces no ibas a ser la madre de mis hijos.

—Ni siquiera sé si quiero tener hijos.

—Dios —dijo Morelli—. Ni se te ocurra decirle algo así a mi madre o a mi abuela. Te obligarían a firmar un contrato.

—¿De verdad no me vas a dar esa dirección?

—No.

—Pues la conseguiré de otra manera.

—Muy bien —dijo Morelli—. No quiero tomar parte en esto.

—Se lo vas a decir a Tom Bell, ¿verdad?

—Sí. Déjaselo a la policía.

—Es la guerra —le dije a Morelli.

—Ay, madre —contestó él—. Otra vez la guerra.

Catorce

Colgué a Morelli y le pedí la dirección a Mary Maggie. Sólo tenía un problema. No quedaba nadie para acompañarme. Era sábado por la noche y Lula había salido con una cita. Ranger se ofrecería, pero no quería liarle otra vez cuando hacía tan poco tiempo que le habían pegado un tiro. Y, además, tendría que pagar un precio. Al pensarlo me daban palpitaciones. Cuando estaba cerca de él y la química corporal se ponía en marcha, le deseaba intensamente. Si, cuando había una cierta distancia entre nosotros, pensaba en la posibilidad de acostarme con Ranger, me moría de miedo.

Si esperaba hasta el día siguiente iría un paso por detrás de la policía. Me quedaba una persona, pero la sola idea de trabajar en un caso con ella me producía sudores fríos. Se trataba de Vinnie. Cuando Vinnie abrió la agencia, él mismo se encargaba de todas las detenciones. A medida que el negocio iba creciendo fue contratando personal y él se refugió detrás de un escritorio. Todavía se ocupa de alguna detención, pero no es lo que más le gusta. Vinnie es un buen agente de fianzas, pero se rumorea que no es precisamente el cazarrecompensas más ético.

Miré el reloj. Tenía que tomar una decisión. No quería pensármelo tanto como para acabar sacando a Vinnie de la cama en el último momento.

Inspiré profundamente y marqué su número.

—Tengo una pista sobre DeChooch —le dije a Vinnie—. Me gustaría ir a comprobarla, pero no tengo a nadie que me cubra.

—Reúnete conmigo en la oficina dentro de media hora.

Aparqué la moto detrás del edificio, junto al Cadillac azul noche de Vinnie. Dentro se veían luces y la puerta trasera estaba abierta. Cuando entré en la oficina Vinnie se estaba ajustando una pistola a la pierna. Iba de riguroso negro cazarrecompensas, chaleco antibalas incluido. Yo, por mi parte, llevaba vaqueros y una camiseta verde olivà con una camisa de franela de la marina a guisa de chaqueta. Mi pistola estaba en casa, metida en el tarro de las galletas. Esperaba que Vinnie no me preguntara por ella. Odiaba la pistola.

Me tiró un chaleco y yo me lo puse.

—Te juro —me dijo mirándome— que no sé cómo logras hacer ni una sola detención.

—Suerte —le respondí.

Le entregué la dirección y le seguí hasta el coche. Nunca antes había salido con Vinnie y era una sensación extraña. Nuestra relación siempre había sido de adversarios. Sabemos demasiado el uno del otro como para ser amigos. Y los dos sabemos que utilizaríamos ese conocimiento mutuo de la manera más despiadada si llegara la ocasión. Vale; la verdad es que yo no soy tan despiadada. Pero sé lanzar una buena amenaza. Puede que a Vinnie le pase lo mismo.

La casa de Soba estaba en un barrio que probablemente empezara a establecerse en los años setenta. Tenía grandes espacios abiertos y los árboles estaban ya crecidos. Las casas eran las típicas pareadas, con garaje para dos coches y jardines vallados para retener a perros y críos. La mayoría de ellas tenía las luces encendidas y yo me imaginé a los adultos dormitando delante del televisor y a los menores en sus cuartos, haciendo los deberes o navegando por Internet.

Vinnie pasó por delante de la casa de Soba.

—¿Estás segura de que es ésta? —preguntó Vinnie.

—Mary Maggie me contó que había estado en una fiesta en esta casa y coincidía con la descripción de la abuela.

—Madre mía —dijo Vinnie—. Voy a allanar una vivienda basándome en el comadreo de una luchadora en barro. Y encima tampoco es una casa cualquiera. Es la casa de Pinwheel Soba.

Se metió por un lateral hasta la mitad de la calle y aparcó. Nos apeamos y caminamos hasta la entrada de la casa. Permanecimos unos instantes en la acera, observando las casas vecinas, escuchando algún sonido que pudiera indicar la presencia de alguien en la calle.

—Los tragaluces del sótano tienen contraventanas negras —le dije a Vinnie—. Y están cerradas como contó la abuela.

—Muy bien —dijo Vinnie—, vamos a entrar y éstas son las posibilidades: podríamos habernos equivocado de casa, en cuyo caso nos metemos en un buen lío por matar del susto a una pobre familia de gilipollas, o puede que sea la casa que buscamos y que el loco de DeChooch nos pegue un par de tiros.

—Me alegro de que me lo hayas dejado claro. Ya me encuentro mucho mejor.

—¿Tienes algún plan? —quiso saber Vinnie.

—Sí. Qué te parece si te acercas a la puerta y llamas al timbre para ver si hay alguien en la casa. Yo me quedo aquí, cubriéndote.

—Tengo una idea mejor. Qué te parece si te acercas a mí y te enseño *mi* plan.

—No se ve ninguna luz encendida en la casa —dije—. No creo que haya nadie.

—Podrían estar dormidos.

—Podrían estar muertos.

—Mira, eso estaría bien —dijo Vinnie—. Los muertos no disparan a la gente.

Empecé a andar sobre la hierba.

—Vamos a ver si hay luz en la parte de atrás.

—Recuérdame que no vuelva a aceptar fianzas de viejos. No se puede confiar en ellos. No piensan con normalidad. Se saltan un par de píldoras y de repente se ponen a almacenar fiambres en los cobertizos y a secuestrar ancianitas.

—Tampoco hay luz en la parte de atrás —dije—. ¿Y ahora, qué hacemos? ¿Qué tal se te da el allanamiento de morada?

Vinnie sacó del bolsillo dos pares de guantes de goma de usar y tirar, y ambos nos los pusimos.

—Tengo cierta experiencia en allanamiento de morada —dijo. Fue hasta la puerta de servicio y tiró del picaporte. Cerrada. Se dio la vuelta, me miró y sonrió.

—Pan comido.

—¿Sabes abrir el cerrojo?

—No. Pero puedo meter la mano por el agujero de un cristal que falta.

Me acerqué a Vinnie por detrás. Efectivamente, uno de los cristales de la puerta no estaba en su sitio.

—Me imagino que DeChooch perdió la llave —dijo Vinnie.

Sí. Como si la hubiera tenido alguna vez. Fue muy inteligente por su parte utilizar la casa vacía de Soba.

Vinnie giró el picaporte desde el interior y abrió la puerta.

—Comienza el espectáculo —susurró.

Yo llevaba la linterna en la mano y el corazón me latía más rápido de lo normal. No es que me fuera exactamente al galope, pero sí al trote.

Procedimos a un registro rápido de la planta superior a la luz de la linterna y nos pareció que DeChooch no había ocupado esa parte de la casa. La cocina estaba sin usar y el frigorífico apagado y con la puerta abierta. Los dormitorios, el salón y el comedor estaban en perfecto orden, con todos los cojines en su sitio y los jarrones de cristal sobre las mesas esperando las flores. Pinwheel Soba vivía bien.

Protegidos por las contraventanas exteriores y las espesas cortinas del interior, nos atrevimos a encender las luces del piso de abajo. Era exactamente como la abuela y Maggie lo habían descrito. El reino de Tarzán. Muebles tapizados con estampados de leopardo y rayas de cebra. Y encima, para confundir un poco más las cosas, un papel pintado de pájaros que sólo se encuentran en Centro y Suramérica.

El frigorífico estaba apagado y vacío, pero todavía conservaba el frío dentro. Los armarios estaban vacíos. Los cajones estaban vacíos. La esponja que había en el escurreplatos todavía estaba húmeda.

—Acabamos de perderlo —dijo Vinnie—. Se ha ido, y me da la impresión de que no piensa volver.

Apagamos las luces y estábamos a punto de irnos cuando oímos abrirse la puerta automática del garaje. Nos encontrábamos en la parte habilitada del sótano. Un corto pasillo y un rellano de donde partían las escaleras de subida nos separaban del garaje. La puerta que conducía al garaje estaba cerrada. Un rayo de luz apareció por debajo de ella.

—¡*Mierda*! —masculló Vinnie.

La puerta de acceso al garaje se abrió y la silueta de DeChooch se recortó contra la luz. Avanzó hacia el descansillo, encendió la luz y su mirada cayó directamente sobre nosotros. Nos quedamos todos congelados, como ciervos deslumbrados por los faros de un coche. Al cabo de unos segundos, volvió a apagar la luz y salió corriendo escaleras arriba. Supuse que se dirigía a la puerta de la planta superior, pero pasó por delante de ella y se metió en la cocina, haciendo una marca muy buena para un vejete.

Vinnie y yo subimos las escaleras corriendo detrás de él, tropezando en la oscuridad. Al llegar al piso de arriba, y a mi derecha, vi el destello de un disparo, BAM; DeChooch nos disparaba a bocajarro. Me tiré al suelo gritando y me protegí con los brazos.

—Agentes de fianzas —gritó Vinnie—. ¡Tire el arma, DeChooch, viejo estúpido de mierda!

DeChooch respondió con otro disparo. Oí que algo se rompía y más palabrotas de Vinnie. Y luego, Vinnie empezó a disparar.

Yo estaba detrás del sofá con las manos encima de la cabeza. Vinnie y DeChooch estaban practicando tiro al blanco sin visibilidad. Vinnie llevaba una Glock de catorce tiros. No sé qué era lo que llevaba DeChooch pero, entre los dos, aquello parecía un tiroteo de ametralladoras. Hubo una pausa, y luego oí cómo el cargador de Vinnie caía al suelo y ponía un cargador nuevo en la pistola. Al menos creí que era Vinnie. No me era fácil asegurarlo, puesto que yo seguía agazapada detrás del sofá.

El silencio parecía más estruendoso que el tiroteo. Asomé la cabeza y escruté la humeante oscuridad.

—¿Hola?

—He perdido a DeChooch —murmuró Vinnie.

—A lo mejor le has matado.

—Espera un momento. ¿Qué es ese ruido?

Era la puerta automática del garaje.

—¡*Joder!* —gritó Vinnie.

Corrió hacia las escaleras, se tropezó al pisar el primer escalón a oscuras y cayó rodando hasta el rellano. Se levantó como pudo, abrió la puerta y apuntó con la pistola. Yo oí el chirrido de unas ruedas, y Vinnie cerró la puerta de golpe.

—¡*Mierda, joder, hostia!* —dijo Vinnie dando patadas a todo lo que pillaba a su paso y subiendo las escaleras—. ¡No puedo creer que se haya escapado! Ha pasado a mi lado mientras cambiaba el cargador. *¡Joder, joder, joder!*

Decía los «joder» con tal vehemencia que temí que se le fuera a estallar una vena de la cabeza.

Encendió una luz y los dos miramos alrededor. Había lámparas destrozadas, las paredes y el techo tenían cráteres, las tapicerías estaban rasgadas por los agujeros de bala.

—Hostias —dijo Vinnie—. Esto parece un campo de batalla.

A lo lejos se empezaron a oír sirenas. La policía.

—Me largo de aquí —dijo Vinnie.

—No sé si es buena idea huir de la policía.

—No huyo de la policía —dijo Vinnie bajando las escaleras de dos en dos—. Huyo de Pinwheel Soba. Me parece que sería buena idea que no le contáramos esto a nadie.

Tenía razón.

Atravesamos el patio por la parte más oscura y pasamos a la casa de detrás de la de Soba. Por toda la calle se encendían las luces de los porches. Los perros ladraban. Y Vinnie y yo corríamos, jadeando, entre los arbustos. Cuando ya estábamos a corta distancia del coche salimos de entre las sombras y caminamos sosegadamente el trecho que nos quedaba. Todo el jaleo quedaba atrás, enfrente de la casa de Soba.

—Por esto nunca hay que aparcar delante de la casa que vas a registrar —dijo Vinnie.

Tenía que recordarlo.

Nos metimos en el coche. Vinnie giró tranquilamente la llave de contacto y nos alejamos como dos respetables y responsables ciudadanos. Llegamos a la esquina y Vinnie bajó la mirada.

—Joder —dijo—. Me he empalmado.

La luz del sol se filtraba entre las cortinas de mi dormitorio y yo estaba pensando en levantarme cuando alguien llamó a la puerta. Tardé un minuto en encontrar la ropa y, mientras lo hacía, los golpes de la puerta se convirtieron en gritos.

—¡Eh, Steph! ¿Estás ahí? Somos El Porreta y Dougie.

Les abrí la puerta y me recordaron a Bob, con sus caras de felicidad y llenos de energía desmañada.

—Te hemos traído donuts —dijo Dougie entregándome una gran bolsa blanca—. Y queremos contarte una cosa.

—Sí —dijo El Porreta—, espera a que te lo contemos. Es total. Dougie y yo estábamos charlando y tal y descubrimos lo que había pasado con el corazón.

Puse la bolsa en la barra de la cocina y todos nos servimos de ella.

—Fue el perro —dijo El Porreta—. El perro de la señora Belski, Spotty, se comió el corazón.

El donut se me quedó inmovilizado a medio camino.

—Verás, DeChooch hizo un trato con el Dougster para que le llevara el corazón a Richmond —explicó El Porreta—. Pero DeChooch sólo le dijo que tenía que entregar la nevera a la señora. Así que el Dougster puso la nevera en el asiento del copiloto del Batmóvil, pensando en llevarla a la mañana siguiente. El problema fue que a mi compañero de piso, Huey, y a mí nos apeteció algo de Ben & Jerry Cherry García como a medianoche y cogimos el Batmóvil para ir allí. Y como el Batmóvil sólo tiene dos asientos, puse la nevera en la escalera de atrás.

Dougie sonreía.

—Esto es tan increíble... —dijo.

—Total, que Huey y yo devolvemos el coche a la mañana siguiente supertemprano, porque Huey tenía que entrar a trabajar en Shopper Warehouse. Dejé a Huey en el trabajo y, cuando fui a devolver el coche, la nevera estaba volcada y Spotty estaba comiéndose algo. No le di mucha importancia. Spotty siempre anda hurgando en la basura. Total, que volví a meter la nevera en el coche y me fui a casa a ver un poco el programa matinal de la televisión. Katie Couric es..., no sé, tan mona.

—Y yo me llevé la nevera vacía a Richmond —dijo Dougie.

—Spotty se comió el corazón de Louie D —dije.

—Eso es —dijo El Porreta. Se acabó un donut y se limpió las manos en la camisa—. Bueno, hemos de irnos. Tenemos cosas que hacer.

—Gracias por los donuts.

—Oye, *nou problem.*

Me quedé de pie en la cocina diez minutos, intentando asimilar aquella nueva información, preguntándome qué significado tendría en toda aquella historia. ¿Es eso lo que ocurre cuando te jodes irremediablemente el karma? ¿Que un perro te come el corazón? No lograba llegar a ninguna conclusión, así que decidí darme una ducha y ver si eso me ayudaba en algo.

Eché el pestillo de la puerta y me dirigí al cuarto de baño. No había llegado al salón cuando oí llamar otra vez y, antes de que pudiera llegar a la puerta, ésta se abrió con tal fuerza que la cadena de seguridad, después de desplazarse ruidosamente a su sitio, saltó de sus tornillos. A esto le siguieron unas maldiciones que enseguida reconocí como de Morelli.

—Buenos días —dije, mirando la cadena de seguridad, que colgaba rota.

—Éste no es un buen día ni en la más trastornada de las imaginaciones —dijo Morelli. Traía los ojos oscuros y entrecerrados y la boca tensa—. Tú no irías a casa de Pinwheel Soba anoche, ¿verdad?

—No —dije sacudiendo la cabeza—. Yo no.

—Muy bien. Eso es lo que yo pensaba..., porque algún idiota estuvo allí y la destrozó. La hizo mierda a tiros. De hecho, se sospecha que fueron dos los participantes en el tiroteo del siglo. Y yo ya sabía que tú no serías tan estúpida.

—Tienes mucha razón —dije.

—Dios mío, Stephanie —gritó—, ¿en qué estabas pensando? ¿Qué demonios pasó allí?

—No fui yo, ¿recuerdas?

—Ah, sí. Se me había olvidado. Bueno, entonces ¿tú qué supones que estaba haciendo en casa de Soba *quienquiera que fuese*?

—Me imagino que estaban buscando a DeChooch. Y que le encontraron y que surgió un altercado.

—¿Y DeChooch escapó?

—Yo diría que sí.

—Menos mal que no se han encontrado más huellas en la casa que las de DeChooch, porque si no *quienquiera que fuera* tan estúpido como para tirotear la casa de Soba no sólo tendría problemas con la policía; además se las tendría que ver con Soba.

Empezaba a hartarme de que me riñera.

—Menos mal —dije con mi voz de síndrome premenstrual—. ¿Algo más?

—Sí, hay algo más. Me he encontrado con Dougie y El Porreta en el aparcamiento. Me han contado que Ranger y tú les rescatasteis.

—¿Y?

—En Richmond.

—¿Y?

—Y Ranger resultó herido.

—Un arañazo.

Morelli tensó aún más los labios.

—Dios.

—Me preocupaba que descubrieran que el corazón era de cerdo y se vengaran con El Porreta y Dougie.

—Muy encomiable, pero no hace que me sienta mejor. Dios santo, me va a salir una úlcera. Me obligas a beber botellas de antiácido. Y lo odio. Odio pasarme el día pensando en qué plan descerebrado estarás metida, en quién te estará disparando.

—Eso es hipocresía. Tú eres poli.

—A mí no me *disparan* nunca. El único momento en que tengo que preocuparme de que me peguen un tiro es cuando estoy contigo.

—Y ¿qué quieres decir con eso?

—Quiero decir que vas a tener que elegir entre tu trabajo y yo.

—Bueno, pues fíjate, no me voy a pasar el resto de mi vida con una persona que me da ultimátums.

—Vale.

—Vale.

Y se fue dando un portazo. Me gusta pensar que soy una persona bastante estable, pero aquello había sido demasiado. Lloré hasta que no me quedó ni una lágrima; luego me comí tres donuts y me di una ducha. Después de secarme con la toalla seguía sintiéndome desasosegada, así que se me ocurrió decolorarme el pelo. Los cambios son buenos, ¿no?

—Lo quiero rubio —le dije al señor Arnold, el único peluquero que pude encontrar abierto el sábado por la tarde—. Rubio platino. Quiero parecerme a Marilyn Monroe.

—Cariño —dijo Arnold—, con tu pelo no te puedes parecer a Marilyn. Más bien a Art Garfunkel.

—Limítese a hacerlo.

El señor Morganstern estaba en el portal cuando volví a casa.

—Caray —dijo—, te pareces a esa estrella de la canción..., ¿cómo se llama?

—¿Garfunkel?

—No. La de las tetas como cucuruchos de helado.

—Madonna.

—Sí. Esa misma.

Entré en el apartamento y me fui directamente al baño a mirarme el pelo en el espejo. Me gustaba. Era diferente. Tenía clase, dentro de un estilo putón.

Sobre la barra de la cocina había un montón de correo que había estado evitando. Me serví una cerveza para celebrar el nuevo pelo y empecé a ojear el correo. Facturas, facturas y más facturas. Repasé el talonario de cheques. No tenía dinero suficiente. Necesitaba capturar a DeChooch.

Yo suponía que DeChooch también tendría problemas de dinero. El fiasco de los cigarrillos no le habría dejado nada. Y el Snake Pit, poco o nada. Y ahora ya no tenía ni coche ni sitio para vivir. Rectificación: no tenía el Cadillac. Pero había huido en algo. Yo no lo llegué a ver.

El contestador tenía cuatro mensajes. No los había escuchado por miedo a que fueran de Joe. Sospecho que la verdad es que ninguno de los dos estamos preparados para el matrimonio. Y en lugar de enfrentarnos a la realidad buscamos formas de sabotear nuestra relación. No hablamos de temas importantes como los niños o el trabajo. Cada uno de nosotros se aferra a una postura y le grita al otro.

Puede que no sea el momento indicado para casarnos. No quiero ser cazarrecompensas el resto de mi vida, pero desde luego, ahora mismo, tampoco quiero ser ama de casa. Y de verdad que no quiero casarme con una persona que me da ultimátums.

Y quizá Joe debiera reflexionar sobre lo que espera de su esposa. Creció en un hogar tradicional italiano, con una madre dedicada a la casa y un padre dominante. Si quiere una mujer que se ajuste a ese modelo, yo no soy la más conveniente. Puede que algún día llegue a convertirme en ama de casa, pero siempre querré volar desde el tejado del garaje. Así soy yo.

A ver si le echas redaños, rubita, me dije a mí misma. Ésta es la Stephanie nueva y mejorada. Oye esos mensajes. Sé temeraria.

Escuché el primero y era de mi madre.

—¿Stephanie? Soy tu madre. He preparado un rico asado para esta noche. Y magdalenas de postre. Con anises por encima. A las chicas les gustan las magdalenas.

El segundo era de la tienda de novias para recordarme otra vez que ya había llegado el vestido.

El tercero era de Ranger, con las últimas noticias sobre Sophia y Christina. Christina se había presentado en el hospital con todos los huesos de la mano rotos. Su hermana se la había machacado con un mazo de carne para librarla de las esposas. Christina se presentó en el hospital incapaz de soportar el dolor, pero Sophia seguía en libertad.

El cuarto mensaje era de Vinnie. Se habían retirado las acusaciones contra Melvin Baylor y éste se había comprado un billete de ida para Arizona. Al parecer, su ex mujer había presenciado su ataque de ira contra el coche y le había dado miedo. Si era capaz de hacerle hacer una cosa así al coche, no quería ni pensar lo que sería capaz de hacer después. Así que le había pedido a su madre que retirara las acusaciones y habían llegado a un acuerdo económico. A veces la locura compensa.

Ésos eran los mensajes. Ninguno de Morelli. Es curioso cómo funciona la cabeza de las mujeres. Ahora estaba hundida porque Morelli no llamaba.

Le dije a mi madre que iría a cenar. Luego le dije a Tina que había decidido no quedarme con el vestido. Cuando le colgué a Tina me sentí diez kilos más ligera. El Porreta y Dougie estaban bien. La abuela estaba bien. Yo era rubia y no tenía vestido de novia. Aparte de los problemas con Morelli, la vida no podía ser mejor.

Eché una breve siesta antes de ir a casa de mis padres. Al levantarme, el pelo se me había puesto muy raro, así que me di una ducha. Después de lavarme y secarme el pelo me parecía a Art Garfunkel. Pero más. Era como si el pelo me hubiera estallado.

—No me importa —le dije a mi reflejo en el espejo—. Soy la Stephanie nueva y mejorada —por supuesto, era mentira. A las chicas de Jersey eso nos importa.

Me puse un par de vaqueros negros nuevos, botas negras y un polo rojo de canalé de manga corta. Salí al salón y me encontré con Benny y Ziggy sentados en el sofá.

—Hemos oído la ducha y no queríamos molestarla —dijo Benny.

—Sí —siguió Ziggy—, y debería arreglar la cadena de seguridad. Nunca se sabe quién puede entrar en casa.

—Acabamos de volver del funeral de Louie D y nos hemos enterado de cómo encontró al chavalito ese, el mariquita, y a su amigo. Sophia hizo una cosa horrible.

—Incluso cuando Louie estaba vivo, ella ya estaba loca —dijo Ziggy—. No se le puede dar la espalda. No está en sus cabales.

—Y dígale a Ranger que le enviamos nuestros mejores deseos. Esperamos que lo del brazo no sea muy serio.

—¿Han enterrado a Louie con el corazón?

—Ronald se lo llevó directamente al enterrador, se lo pusieron y le cosieron; le dejaron como nuevo. Hoy Ronald ha acompañado al coche fúnebre otra vez hasta Trenton para el funeral.

—¿No estaba Sophia?

—Había flores en la tumba, pero no ha estado en la ceremonia —sacudió la cabeza—. Demasiada presencia policial. Estropeaban la intimidad.

—Supongo que sigue buscando a Choochy —dijo Benny—. Debería tener cuidado con él. Está un poquito... —hizo un movimiento circular con el dedo índice en la sien para indicar que «le faltaba un tornillo»—. Aunque no como Sophia. Chooch tiene un buen corazón.

—Es por culpa del infarto y del estrés —dijo Ziggy—. No se puede menospreciar el estrés. Si necesita ayuda con Choochy, llámenos. A lo mejor podemos hacer algo.

Benny asintió con la cabeza. Tendría que llamarles.

—Tiene el pelo muy bonito —dijo Ziggy—. Se ha hecho la permanente, ¿verdad?

Se levantaron y Benny me dio una caja.

—Le he traído un poco de mantequilla de cacahuete. Estelle la trajo de Virginia.

—Aquí no se encuentra una mantequilla de cacahuete como la de Virginia —dijo Ziggy.

Les di las gracias por la mantequilla y cerré la puerta en cuanto salieron. Les di cinco minutos para que salieran del edificio y luego agarré mi chupa de cuero negro y el bolso y cerré con llave.

Mi madre miró a los lados cuando me abrió la puerta.

—¿Dónde está Joe? ¿Dónde está tu coche?

—Cambié mi coche por la moto.

—¿Esa moto que está en la acera?

Asentí con la cabeza.

—Parece una de esas motos de los Ángeles del Infierno.

—Es una Harley.

Entonces se dio cuenta. El pelo. Los ojos se le abrieron como platos y la mandíbula se le descolgó.

—Tu pelo —susurró.

—He pensado probar algo nuevo.

—Dios mío, te pareces a esa estrella de la canción...

—¿Madonna?

—Art Garfunkel.

Dejé el casco, la cazadora y el bolso en el armario de la entrada y ocupé mi sitio a la mesa.

—Has llegado justo a tiempo —dijo la abuela—. ¡Madre del amor hermoso! Qué pinta. Te pareces a esa estrella...

—Lo sé —atajé—. *Lo sé.*

—¿Dónde está Joseph? —preguntó mi madre—. Creí que venía a cenar.

—Hemos... roto, o algo así.

Todos dejaron de comer excepto mi padre. Mi padre aprovechó la ocasión para servirse más patatas.

—Es imposible —dijo mi madre—. Ya tienes el vestido.

—He devuelto el vestido.

—¿Joseph lo sabe?

—Sí —dije intentando parecer natural, picoteando la comida, pidiendo a mi hermana que me pasara las judías verdes. Puedo pasar por esto, pensé. Soy rubia. Puedo hacer lo que quiera.

—Ha sido por el pelo, ¿no? —preguntó mi madre—. Ha suspendido la boda por el pelo.

—La boda la he suspendido *yo.* Y no quiero hablar más de eso.

Sonó el timbre de la puerta y Valerie se levantó de un salto.

—Es para mí. Tengo una cita.

—¡Una cita! —dijo mi madre—. Qué maravilla. Con el poco tiempo que llevas aquí y ya tienes una cita.

Puse los ojos en blanco mentalmente. Mi hermana es una insustancial. Esto es lo que pasa cuando toda tu vida has sido la buenecita. No aprendes el valor de las mentiras y del engaño. Yo *nunca* traía los ligues a casa. Una queda con sus ligues en el centro comercial para que a los padres no les dé un infarto al ver a tus acompañantes con tatuajes y piercings en la lengua. O, como en este caso, cuando tu acompañante es una lesbiana.

—Ésta es Janeane —dijo Valerie, presentando a una mujer baja y de pelo corto—. La he conocido en la entrevista del banco. No conseguí el trabajo, pero Janeane me pidió salir.

—Es una mujer —dijo mi madre.

—Sí, somos lesbianas —dijo Valerie.

Mi madre se desmayó. *Plaf.* Todo lo larga que era en el suelo. Todo el mundo corrió a socorrerla.

Mi madre abrió los ojos pero no movió un músculo durante sus buenos treinta segundos. Luego chilló:

—¡Lesbiana! Madre de Dios. Frank, tu hija es lesbiana.

Mi padre miró a Valerie con los ojos entornados.

—¿Esa corbata que llevas es mía?

—Qué poca vergüenza tienes —dijo mi madre, tumbada todavía en el suelo—. Todos los años que has sido normal y tenías marido has vivido en California. Y ahora que vienes aquí, te haces lesbiana. ¿No te parece suficiente que tu hermana mate gente? ¿Qué clase de familia es ésta?

—Casi nunca le disparo a nadie —dije.

—Estoy segura de que ser lesbiana tiene muchísimas ventajas —dijo la abuela—. Si te casas con una lesbiana nunca tendrás que preocuparte porque alguien deje el asiento del retrete levantado.

Yo agarré a mi madre por debajo de un brazo, Valerie por debajo del otro y entre las dos la levantamos del suelo.

—Arriba —dijo Valerie alegremente—. ¿Ya te encuentras mejor?

—¿Mejor? —dijo mi madre—. ¿Mejor?

—Bueno, nosotras nos vamos ya —dijo Valerie saliendo al vestíbulo—. No me esperéis levantados. Tengo llave.

Mi madre se excusó, fue a la cocina y destrozó otro plato.

—Nunca la había visto destrozar platos —le dije a la abuela.

—Esta noche voy a esconder todos los cuchillos, por si acaso —dijo ella.

Entré en la cocina con mi madre y la ayudé a recoger los fragmentos.

—Se me ha resbalado de la mano —dijo mi madre.

—Eso me había parecido.

En casa de mis padres parece que nada cambia. La cocina parece igual que cuando yo era pequeña. Pintan las paredes y cambian las cortinas. El año pasado pusieron linóleo nuevo en el suelo. Los electrodomésticos se reemplazan cuando ya no admiten más reparaciones. Y hasta ahí llegan las modificaciones. Mi madre lleva haciendo las patatas en la misma olla desde hace treinta y cinco años. Y los olores también son los mismos. Repollo, salsa de manzana, puding de chocolate, cordero asado. Y los rituales son los mismos. Sentarnos a la pequeña mesa de la cocina para comer.

Valerie y yo hacíamos los deberes en la mesa de la cocina, bajo la atenta mirada de mi madre. Y ahora, me imagino que Angie y Mary Alice le hacen compañía a mi madre en la cocina.

Es difícil sentirte adulta cuando nada cambia en la cocina de tu madre. Es como si el tiempo se hubiera detenido. Entro en esta cocina y quiero que me corten los sándwiches en triángulos.

—¿Nunca te cansas de tu vida? —le pregunté a mi madre—. ¿Nunca piensas que te gustaría hacer otra cosa?

—¿Quieres decir algo así como meterme en el coche y conducir sin parar hasta llegar al océano Pacífico? ¿O traer un equipo de demolición a esta cocina? ¿O divorciarme de tu padre y casarme con Tom Jones? No, nunca pienso en esas cosas —quitó la tapa de la fuente de magdalenas: la mitad, de chocolate cubiertas de azúcar blanco, la otra mitad, blancas cubiertas de chocolate. Sobre el azúcar blanco había anises multicolores. Farfulló algo que sonó como «putas magdalenas».

—¿Qué? —pregunté—. No te he oído.

—No he dicho nada. Ve a sentarte.

—Confiaba en que me pudieras llevar a la funeraria esta noche —me dijo la abuela—. Es el velatorio de Rusty Kuharchek en la funeraria de Stiva. Fui a la escuela con él. Va a ser un velatorio realmente lucido.

La verdad era que no tenía nada mejor que hacer.

—Por supuesto —dije—. Pero tendrás que ponerte pantalones. Llevo la Harley.

—¿La Harley? ¿Desde cuándo tienes una Harley? —quiso saber la abuela.

—Tuve un problema con mi coche y Vinnie me dejó una moto.

—No vas a llevar a tu abuela en moto —dijo mi madre—. Se caería y se mataría.

Mi padre, muy sensatamente, no dijo nada.

—No le va a pasar nada —dije—. Tengo un casco para ella.

—Tú te haces responsable —dijo mi madre—. Si le ocurre cualquier cosa vas a ser tú la que vaya a verla a la residencia.

—Quizá podría hacerme con una moto —dijo la abuela—. Cuando te quitan el carnet de conducir ¿incluyen también las motos?

—*¡Sí!* —dijimos todos a una. Nadie quería ver a la abuela Mazur de nuevo en la carretera.

Mary Alice estaba comiendo la cena con la cabeza metida en el plato porque los caballos no tienen manos. Cuando levantó la cabeza tenía la cara cubierta de puré de patata y salsa de carne.

—¿Qué es una lesbiana? —preguntó.

Nos quedamos todos helados.

—Es cuando las chicas tienen novias en lugar de novios —dijo la abuela.

Angie levantó su vaso de leche:

—Se cree que la homosexualidad es el resultado de un cromosoma disfuncional —dijo.

—Yo estaba a punto de decir eso mismo —dijo la abuela.

—¿Y los caballos, qué? —preguntó Mary Alice—. ¿Hay caballos lesbianas?

Nos miramos unos a otros. Estábamos pasmados.

Yo me levanté de la silla.

—¿Quién quiere una magdalena?

Quince

La abuela suele arreglarse para los velatorios nocturnos. Tiene cierta preferencia por los zapatos de charol negro y las faldas de vuelo, por si acaso hay algún tío bueno presente. Como concesión a la moto, esta vez se puso pantalones y zapatillas de tenis.

—Necesito comprarme ropa de motorista —dijo—. Acabo de recibir el cheque de la Seguridad Social y mañana a primera hora me voy a ir de compras, ahora que sé que tienes esta Harley.

Sujeté la moto y papá ayudó a la abuela a montarse detrás de mí. Giré la llave de contacto, puse en marcha el motor y las vibraciones retumbaron por el tubo de escape.

—¿Lista? —le grité a la abuela.

—Lista —me contestó ella, gritando a su vez.

Subí la calle Roosevelt hasta la avenida Hamilton y al poco rato ya estábamos en la funeraria de Stiva, estacionando en su aparcamiento.

Ayudé a bajar a la abuela y le quité el casco. Ella dio un paso hacia atrás y se arregló el pelo.

—Ahora entiendo por qué a la gente le gustan tanto las Harleys —dijo—. Es cierto que te despiertan algo por *ahí abajo, ¿verdad?*

Rusty Kuharchek estaba en la sala número tres, situación que indicaba que sus familiares habían ahorrado en su féretro. Los de las muertes horribles y aquellos que compraban los féretros de caoba tallados a mano más caros del catálogo eran colocados en la sala número uno.

Dejé a la abuela en compañía de Rusty y le dije que volvería a la funeraria al cabo de una hora y que me reuniría con ella en la mesa de las galletas.

Hacía una noche muy buena y me apetecía pasear. Bajé todo Hamilton y llegué al Burg. La noche no estaba demasiado oscura. Dentro de un mes la gente estaría sentada en los porches a estas horas de la noche. Me dije a mí misma que estaba paseando para relajarme, tal vez para pensar en las cosas. Pero antes de que me diera cuenta me encontraba frente a la casa de Eddie DeChooch y no me sentía nada relajada. Me sentía furiosa por no haber sido capaz de llevar a cabo la detención.

La mitad de DeChooch parecía absolutamente abandonada. En la mitad de Marguchi atronaba un concurso de la televisión. Me dirigí a la puerta de la señora Marguchi y llamé.

—Qué sorpresa tan agradable —dijo cuando me vio—. Me estaba preguntando cómo te habrían ido las cosas con De-Chooch.

—Sigue por ahí —le dije.

Angela hizo un chasquido con la lengua.

—Es muy astuto.

—¿Usted le ha visto? ¿Ha oído algún ruido en la casa de al lado?

—Es como si se lo hubiera tragado la tierra. Ni siquiera he oído sonar el teléfono.

—A lo mejor curioseo un poquito por aquí.

Recorrí el perímetro de la casa, miré en el garaje, me detuve en el cobertizo. No había ninguna señal de que DeChooch se hubiera pasado por allí. Un montón de correo sin abrir cubría la encimera de la cocina.

Volví a llamar a la puerta de Angela.

—¿Mete usted el correo de DeChooch?

—Sí. Meto el correo todos los días y me aseguro de que todo esté en orden. No sé qué más hacer. Pensé que Ronald vendría a recoger el correo, pero no le he visto.

Cuando regresé a la funeraria de Stiva la abuela estaba junto a la mesa de las galletas charlando con El Porreta y Dougie.

—Colega —dijo El Porreta.

—¿Habéis venido a ver a alguien? —pregunté.

—Negativo. Hemos venido por las galletas.

—La hora ha pasado volando —dijo la abuela—. Hay cantidad de gente a la que todavía no he visto. ¿Tienes prisa por volver a casa? —me preguntó.

—Podemos llevarte nosotros —le dijo Dougie a la abuela—. Nunca nos vamos antes de las nueve, porque a esa hora Stiva saca las galletas rellenas de chocolate.

Estaba indecisa. No quería quedarme, pero no sabía si podía confiar a la abuela a El Porreta y Dougie.

Me llevé a Dougie aparte.

—No quiero que nadie fume hierba.

—Nada de hierba —dijo Dougie.

—Y no quiero que la abuela vaya a bares de strip-tease.

—Nada de strip-tease.

—Y tampoco quiero que se vea envuelta en robos de coches.

—Oye, que soy un hombre rehabilitado —dijo Dougie.

—Vale —dije—. Cuento contigo.

A las diez de la noche me llamó mi madre.

—¿Dónde está tu abuela? —preguntó—. ¿Y por qué no estás con ella?

—Iba a volver a casa con unos amigos.

—¿Qué amigos? ¿Has vuelto a perder a tu abuela?

Maldición.

—Te vuelvo a llamar.

Colgué y entró otra llamada inmediatamente. Era la abuela.

—¡Le tengo! —dijo.

—¿A quién?

—A Eddie DeChooch. En la funeraria tuve una premonición, de repente me di cuenta de dónde estaría Choochy esta noche.

—¿Dónde?

—Recogiendo el cheque de la Seguridad Social. En el Burg todo el mundo recibe el cheque el mismo día. Y fue ayer. Lo que pasa es que ayer DeChooch estaba demasiado ocupado destrozando el coche. Así que me dije a mí misma que él esperaría hasta que cayera la noche y entonces iría a recoger el cheque. Y, por supuesto, eso fue exactamente lo que hizo.

—¿Dónde está ahora?

—Bueno, ésa es la parte complicada. Entró en su casa para recoger el correo y cuando intentamos arrestarle sacó una pistola y todos nos asustamos y salimos huyendo. Pero El Porreta no corrió lo suficiente, y ahora tiene a El Porreta.

Me golpeé la cabeza con la encimera de la cocina. Pensé que unos golpes en la cabeza me vendrían bien. *Ponk, ponk, ponk*, con la cabeza contra la encimera.

—¿Habéis llamado a la policía? —pregunté.

—No sabíamos si eso sería una buena idea, dado que El Porreta puede llevar consigo algunas sustancias ilegales. Creo que Dougie mencionó algo de un paquete en el zapato de El Porreta.

Genial.

—Voy para allá —dije—. No hagáis *nada* hasta que llegue.

Agarré el bolso, corrí por el pasillo y escaleras abajo hasta llegar a la puerta y salté sobre la moto. Frené en seco a la entrada de la casa de Angela Marguchi y busqué a la abuela por los alrededores. La descubrí junto a Dougie, escondidos detrás de un coche, al otro lado de la calle. Ambos llevaban Súper Trajes y toallas de baño sujetas con un imperdible al cuello, a modo de capas.

—Un toque muy bonito, las toallas —dije.

—Somos luchadores contra el crimen —dijo la abuela.

—¿Siguen ahí dentro? —pregunté.

—Sí. He hablado con DeChooch por el móvil de El Porreta —dijo la abuela—. Ha dicho que sólo soltará a El Porreta si le conseguimos un helicóptero y, luego, un avión le espera en Newark para llevarle a Suramérica. Yo creo que está bebiendo.

Marqué su número en mi móvil.

—Quiero hablar contigo —dije.

—Nunca. A no ser que me traigan el helicóptero.

—No vas a conseguir que traigan un helicóptero con El Porreta como rehén. A nadie le importa que le pegues un tiro. Si dejas que se vaya El Porreta, entraré yo a ocupar su lugar. Yo soy mejor rehén para un helicóptero.

—Vale —dijo DeChooch—. Eso tiene sentido.

Como si *algo* de aquello tuviera sentido.

El Porreta salió con su Súper Traje y su toalla de baño. DeChooch mantuvo la pistola contra su sien hasta que yo entré en el porche.

—Esto es, no sé, algo embarazoso —dijo El Porreta—. O sea, cómo queda un superhéroe al que secuestra un colega viejo —miró a DeChooch—. Sin ánimo de ofender, tío.

—Lleva a la abuela a casa —le dije a El Porreta—. Mi madre está preocupada.

—¿Quieres decir, o sea, ahora mismo?

—Sí, ahora.

La abuela estaba al otro lado de la calle y no quería gritar, así que la llamé al móvil.

—Voy a ver si arreglo esto con Eddie —dije—. El Porreta, Dougie y tú id a casa.

—A mí no me parece una buena idea —dijo la abuela—. Creo que debería quedarme.

—Gracias, pero será más fácil si me quedo sola.

—¿Llamo a la policía?

Miré a DeChooch. No parecía ni furioso ni enloquecido. Sólo cansado. Si llamaba a la policía podría enfadarse y hacer alguna tontería, como matarme. Si le dedicara un rato de charla tranquila podría convencerle de que se entregara.

—Negativo.

Corté la comunicación y DeChooch y yo nos quedamos en el porche hasta que la abuela, El Porreta y Dougie se fueron.

—¿Va a llamar a la policía? —preguntó DeChooch.

—No.

—¿Crees que puedes arrestarme tú sola?

—No quiero que nadie se haga daño. Yo incluida —le seguí al interior de la casa—. No esperarás en serio el helicóptero, ¿verdad?

Hizo un gesto de desagrado y arrastró los pies hasta la cocina.

—Sólo lo he dicho para impresionar a Edna. Tenía que decir algo. Ella cree que soy un fugitivo muy importante —abrió el frigorífico—. No hay nada de comer. Cuando vivía mi mujer siempre había algo de comer.

Llené la cafetera de agua y eché unas cucharadas de café en el filtro. Rebusqué por los armarios y encontré una caja de galletas. Puse algunas en un plato y me senté a la mesa de la cocina con Eddie DeChooch.

—Pareces cansado —dije.

Asintió con la cabeza.

—Anoche no tuve dónde dormir. Pensaba recoger el cheque de la Seguridad Social esta noche y alquilar una habitación en un hotel, pero apareció Edna con esos dos payasos. Nada me sale bien —cogió una galleta—. Ni siquiera puedo suicidarme. Maldita próstata. Pongo el Cadillac encima de las vías. Me quedo esperando a la muerte y ¿qué pasa? Que tengo que hacer pis. *Siempre* tengo que hacer pis. Total, que salgo del coche y me voy a unos arbustos a echar una meada, y llega el tren. ¿Cuáles son las probabilidades de que ocurra eso? Luego no sabía qué hacer y me acobardé. Salí corriendo como un puto cobarde.

—Fue un accidente terrible.

—Sí, lo vi. Madre mía, debió arrastrar el Cadillac casi medio kilómetro.

—¿De dónde sacaste el coche nuevo?

—Lo robé.

—O sea, que todavía eres bueno en algunas cosas.

—Lo único que me funciona son los dedos. No veo. No oigo. No puedo mear.

—Esas cosas se pueden arreglar.

Jugueteó con una galleta.

—Hay cosas que no se pueden arreglar.

—La abuela me lo dijo.

Levantó la mirada, sorprendido.

—¿Te lo dijo? Joder. Dios. Lo que yo te diga..., las mujeres son todas unas bocazas.

Serví dos tazas de café y le pasé una a DeChooch.

—¿Lo has consultado con un médico?

—No voy a hablar con ningún médico. Antes de que te des cuenta te están toqueteando y diciéndote que te pongas una de esas prótesis. No me voy a poner una de esas malditas prótesis de pene —negó con la cabeza—. No puedo creer que esté hablando de esto contigo. ¿Por qué estoy hablando contigo?

Le sonreí.

—Es fácil hablar conmigo —y, además, tenía el aliento cargado de alcohol. DeChooch estaba bebiendo mucho—. Y ya que estamos hablando, ¿por qué no me cuentas lo de Loretta Ricci?

—Caray, aquello sí que fue tremendo. Vino a traerme una de esas Comidas Sobre Ruedas y no paraba de meterme mano. Yo no dejaba de decirle que ya no estaba para esas cosas, pero no me hacía caso. Ella decía que podía conseguir que cualquiera... ya sabes, pudiera. Así que pensé, qué demonios, no tengo nada que perder, ¿no? Y un momento después está ahí abajo, y teniendo bastante suerte. Y de repente, cuando creo que todo va a salir bien, se desploma y se muere. Supongo que le dio un infarto por el esfuerzo que estaba haciendo. Intenté reanimarla, pero estaba muerta del todo. Me dio tanta rabia que le pegué un tiro.

—Te vendría bien un cursillo de control de la ira —dije.

—Ya, mucha gente me lo dice.

—No había sangre por ningún sitio. Ni agujeros de bala.

—¿Qué crees que soy, un aficionado? —la cara se le contrajo y una lágrima le recorrió la mejilla—. Estoy muy deprimido —dijo.

—Sé una cosa que estoy segura de que te va a animar.

Me miró como si no me creyera.

—¿Te acuerdas del corazón de Louie?

—Sí.

—No era su corazón.

—¿Me estás tomando el pelo?

—Lo juro por Dios.

—¿De quién era?

—Era el corazón de un cerdo. Lo compré en una carnicería.

DeChooch sonrió.

—¿Le enterraron con el corazón de un cerdo?

Asentí con la cabeza.

Él empezó a reír ligeramente.

—Y ¿dónde está el corazón de Louie?

—Se lo comió un perro.

DeChooch soltó una carcajada. Se rió hasta que le dio un ataque de tos. Cuando consiguió recuperar el control y paró de reír y de toser se miró.

—Jesús, tengo una erección.

Los hombres tienen erecciones en los momentos más insólitos.

—Mírala —dijo—. ¡*Mírala*! Es una belleza. Está dura como una piedra.

Le eché un vistazo. Era una erección más que decente.

—Quién lo hubiera imaginado —dije—. Fíjate.

DeChooch estaba radiante.

—Supongo que no soy tan viejo después de todo.

Va a ir a la cárcel. No ve. No oye. No tarda menos de quince minutos en hacer pis. Pero tiene una erección y todos los demás problemas carecen de importancia. La próxima vez voy a ser hombre. Tienen las prioridades muy claramente definidas. Su vida es muy sencilla.

El frigorífico de DeChooch captó mi atención.

—¿No te llevarías por casualidad un asado del frigorífico de Dougie?

—Sí. Al principio creí que era el corazón. Estaba envuelto en plástico y la cocina estaba a oscuras. Pero enseguida me di cuenta de que era demasiado grande y cuando lo miré más de cerca vi que era una pieza de carne para asar. Pensé que no la echarían de menos y que sería agradable hacerme un asado. Pero nunca llegué a cocinarlo.

—Odio sacar este tema —le dije a DeChooch—, pero tendrías que dejarme que te arreste.

—No puedo hacerlo —dijo él—. Piénsalo. Cómo quedaría... Eddie DeChooch arrestado por una chica.

—Pasa continuamente.

—En mi profesión no. No sobreviviría. Caería en desgracia. Soy un hombre. Necesito que me arreste alguien duro, como Ranger.

—No. Ranger no puede ser. No está disponible. No se encuentra bien.

—Bueno, pues eso es lo que quiero. Quiero que sea Ranger. Si no es él no voy a ceder.

—Me gustabas más antes de que tuvieras la erección.

DeChooch sonrió.

—Sí, cabalgo de nuevo, nena.

—¿Y si te entregas tú solo?

—Los tipos como yo no se entregan. Quizá lo hagan los jóvenes. Pero mi generación tiene normas. Tenemos un código —su pistola había estado todo el tiempo encima de la mesa, delante de él. La agarró y amartilló una bala—. ¿Quieres ser responsable de mi suicidio?

Ay, madre.

En el salón había una lámpara de mesa encendida y en la cocina estaba dada la luz del techo. El resto de la casa estaba a oscuras. DeChooch se sentaba de espaldas a la puerta que daba al comedor oscuro. Como un fantasma de horrores pasados, con apenas unos jirones encima, Sophia apareció en el umbral. Allí se quedó por un momento, balanceándose levemente, y pensé que realmente era una aparición, una quimera de mi imaginación sobreexcitada. Llevaba una pistola a la altura de la cintura. Me miró fijamente, apuntó y antes de que yo pudiera reaccionar, disparó. *¡PAM!*

La pistola de DeChooch voló de su mano, de su sien brotó la sangre y cayó al suelo.

Alguien gritó. Creo que fui yo.

Sophia se rió suavemente, con las pupilas del tamaño de un alfiler.

—Os he sorprendido a los dos, ¿eh? Os he estado observando por la ventana, a DeChooch y a ti comiendo galletas.

No dije nada. Temía que si intentaba hablar tartamudearía y farfullaría, o a lo mejor sólo me saldrían sonidos guturales ininteligibles.

—Hoy han enterrado a Louie —dijo Sophia—. No he podido estar a su lado por tu culpa. Lo has fastidiado todo. Tú y Choochy. Él fue quien lo empezó todo y va a pagar por ello. No podía ocuparme de él hasta que devolviera el corazón, pero ya ha llegado su hora. Ojo por ojo —más risa floja—. Y tú vas a ser quien me ayude. Si haces un trabajo lo bastante bueno, puede que te deje marcharte. ¿Te gustaría?

Creo que es posible que asintiera, pero no estoy muy segura. Nunca me dejaría marcharme. Las dos lo sabíamos.

—Ojo por ojo —repitió Sophia—. Es la palabra de Dios.

El estómago se me revolvió.

Ella sonrió.

—Veo por tu expresión que sabes lo que hay que hacer. Es la única manera, ¿no? Si no lo hacemos estaremos malditas para siempre, condenadas para siempre.

—Usted necesita un médico —susurré—. Ha sufrido demasiada tensión nerviosa. No tiene la cabeza en condiciones.

—¿Y tú qué sabes de tener la cabeza en condiciones? ¿Hablas tú con Dios? ¿Te guía su palabra?

Me quedé mirándola fijamente, sintiendo el pulso latir en la garganta y en las sienes.

—Yo hablo con Dios —dijo—. Hago lo que Él me dice que haga. Soy su instrumento.

—Vale, de acuerdo. Pero Dios es un buen tipo —dije—. No quiere que se hagan cosas malas.

—Yo hago lo correcto —dijo Sophia—. Acabo con la maldad en su origen. Mi alma es la de un ángel vengador.

—¿Cómo lo sabe?

—Dios me lo ha dicho.

Una terrible idea nueva surgió en mi cabeza.

—¿Louie sabía que usted hablaba con Dios? ¿Que era su instrumento?

Sophia se quedó paralizada.

—Aquel cuarto del sótano... la habitación de cemento donde encerró a El Porreta y a Dougie, ¿Louie la encerró alguna vez en ella?

La pistola le temblaba en la mano y los ojos le destelleaban bajo la luz.

—Siempre es difícil para los creyentes. Para los mártires. Para los santos. Estás intentando distraerme, pero no te va a dar resultado. Sé lo que debo hacer. Y tú me vas a ayudar. Quiero que te arrodilles y le desabroches la camisa.

—¡De ninguna manera!

—Vas a hacerlo. Hazlo o te pego un tiro. Primero en un pie y luego en el otro. Y luego otro tiro en la rodilla. Y seguiré disparándote hasta que hagas lo que te digo o mueras.

Me apuntó y supe que hablaba en serio. Me dispararía sin pensárselo dos veces. Y seguiría haciéndolo hasta matarme. Me levanté, apoyándome en la mesa para no caerme. Fui hasta De-

Chooch caminando con las piernas rígidas y me arrodillé a su lado.

—Hazlo —dijo—. Desabróchale la camisa.

Le puse las manos sobre el pecho y sentí la tibieza de su cuerpo, y una leve inspiración.

—¡Aún está vivo!

—Mejor todavía —dijo Sophia.

Tuve un estremecimiento incontrolable y empecé a desabrocharle la camisa. Botón por botón. Lentamente. Ganando tiempo. Con dedos torpes y descontrolados. Apenas capaces de realizar la tarea.

Cuando acabé de desabrocharle la camisa Sophia buscó detrás de ella y sacó un cuchillo de carnicero del bloque de madera que había sobre la encimera. Lo tiró al suelo, al lado de DeChooch y dijo:

—Córtale la camiseta.

Agarré el cuchillo y sentí su peso. Si aquello fuera la televisión, en un hábil movimiento le habría clavado el cuchillo a Sophia. Pero era la vida real, y no tenía ni idea de cómo lanzar un cuchillo o de cómo moverme lo bastante rápido para esquivar una bala.

Acerqué el cuchillo a la camiseta blanca. Mi cabeza daba vueltas. Las manos me temblaban y me corría sudor por las axilas y el cuero cabelludo. Hice una primera incisión y, a continuación, rasgué la camiseta todo a lo largo, exponiendo el esquelético pecho de DeChooch. Mi pecho lo sentía ardiendo y dolorosamente rígido.

—Ahora sácale el corazón —dijo Sophia con voz tranquila y estable.

Levanté la mirada y vi que su cara estaba serena... salvo por aquellos ojos aterradores. Se la veía convencida de estar haciendo lo que debía. Probablemente, mientras yo me arrodillaba junto a DeChooch, oía voces dentro de su cabeza que así se lo aseguraban.

Algo goteó sobre el pecho de DeChooch. O estaba babeando o se me caían los mocos. Estaba demasiado asustada para saber de qué se trataba.

—No sé hacerlo —dije—. No sé cómo llegar al corazón.

—Ya encontrarás el camino.

—No puedo.

—¡*Hazlo*!

Negué con la cabeza.

—¿Te gustaría rezar antes de morir?

—Aquel cuarto del sótano... ¿la metía allí a menudo? ¿Rezaba usted allí dentro?

La serenidad la abandonó.

—Decía que yo estaba loca, pero era *él* quien estaba loco. Él no tenía fe. A *él* Dios no le hablaba.

—No debería haberla encerrado en el sótano —dije, sintiendo un acceso de ira contra el hombre que encerraba a su esposa esquizofrénica en una celda de cemento, en vez de proporcionarle atención médica.

—Ha llegado la hora —dijo Sophia levantando la pistola hacia mí.

Miré a DeChooch preguntándome si sería capaz de matarle para salvar mi vida. ¿Cómo era de fuerte mi instinto de supervivencia? Desvié la mirada hacia la puerta del sótano.

—Tengo una idea. DeChooch tiene algunas herramientas mecánicas en el sótano. A lo mejor puedo abrirle las costillas con una sierra eléctrica.

—Eso es ridículo.

—No —dije levantándome de un salto—. Eso es exactamente lo que necesito. Lo vi en la televisión. En uno de esos programas de medicina. Ahora vuelvo.

—¡Quieta!

Ya estaba junto a la puerta del sótano.

—Sólo tardaré un minuto.

Abrí la puerta, encendí la luz y bajé el primer escalón.

Ella estaba algunos pasos detrás de mí.

—No tan deprisa —dijo—. Voy a bajar contigo.

Bajamos las escaleras juntas, despacito, con cuidado de no tropezarnos. Recorrí el sótano y me hice con una sierra eléctrica que tenía DeChooch en el banco de trabajo. Las mujeres quieren tener niños. Los hombres quieren tener herramientas eléctricas.

—Vamos arriba —dijo ella, nerviosa por estar en el sótano y deseando salir de allí.

Volví a subir las escaleras lentamente, arrastrando los pies, sintiéndola intranquila detrás de mí. Notaba la pistola contra mi espalda. Estaba demasiado cerca. Quería salir del sótano a toda costa. Llegué a lo más alto de la escalera y me di la vuelta, atizándola con la sierra en medio del pecho.

Lanzó una pequeña exclamación, soltó un disparo a lo loco y cayó rodando por las escaleras. No me quedé para ver las consecuencias. Salí por la puerta, la cerré por fuera y salí corriendo de la casa. Crucé corriendo la puerta principal que tan descuidadamente había dejado abierta cuando seguí a DeChooch al interior de la casa.

Llamé con los puños a la puerta de Angela Marguchi, gritándole que me abriera. La puerta se abrió y casi arrollo a Angela con mi prisa por entrar.

—Cierre la puerta —dije—. Cierre todas las puertas y tráigame la escopeta de su madre.

Luego corrí hacia el teléfono y marqué el 911.

La policía llegó antes de que hubiera recuperado el control suficiente para regresar a la casa. No tenía sentido entrar en la casa mientras las manos me temblaban tanto que no podía sujetar un arma.

Dos polis de uniforme entraron en la mitad de DeChooch y unos minutos más tarde les dieron a los enfermeros de la ambulancia la señal de «todo en orden» para que entraran. Sophia seguía en el sótano. Se había fracturado una cadera y probablemente tenía algunas costillas rotas. Lo de las costillas rotas me pareció escalofriantemente sarcástico.

Seguí al equipo de urgencias y me quedé helada cuando llegamos a la cocina. DeChooch no estaba en el suelo.

El primero de los de uniforme era Billy Kwiatkovsky.

—¿Dónde está DeChooch? —le pregunté—. Le dejé en el suelo, junto a la mesa.

—Cuando entramos la cocina estaba vacía —dijo él.

Ambos miramos el reguero de sangre que llevaba hasta la puerta de atrás. Kwiatkovsky encendió su linterna y se adentró en el jardín. Regresó unos instantes después.

—Es difícil seguir el rastro de la sangre entre la hierba y de noche, pero hay un poco de sangre en el callejón, cerca del garaje. A mí me parece que tenía un coche y que se ha ido en él.

Increíble. Increíble, joder. Aquel hombre era como una cucaracha... encendías la luz y desaparecía.

Hice mi declaración y me largué. Estaba preocupada por la abuela. Quería asegurarme de que estaba en casa y a buen recaudo. Y quería sentarme en la cocina de mi madre. Y más que nada, quería una magdalena.

Cuando llegué a casa de mis padres todas las luces estaban encendidas. Todo el mundo estaba en el salón viendo las noticias. Y si conocía a mi familia, todos esperaban a Valerie.

La abuela saltó del sofá al verme entrar.

—¿Le has atrapado? ¿Has atrapado a DeChooch?

Negué con la cabeza.

—Se escapó —no me apetecía dar una explicación detallada.

—Es duro de roer —dijo la abuela, hundiéndose de nuevo en el sofá.

Me fui a la cocina a por una magdalena. Oí abrirse la puerta principal y volver a cerrarse, y Valerie entró en la cocina y se derrumbó en una silla. Llevaba el pelo pegado con fijador a los lados y algo levantado por delante. Transformista lesbiana rubia imita a Elvis.

Puse el plato de magdalenas delante de ella y me senté.

—Bueno, ¿qué tal tu cita?

—Un desastre. No es mi tipo.

—¿Cuál es tu tipo?

—Al parecer, las mujeres no —le quitó el papel a una magdalena de chocolate—. Janeane me besó y no sentí nada. Luego me volvió a besar, esta vez de forma más... apasionada.

—¿Cómo de apasionada?

Valerie se puso colorada.

—¡Con lengua!

—¿Y?

—Raro. Fue muy raro.

—¿O sea que no eres lesbiana?

—Eso diría yo.

—Oye, lo has intentado. Quien no arriesga no gana —dije.

—Pensé que podía ser un gusto adquirido. Como los espárragos. ¿Te acuerdas que de pequeña los odiaba? Y ahora me encantan los espárragos.

—Puede que necesites insistir más. Tardaste veinte años en que te gustaran los espárragos.

Valerie lo pensó mientras se comía la magdalena.

La abuela entró en la cocina.

—¿Qué pasa aquí? ¿Qué me estoy perdiendo?

—Estamos comiendo magdalenas —dije.

La abuela cogió una magdalena y se sentó.

—¿Has montado ya en la moto de Stephanie? —le preguntó a Valerie—. Yo he montado esta noche y me ha hecho titilar mis partes.

Valerie casi se atraganta con la magdalena.

—A lo mejor te conviene dejar de ser lesbiana y comprarte una Harley —le dije yo.

Entonces entró mi madre. Miró la bandeja de magdalenas y suspiró.

—Se suponía que eran para las niñas.

—Nosotras somos niñas —dijo la abuela.

Mi madre se sentó y pilló una magdalena. Eligió una de las de vainilla con anises de colorines. Todas nos quedamos mirándola alucinadas. Mi madre casi nunca comía una magdalena entera con anises. Siempre comía las sobras y las estropeadas. Comía las galletas rotas y las tortitas quemadas por los lados.

—Increíble —le dije—, te estás comiendo una magdalena entera.

—Me la merezco —dijo mi madre.

—Seguro que has estado viendo a Oprah otra vez —le dijo la abuela—. Siempre te lo noto cuando ves a Oprah.

Mi madre jugueteó con el papel.

—Y hay otra cosa...

Todas dejamos de comer y observamos a mi madre.

—Voy a volver a estudiar —dijo—. Me he presentado a la Universidad Estatal de Trenton y acabo de recibir la noticia de que me han aceptado. Voy a ir a tiempo parcial. Tienen clases nocturnas.

Solté un suspiro de alivio. Temía que fuera a comunicarnos que se iba a hacer un piercing en la lengua o un tatuaje. O quizás que se iba de casa para enrolarse en un circo.

—Es genial —dije—. ¿Qué vas a estudiar?

—De momento es general —dijo mi madre—. Pero algún día me gustaría ser enfermera. Siempre he pensado que sería una buena enfermera.

Eran casi las doce cuando volví al apartamento. El subidón de adrenalina se me había pasado y lo había reemplazado el agotamiento. Estaba llena de magdalenas y leche, y estaba lista para meterme en la cama y dormir una semana. Subí en el ascensor y cuando las puertas se abrieron en mi piso y salí de él me quedé de una pieza, sin creer lo que veía. Al final del pasillo, frente a mi puerta, estaba sentado Eddie DeChooch.

Llevaba una toalla sujeta a la cabeza con un cinturón, con la hebilla firmemente instalada en la sien. Levantó la mirada cuando me dirigí a él, pero no se levantó, ni sonrió, ni me disparó, ni me dijo hola. Se quedó sentado, mirándome.

—Debes de tener un dolor de cabeza increíble.

—No me vendría mal una aspirina.

—¿Por qué no has entrado? Todos los demás lo hacen.

—No tengo herramientas. Hacen falta herramientas para eso.

Le ayudé a levantarse y a entrar en el apartamento. Le senté en el cómodo sillón de la sala y le acerqué la botella de licor casero que la abuela había escondido en el armario una noche que se quedó a dormir.

DeChooch se bebió tres dedos y recuperó un poco el color de la cara.

—Dios, creía que me ibas a trinchar como el pollo del domingo.

—Estuvo cerca. ¿Cuándo recuperaste la conciencia?

—Cuando estabais diciendo lo de abrir las costillas. Jesús. Sólo de pensarlo se me arrugan las pelotas —le dio otro meneo a la botella—. Me largué en cuanto bajasteis al sótano.

Tuve que sonreír. Salí de la cocina tan deprisa que ni siquiera me había dado cuenta de que DeChooch ya no estaba allí.

—¿Y ahora qué pasa?

Se repantingó en el sillón.

—Llevo mucho tiempo corriendo. Iba a huir, pero me duele la cabeza. El tiro me ha arrancado la mitad de la oreja. Y estoy cansado. Joder si estoy cansado. Pero ¿sabes una cosa? Ya no estoy tan deprimido. Así que he pensado, qué demonios, a ver qué es capaz de hacer mi abogado por mí.

—Quieres que te entregue.

DeChooch abrió los ojos.

—¡Demonios, no! Quiero que me entregue Ranger. Pero no sé cómo ponerme en contacto con él.

—Después de todo lo que he pasado, al menos me merezco la medalla.

—Oye, ¿y yo qué? ¡Sólo me queda media oreja!

Solté un largo suspiro y llamé a Ranger.

—Necesito ayuda —le dije—. Pero (un poco extraño.

—Siempre lo es.

—Estoy con Eddie DeChooch y no quiere que le entregue una chica.

Oí a Ranger reír suavemente al otro lado.

—No tiene gracia.

—Es perfecto.

—Bueno, ¿me vas a ayudar o no?

—¿Dónde estás?

—En mi apartamento.

Ésta no era la clase de ayuda que yo había solicitado y me parecía que el trato no debía mantenerse. Pero con Ranger una nunca sabe. Por otra parte, ni siquiera estaba muy segura de que hubiera dicho en serio lo del precio por la ayuda.

Ranger estaba en la puerta veinte minutos más tarde. Iba vestido con un mono negro y un cinturón de faena completamente pertrechado. Sólo Dios sabe de dónde lo habría sacado. Me miró y sonrió.

—¿Rubia?

—Fue uno de esos impulsos míos.

—¿Alguna sorpresa más?

—Ninguna que te quiera contar por ahora.

Entró en el apartamento y levantó una ceja al ver a DeChooch.

—Yo no he sido —dije.

—¿Es muy grave?

—Sobreviviré —dijo DeChooch—, pero duele del demonio.

—Sophia se presentó y le arrancó la oreja de un tiro —le expliqué a Ranger.

—¿Y dónde está ahora?

—Bajo custodia policial.

Ranger le pasó un brazo por debajo a DeChooch y le levantó.

—Tengo a Tank ahí fuera, en el SUV. Vamos a llevar a De-Chooch a urgencias y les pediremos que le ingresen esta noche. Estará más cómodo allí que en el calabozo. Pueden ponerle vigilancia en el hospital.

DeChooch había sido muy listo en pedir a Ranger. Ranger tenía medios para lograr lo imposible.

Cerré la puerta detrás de Ranger y eché el cerrojo. Encendí la televisión y paseé por todos los canales. No había ni lucha ni hockey. Ni ninguna película interesante. Cincuenta y ocho canales y nada que ver.

Tenía muchas cosas en la cabeza y no quería pensar en ninguna de ellas. Deambulé por la casa, furiosa y aliviada al mismo tiempo de que Morelli no hubiera llamado.

No tenía nada pendiente. Había encontrado a todos. No quedaban casos abiertos. El lunes cobraría la recompensa de Vinnie y podría pagar las facturas de otro mes. Mi CR-V estaba en el taller. Todavía no había previsto ese gasto. Con un poco de suerte lo cubriría el seguro.

Me di una larga ducha caliente y al salir me pregunté quién era la rubia del espejo. Yo no, pensé. Probablemente la próxima semana iría al centro comercial a que me tiñeran el pelo de su color original. Una rubia en la familia es suficiente.

El aire que entraba por la ventana del dormitorio olía a verano, así que me decidí a dormir en ropa interior y camiseta. Se acabaron los camisones de franela hasta noviembre próximo. Me puse una camiseta blanca y me metí debajo del cobertor. Apagué la luz y me quedé así, tumbada en la oscuridad, largo rato, sintiéndome sola.

Había dos hombres en mi vida y no sabía qué pensar de ninguno de los dos. Es raro cómo salen las cosas. Morelli lleva entrando y saliendo de mi vida desde que tenía seis años. Es como un cometa que cada diez años entra en mi campo gravitatorio, me circunvala furiosamente y vuelve a salir despedido al espacio. Nuestras necesidades nunca parecen alinearse del todo.

Ranger es nuevo en mi vida. Es un elemento desconocido, que empezó como mentor y ha acabado como... ¿qué? Es difícil saber exactamente lo que Ranger quiere de mí. O lo que yo quiero de él. Satisfacción sexual. Más allá de esto no estoy segura. Me dio un escalofrío al pensar en una relación sexual con Ranger. Sé tan poco de él que, en cierto sentido, sería como hacer el amor con los ojos vendados..., pura sensación y exploración físicas. Y confianza. Ranger tiene algo que transmite confianza.

Los números azules de mi reloj digital flotaban en la oscuridad de la habitación. Era la una en punto. No podía dormir. Una imagen de Sophia apareció en mi cabeza. Cerré los ojos con fuerza para borrarla. Siguieron pasando los minutos de insomnio. Los números azules decían 1.30.

Y entonces, en el silencio del apartamento, oí el lejano *click* del cerrojo al abrirse. Y el leve rozar de la cadena de seguridad rota colgando de la puerta de madera. El corazón se me detuvo en el pecho. Cuando volvió a latir lo hizo tan fuerte que me nublaba la vista. Había alguien en el apartamento.

Los pasos eran ligeros. Descuidados. No se detenían periódicamente para escuchar, para observar en la oscuridad del apartamento. Intenté controlar la respiración, calmar el corazón. Sospechaba que conocería la identidad del intruso, pero aquello no lograba disminuir el pánico.

Se detuvo en la puerta del dormitorio y golpeó suavemente en el quicio.

—¿Estás despierta?

—Ahora sí. Me has dado un susto de muerte.

Era Ranger.

—Quiero verte —dijo—. ¿Tienes una luz de noche?

—En el baño.

Trajo la luz del baño y la enchufó en una toma de corriente del dormitorio. No daba mucha luz, pero era suficiente para verle claramente.

—Bueno —dije chascándome los nudillos mentalmente—. ¿Qué pasa? ¿Está bien DeChooch?

Ranger se quitó el cinturón y lo dejó caer al suelo.

—DeChooch se encuentra perfectamente, pero *tú y yo* tenemos asuntos sin resolver.

Este libro
se terminó de imprimir
en los Talleres Gráficos
de Palgraphic, S. A.
Humanes, Madrid (España)
en el mes de octubre de 2003